海に呼ばれて

ロッカウェイで〝わたし〟を生きる

Rockaway
Surfing Headlong into a New Life
Diane Cardwell

ダイアン・カードウェル＝著
満園真木＝訳

&books

装画
佐藤正樹
ブックデザイン
鈴木成一デザイン室

海に呼ばれて

ロッカウェイで〝わたし〟を生きる

目次

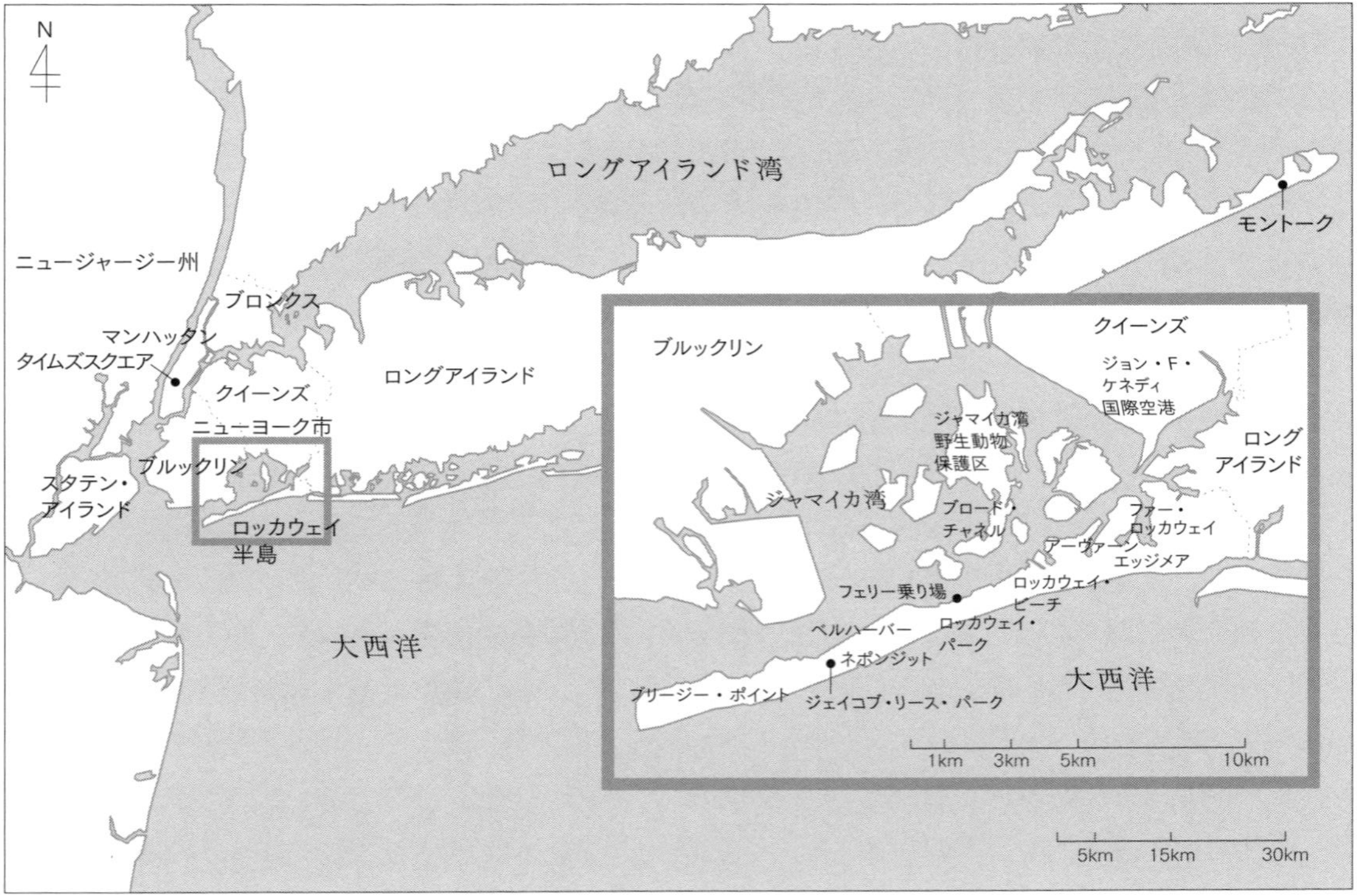
N
ロングアイランド湾
モントーク
ニュージャージー州
ブロンクス
マンハッタン
タイムズスクエア
クイーンズ
ロングアイランド
ニューヨーク市
ブルックリン
スタテン・
アイランド
ロッカウェイ
半島
大西洋
ブルックリン
クイーンズ
ジョン・F・
ケネディ
国際空港
ジャマイカ湾
野生動物
保護区
ロング
アイランド
ジャマイカ湾
ブロード・
チャネル
ファー・
ロッカウェイ
アーヴァーン
エッジメア
フェリー乗り場
ロッカウェイ・
ビーチ
ベルハーバー
ロッカウェイ・
パーク
ネポンジット
大西洋
ブリージー・ポイント
ジェイコブ・リース・パーク
1km
3km
5km
10km
5km
15km
30km

プロローグ　もう戻れないかも

されどわれは行く　われは藻なれば
岩から放たれ　海の泡に運ばれ
波に流されるまま　嵐に吹かれるまま

——バイロン卿『チャイルド・ハロルドの巡礼』

二〇一三年二月

ここで終わりを迎えるの？

そんな予想外の考えが不意に浮かんできた。わたしはうねる海でサーフボードにまたがり、息を切らしていた。身体を起こしているのもやっとで、疲れて痛む腕はろくに持ちあげられない。顔をあげると、ビーチにいる友人と崖の上にはえている椰子《やし》の木はどんどん遠ざかっているように見える。もう永遠にも思えるほどのあいだ、岸に戻ろうとパドリングしていたが、ほんのひと息入れるたびに、どんどん帰るべき砂浜から押しやられていく。くじけそうだった。波に小突きまわされていじめられている気分だった。濡れた黒い縮れ毛が風で頬を叩き、潮が目にしみ、海水が耳にも口にも鼻にも入ってくる。潮の流れで海岸と平行に引っぱられていて、その先にはわたしの肌をずたずたに切り裂くするどいサンゴや岩が待っている。身体が言うことを聞かなくなってきて、はじめて岸に戻れないかもしれないと思った。

ほんの一時間前、友人のリヴァとプエルトリコの北西の角に近いビーチに着いたときには、くつろいだ幸せな気分だった。元気のいい緑の目のブルネットのその友人とは、なんとかサーフィンをおぼえようとしてきたこの数年のあいだに地元で知りあった。彼女はよく一緒にサーフィンをする仲間というだけでなく、離婚のショックから少しずつ立ち直って築いていった人間関係のなかで、十年ぶりにできた新しい友人のひとりでもあった。レンタルしたサーフボードを手に、わたしたちは二月のニューヨークの寒さからも、ハリケーン・サンディの甚大な被害からの復興途上にある地元のロッカウェイ・ビーチの瓦礫《がれき》と混沌からも逃れられて、うきうきしていた。ビーチを見おろす土の駐車場で、扇状の葉の日よけの下に立っていたら、ちょうどサーフィンを終えたばかりのロッカウェイの友人たちと出くわした。少し海がざわついているけど、見た目ほど波は強くないし、そんなに心配はいらないよ、とひとりが言った。

「ただし流れには気をつけて」「左に流されないように、逆方向に向かって斜めにパドリングするといい」

やめておいたほうがいいかもしれない。高々と首をもたげ、砕けて勢いよく岸に押し寄せる波に目をやって思った。でもすばやくその声を黙らせた。右に行くようにすればだいじょうぶ。地元の東海岸の海ではいつもやれてるんだから。海に入りたくてうずうずしていて、その気持ちにあらがえなかった。

それに、最悪に思える人生のあれこれをここでしばし忘れたかった。この五年、次々に喪失に見舞われてきた。結婚生活を失い、父を失い、子供を産むチャンスを失った。わたしはあらゆる意味で漂流していた。

サーフィンは、いつも喜びと目的意識をくれた。明らかに才能がなく、海のなかでバランスをとるのに苦労してばかりのわたしにも。サーフボードの上では、つかの間であれ強さと自由、宇宙との調和を感じられた。それ以外のときは真逆のことばかり感じているのに。

そしていま、わたしの目の前にははっきりした危険が迫っていた。あたたかくいざなうような海に出て、次々にやってくる泡立つ壁を超えようと必死になるあまり、流れに気づかなかった。それは思っていた以上に強く、行ってはいけないほうにわたしを押し流していた。

懸命にパドリングで戻ろうとしているにもかかわらず、安全に岸まで帰れるところよりはるか沖に、取りのこされてしまっていた。友人の姿は見あたらない。たぶん賢明にも諦めて先にあがったのだろう。誰かと一緒にサーフィンしてたって関係ない、とわたしは思った。結局はひとりだ。自分と海だけなのだ。

自力で戻れなかったらどうなるんだろう。自分の置かれた窮地について考えた。目を閉じると、悪夢のような遭難者のイメージが次々に浮かんでは消えた。救命いかだでただよっているところを発見された、生の魚と海鳥と自分の尿で生きのびてきた真っ黒に焼けた生存者。難破船から投げだされて岸に打ちあげられた半裸の女性を描いた昔の絵、ロッカウェイで毎年のようにニュースになる、離岸流につかまって流されたティーンエイジャーの話、嵐で沈んだ漁船アンドレア・ゲイル号、三時間のツアーのはずがミノウ号で流されるテレビドラマ『ギリガン君ＳＯＳ』のギリガンと船長……

ビーチに目をやった。友人の姿はさらに遠くなり、砂の上の棒人間のようにしか見えない。わたしが困っているのがわからないのだろうか。助けを呼んでくれないだろうか。わたしは持ちこたえられるだろうか。沖に流されてしまうのだろうか。沖にはサメがいるのだろうか。

休みながら、湧きあがる恐怖をおさえこもうとしたが、べつの疑念が忍び寄ってくるのを止められなかった。そもそも間違っていたのかもしれない。自分がこの海でやれると思ったのも間違いなら、そもそも波まかせのサーファー暮らしができる――中年になって、出世やキャリアを追う生活からより意味がありそうな何かに方向転換できる――と考えたのも間違いだったのかもしれない。それには遅すぎたのかもしれない。わたしは借り物のサーフボードにしがみつきながら、真似事の人生にしがみついていたのかもしれない。あたりを見まわし、息を呑《の》むような景色の美しさに見とれながら、安全な場所まで近いようでまだまだ遠いのを実感した。こんなところで死ぬなんて馬鹿げてる。

突然、自分のなかで何かがはじけた。だから何？　答えも見つからず、パートナーもおらず、築いているつもりだった理想の人生も消えたからって何？　わたしはこの新しい人生を借りたのではなく買ったのだから、もうそれを生きるしかない。自分でこんな状況にはまりこんだのだから、自分で、自分ひとりの力で抜けだすしかない。

わたしは身体を起こして深く息を吸い、背中をそらして胸を開き、肩甲骨を寄せ、青い空に顔を向けて目を閉じた。「だめ、いまはやめて」と声をあげたが、その言葉はうねりに掻き消され、波に呑まれた。ふたたびボードに這いあがり、白波の立つなかでパドリングを始めた。胸と頭をあげているのさえつらかったが、肩や腕や背中の痛みとしびれを努めて無視した。「わたしにはできる」と呪文のように何度も繰りかえし、自分がどんなにぶざまに見えるだろうと笑いたくなった。あこがれの細くて筋肉質なサーフガールとは恐ろしくかけ離れている。「もっと深く掻いて！」

しばらくして岸に目をやると、ビーチから駐車場への階段の役もはたしている積まれた丸太が見えて、だいたいいるべき場所がわかった。沖に目をやると、盛りあがってくずれようとしている波に気づいた。このままだとぶつかってきて呑みこまれそうだった。あの波を乗り越えてべつの波をつかまえるか、波と波のあいだに入らなければ。横でも波が盛りあがりはじめたので、ゆっくりボードの向きを変え、残りの力を振りしぼってそちらへ向かった。波のふちを抜けるつもりだった。

でも、海には違う考えがあったようだ。反対側に抜けようとしたとき、力を感じた。ポセイドンの手にボードのテールをつかまれ、回されて、くずれる波のフェイスに押しだされたようだった。とどろく波に包まれて、わたしはボードにしがみつき、なんとか浮いていられるよう祈った。

やがて波に押されて岸に向かって加速しているのがわかった。砂浜では友人がぴょんぴょん跳ねながら、立って波に乗れと身ぶりをまじえて叫んでいる。でももう腕に力が入らず、痙攣《けいれん》する身体に立ちあがる力は残っていなかった。ここまで旅してきた目的を思うと波に乗れないことは残念だったが、もはや気にする元気も残っていなかった。岸が近づいてきたところでボードからおり、ほっとしながらボードを海から引っぱりあげて砂浜に落とすと、前かがみで膝に手をついた。そのまましばらく荒い息をつきながら、背後で寄せては返す波の音を聞いていると、やがて心臓の鼓動も落ち着いてきて、安心感が戻ってきた。大きなダメージなく試練を生きのびられた。少なくとも身体は無事だ。生きてまたサーフィンができる。その瞬間、大事なのはそれだけだった。

第一部 海辺にて

わたしは仲間のひとりでもなんでもなく、
何も知らないただのお客さんなのだと突然気がついた。
——フレデリック・コーナー『GIDGET, THE LITTLE GIRL WITH BIG IDEAS』

1　導かれるままに

二〇一〇年六月

その夏、わたしはどこかへ行きたくてたまらなかった。ふだんなら夏の計画はとっくに立てていた。週末に夫とどこかのコテージに泊まりに行くとか、友人と州の北のほうへ出かけるとか、フランスか北カリフォルニアへワイナリーをめぐる旅に出るとか、カナダかメイン州にハイキングやカヤックをしに行くとか。でも離婚して三年がたとうとしていて、その夏は完全にひとりで、予定は何もなかった。マンハッタンのミッドタウンにあるニューヨーク・タイムズ三階の編集部で、エアコン冷えを防ぐためのチクチクするウールのカーディガンを着こんだわたしは、ガラスごしに下の歩道を行きかう人々と、通りの向かいのポート・オーソリティ・バスターミナルの上の迷路のような車線に列をつくるたくさんのバスをながめて思った。誰も彼もがどこかへ行こうとしているみたい。

わたしはニューヨーク・タイムズで十年近く記者をしていて、地域部でニューヨークのホテル・レストラン業界を担当するようになったばかりだった。レストランやホテルの経営者も、業界の有名人やセレブも、おおぜいが街を離れる——とくにロングアイランドの東端へ向かう——のだから、次の記事ではわたしも夏の大移動についていくべきだ、そう言ってデスクを説得した。でも、出張の経費に見あうだけの具体的な記事のネタがまだ見つかっていなかったので、毎年ロングアイランドの突端の風変わりな漁村モントークで夏をすごしている長年の同僚ジムに知恵を借りようと電話した。

「ああ、それならうってつけのネタがある」ジムが言った。「すごくいいネタだよ。本当は教えたくないんだけどね。あんまり注目が集まってほしくないんだ」

「お願い」わたしはヘッドセットに向かって言った。「どういうネタなのかだけでも教えて。どうしても書かないでほしいっていうなら書かないから。だけどそんなにいいネタなら、ウォール・ストリート・ジャーナルかどこかに気づかれて先に書かれちゃうかもしれない」

「わかったわかった、きみの言うとおりだな。それに、モントークのできごとを秘密にしておけると思うなんてどうかしてるし」深く息を吸う音がしたと思うと、ジムが声をひそめた。国家機密を打ちあけるために駐車場で待ちあわせるときみたいに。「〈モントーケット〉が売りに出された。売り値は千七百万ドルっていう話だ」

「〈モントーケット〉って？　その値段、高いの？」

「おいおい、あの〈モントーケット〉だぞ！」ジムが普通の声に戻って言った。「売れたらかなりの事件だよ」

話を聞いてみると、〈モントーケット〉というのは古びたモーテル兼バーで、モントーク北岸のフォート・ポンド湾を見おろす崖の上に建っているため、昔から地域一番の夕陽の名所として知られてきたのだそうだ。〝果ての地《ジ・エンド》〟とも呼ばれるモントークの町は、広い意味では高級避暑地イースト・ハンプトンの一部と言えなくもないが、そういう虚飾をまとうのを拒み、漁師町のブルーカラー気質とサーファーの町のヒッピーな雰囲気をかたくなに守ってきた。それでも押し寄せる再開発の波で、古ぼけた安宿が次々におしゃれなブティックホテルに姿を変えていくなか、ジムが言うには、〈モントーケット〉は地元の人々にとって町を代表する存在であり、最後の砦《とりで》だったのだという。

ジムの言うとおりいいネタだし、七月四日の独立記念日を前に記事にするならタイミングもばっちりだ。ホリデーシーズンに向けて夏らしくて楽しい記事をデスクは求めるものだから。というわけで、それから一週間ほどした土曜の午後、わたしは〈モントーケット〉のバーにすわり、湾から吹く潮風を感じながらノートにメモをとっていた。壁にかけられた魚や海の景色の額入り写真、黒板に書かれたドリンクのメニュー、太い天井の梁《はり》をじっくりながめる。店の入口近くには煙草の自動販売機が、隅にはジュークボックスが、カウンターの奥には飾りではなくいまも使用中の手動のレジの機械がある。店はがらがらで、裏のテラス席に、相手からかたときも手を――さらには唇も――離そうとしない若い男女がひと組いるだけだった。

飾り気のない黒いタンクトップ姿のてきぱきしたバーテンダーの女性が、開いた窓から顔を出してふたりに声をかけた。「部屋をとれって言いたいとこだけど、あいにく満室でね。あんたたちがアイスクリームみたいにべろべろ舐《な》めあってるのを見るのもいいかげんうんざりなんだけど」戻ってきたバーテンダーは、そばを通りながら、わたしに向かって目をぐるりとさせ、首を振ってみせた。その一部始終が記事のいいエピソードになりそうだった。

しばらくして、夕陽目あての客が集まりだした。テラスに出てみると、椅子やピクニックテーブルのベンチがまたたく間に埋まっていく。さざ波が立つ湾の上に浮かぶ薄い雲を通して、沈む太陽からやわらかな光線が射している。ジュークボックスからはブルース・スプリングスティーンの〈ノー・サレンダー〉が大音量で流れ、カーゴショーツにTシャツの男性が、アムステル・ライト・ビールを手に「ノー・リトリート、ベイビー！」と一緒に歌っている。わたしは店内に戻り、混みあったバーを見わたして、六十代とおぼしき男性ふたり組に目をとめた。昔の話が聞けないかと、自己紹介をしてから尋ねた。

「ここには長く通ってるんですか」

「ああ、七〇年代から」とひとりが答えた。薄くなりかけた黒っぽい髪にボタンダウンシャツ姿の彼は、建築業をしていたがもう引退したという。「ここは年寄りのバーで、当時のおれはそのなかでは若者だった。いまはもう年寄りだが」

ここはジョーンズ・ビーチのライフガードがシーズン後によく釣りをしにきていて、さらにはビリー・ジョエルのお気にいりの場所だったとふたりは話してくれた。

「昔のここは時が止まっているようだった」もうひとりの男性が言った。ピンク色のポロシャツにチノパンツ姿の白髪の彼は、家族が一九二〇年代からモントークで夏をすごしていたという。「ルーズヴェルト大統領の写真みたいに何もかもが変わらなくてね。でもいまは、町に押し寄せるおしゃれな人々の洪水を押しとどめるのに必死だよ」

週末の喧騒に包まれ、ときおり甲高い笑い声が天井にこだまする店内に目をやった。外では、沈む夕陽の最後のなごりが水平線をオレンジ色と紫色にぼうっと染めている。売れたら、タイムカプセルに閉じこめられたようなこの場所の魅力はどうなるのだろう。わたしが育った一九七〇年代と八〇年代の古き良きマンハッタンの多くがそうなったように、容赦なくつぎこまれるお金の力でどこもかしこもこぎれいに変えられてしまうんだろうか。その日の午後に話を聞いた、眉に細い輪のピアスをした小柄なオーナーの女性——親類がポーカーでここを買う権利を手に入れ、一九五九年から家族で経営してきたという——は、お金の問題じゃなくて、そろそろ何か新しいことをやってみたくなったの、と話していた。

その気持ちはわかる気がした。結婚生活が終わりを迎えてからというもの、わたしは本当の人生の再スタートをずっと待っているような気分からいまだに抜けだせていなかった。元夫のエリックと住んでいたブルックリンのタウンハウスを人に貸して、ベッドフォード=スタイベサントの狭いアパートメントに引っ越し、離婚のショックから立ち直ってなんとかひとりで前に——どこへ向かうのかはともかく——進もうとしているところだった。

翌朝、わたしはビーチコマー・ホテルの部屋で目をさました。オールド・モントーク・ハイウェイをはさんで大西洋に面した、板ぶき屋根の機能的なホテルだ。これまでの取材には満足していた。必要な話はひととおり聞けたし、町の特徴も、そのなかで〈モントーケット〉が占める位置も充分に理解できたつもりだった。それでも、毎朝飲んでいるクリームを少し加えたエスプレッソを淹《い》れ、ヨーグルトとグラノーラをボウルに入れながら、心に引っかかっていることがあった。まだひとりもサーファーから話を聞いていなかったのだ。ブルックリンへ戻る前に、ディッチ・プレーンズと呼ばれるビーチへ行ってみることにした。

しまった！　強い日ざしの照りつけるハイウェイを走っていて、〈ディッチへ〉という小さな白い案内板に遅れて気づいたときに思った。あそこだったのに！　どうしてわたしはいつもこうなの？　またも単純な道を間違えた自分に腹が立った。わたしが運転をおぼえたのは三十歳と遅く、それから十五年ほどたったが、いまだにひとりでのナビが苦手だ。しょっちゅう曲がりそこねたり、逆方向に行ってしまって引きかえしたりしている。運よく数分走ると交差点に出たので、そこでUターンして来た道を戻り、開いたサンルーフから射しこむ日ざしを剝きだしの肩に浴びながら曲がりくねった道を進んだ先に、ようやくサーフスポットだと聞かされた簡素な長屋風のイースト・デック・モーテルを見つけて車をとめた。

サーフビーチ（ブレイクとも呼ばれる）を訪れるのははじめてで、どういう場所なのか見当もつかなかった。歩いてモーテルの駐車場を抜け、ビーチを見おろす丘に出た。ビーチの入口には一台のキャンピングカーの屋台がとまっていた。その先のベンチにウェットスーツ姿のふたりがすわっていて、かたわらにはサーフボードが寝かせて置いてあった。

砂の上に立ち、眼下に広がるインディゴブルーの海に目をやって、思わずぎょっとした。数十人のサーファーが、膝の高さほどのゆるい波の手前でパドリングし、ひょいっと立ちあがり、ボードの上で軽く跳んだり交差させた足を踏みかえたりしながら、ゆったり前に進んでいた。濡れた黒いウェットスーツと長い黒髪を陽に光らせて岸に向かってくるひとりの女性が、腕を上下させるのに合わせて腰を振りつつ、何か呪文をつぶやいているようなその姿は、まるでブレイクの巫女か何かのようだった。

呆気にとられて、秘密の魔族――隠れた入り江に人知れず集まった妖精やニンフの群れ――に出くわしたような気分になった。これがサーフィンだなんて信じられなかった。サーフィンというスポーツにあらためて注目したこともさほどなく、ただテレビの〈ワイド・ワールド・オブ・スポーツ〉で巨大なターコイズブルーの海をすべり落ち、そして波に呑まれる豆粒みたいな人の姿を見て、あんなそそり立つ壁のような波に乗ろうとするなんてどうかしていると思っていただけだった。でも、テレビでずっと見てきたモンスター級の大波とはまるで違って、ここの波は小さく穏やかで、輝く海からゆっくりせりあがっては、そこに乗る者をやさしく運んでいた。一時間ほどもその場に釘づけになっていただろうか。ときどきは砂丘に並んだ色とりどりのサーフボードや、流木と何かの布でつくった即席テントの下でギターを弾く男性、たき火あとの隣で日光浴をするビキニ姿の若い女性たちにも目がいった。

だが、そのたびに魔法の波に注意を引きもどされた。これがサーフィン？　そして、心の奥から小さな次の声がした。これならわたしにもできるかも。思わず自分で笑いそうになったが——運動神経がいいとはいえない、都会育ちのわたしがサーフィンなんて——それでも、その考えに心がとらわれつつあるのを感じた。

頬がひりひりしてきて、日焼けしかけているのに気づいてわれに返った。思ったより長居してしまったうえに、まだ誰にも話を聞いていない。だが、締めきりが迫っているので、インタビューは省略して、午後の渋滞につかまる前にブルックリンの蒸し風呂のようなアパートメントへ帰ったほうがいいと判断した。駐車場を抜けて道を歩いていると、黄色いコテージが目にとまり、その窓に掲げられた手書きの〈貸別荘〉の看板が点滅する赤いネオンサインみたいに視界に飛びこんできた。

運命的。その看板をみつめながら思った。急に胸が高鳴り、気分が盛りあがってきた。なかはどんな感じなんだろう。朝、コーヒーを手にビーチを歩き、昼は波の上ですごし、夜はロブスターをゆでている自分の姿を想像した。モントークは何年も前に一度訪れたきりだった。寒い早春の週末、灯台近くの岩場にひさしぶりに姿を見せたアザラシを見にエリックと来たのだ。あのときも、群青色《ぐんじょう》の海と、田舎めいた雰囲気に惹かれたものだった。

ああ、ここですごしてみたい。そう思ったものの、そのまま歩き続けた。

きっとすごく高いし、と自分に言い聞かせながら。わたしが来られる日は空いていないかもしれないし。

ここでひとりで何をするわけ？

サーフィンなんてどうやっておぼえるの？　サーフボードもウェットスーツも持ってないし、どこでどうやって買えばいいのかさえわからないのに。

それだけお金を使って、ずっと雨だったらどうするの？

車をとめた場所まであと少しというところで立ちどまり、そういうネガティブな声をすべて追いだしてきびすを返した。いままでいったい何度これをやってきただろう。慣れてないからとか、心配だからとか理由をつけて、自分でこうと決めた枠からはみだしそうなことには、トライしようとすらしなかった。でも、そういう癖を直し、不安を克服し——少なくとも、そういうところに邪魔をされずに——自分の世界を変えたくてたまらなかった。

「いいえ」声に出して言った。「電話番号だけでもメモしよう」

それで、引きかえして、芝生のへりに立ちメモをとろうとしたところで……突然ドアがあいて、赤みがかった茶色の髪の女性が愛想よく手まねきした。

「この家に興味が？」近づいていくと、女性が笑顔で言ってわたしの手を握った。

「そうね。でも、いつが空いているかと値段にもよるんだけど」

「よかったら中を見ていかない？　案内するわ」彼女はそう言って、リビングルームに通してくれた。青いカーペットに足を踏みいれたとたん、タイムスリップしたような気分になった。昔はたくさん見かけた平屋の素朴なコテージ。シンプルで清潔感がある。テレビの前にはすわり心地のよさそうなアームチェアが二脚置かれ、その脇には明るい花柄のキルトがかけられたカウチ。

「これはベッドにもなるのよ。もし何人かで泊まるなら」彼女がカウチを示して言った。

「わたしひとりかもしれないんだけど、でも知っておいてよかった」

ダイニングキッチンに移動して鍋やフライパンや食器を見せてもらったあとは、リビングルームを抜けてバスルームとふたつのベッドルームに案内された。必要なリネン類やタオル、基本的なバスアメニティはすべて備えつけられていた。

「ああ、それとここに」彼女が片方のベッドルームのクローゼットのひきだしをあけて言った。

「大きな鍋が入ってるわ。ロブスターをゆでるとき用に」

「すごい。なんでもそろってるのね」

「どうも。ここは夫の家族のもので」彼女がそう言いながら、キッチンに戻り、そこから裏庭に出た。「毎年夏には同じ方たちが来てるの。なかには二十年来てくださってる人も」彼女が笑い、それから付け加えた。「でも今年は常連さんの何組かがいらっしゃらないので」

「この近くにお住まいなの？」

「いいえ、うちはもっと先のほう。裏もお見せするわね」

「サーフィンはするの？」外の木製のピクニックテーブルとベンチのそばでわたしは尋ねた。

「わたしと夫はしないけど、娘はしてるわ。あなたもサーフィンを？」

「いいえ、いまはまだ」わたしは笑って答えた。「でもそこのビーチでサーフィンをしている人たちを見て、やってみたいなと思ってるところなの」

「それならこの家はぴったりよ」

告げられた一週間の料金は、わたしにも手の届く範囲だった。そんなにうまい話があるだろうかと、この小さな楽園の粗《あら》を探してあちこちに目を走らせた。物置小屋に人食い鬼がひそんでるとか、フェンスの裏に地獄への入口が隠れてるとか。でも、見えるのは背の高い草に囲まれた開けた庭だけ。そこでビーチから帰ったあとの夕方、地面の杭に取りつけられたグリルでジュージューと焼ける何かを前にくつろいでいるところしか思い浮かばなかった。

「いま空いているのはここの週とここの週ね」彼女が小さなノートを取りだし、ページをめくって鉛筆で書かれたリストをたしかめながら言った。そのうちのひとつは、わたしがすでに休暇をとる予定にしていた九月のレイバーデーの前の週だった。まさに運命的に。

「いいお値段だけど、たぶんなんとかなりそう」わたしは言った。口に出すことでそれが本当になるように。「少し考えさせてもらって、来週また連絡してもいいかしら」

「ええ、わかったわ」

費用は捻出できなくもなかったが、本当にそんな余裕があるんだろうか。離婚後、家計の収入がふたりぶんからひとりぶんに減ったのに支出を減らせず、つい最近までやりくりに苦労していたというのに、夏の休暇にそんな贅沢をしていいんだろうか。とはいえ、逃すには惜しすぎる機会に思えたし、何かの天のお告げのようにも感じられた。先に何が待ち受けているのかまだよくわからなかったけれど。

海にはなじみがあった。子供のころはハイアニスのカルマスビーチの浅瀬で水遊びをしたり、砂浜で貝殻を探したり、突堤の岩から岩へ跳びうつったりして何時間もすごしていた。縮れ毛が日ざしで赤茶け、茶色の瞳が薄く見えるほど肌が黒くなった。わたしは好奇心旺盛な性格だったが、同時に慎重派で用心深く、海に入るまでにずいぶん時間がかかることもよくあった。波打ちぎわをそろそろと進んで、まずは足の爪先だけ、次に足首まで入ってはさがるのを繰りかえした。母はわたしがその儀式をするあいだ待っていて、やっと入ったところで隣にあらわれるか、姉――七歳年上で、度胸があり、運動神経がよくて泳ぎのじょうずな――をよこし、手で海水をすくって頭からかけるわたしの様子を見守らせた。

泳ぎをおぼえはじめたのは、母が浮きかたを教えてくれたその夏だった。黒いワンピースの水着を着て、べっ甲ぶちに緑色のレンズのサングラスをかけた母が、あおむけのわたしを腕にかかえていた姿を、いまも思い浮かべることができる。「背中をそらして、両腕を広げて」そう言われて、カールした明るい茶色の髪にふちどられた母の顔を見あげると、そこには辛抱強さと喜びが浮かんでいた。母が腕の力を抜いて、わたしの身体を少しだけ沈めてからまた引きあげると、海面がやさしく脇腹と頭に触れた。それを何度も繰りかえすうちに、ついに自分で浮いていられるようになった。「ほら！」母が言って、笑い声をあげた。「浮いてるでしょ！」それは世界一の奇跡に思えた。

水のなかは好きだったし、もっと大きくなってからも海で泳いでいた。さらには、陸上では怖くてできないような逆立ちや宙返りなんかもしていた。

そして今日、モントークで思いがけないものを目にした。ボードだけで、海と一体になれるようなウォータースポーツ。カヤックに乗ったときも、自分が川や入り江やマングローブの一部になれたような感じが好きだった。じゃあサーフィンは？　なんだかそれ以上に楽しそうに見えた。

車に乗りこんで走りだしたときは、すばらしい最初のデートの帰り道のような気分だった。サーファーたちの姿を思い浮かべては、波に乗るのはどんな感じだろうと想像した。

が、密に植えられた木々や石造りの陸橋を見ながら公園道路を走っているうちに、だんだん勢いがそがれ、やめておいたほうがいいのではと不安になってきた。道具を借りてレッスンを受けることはできるかもしれないが、いくらかかるのかも、どこでいいインストラクターを見つければいいのかもわからない。

そこで思いだした。ジムはサーフィンをやってる！　彼ならどこへ行けばいいかわかるかもしれない。

そうだ、そうすべきだ、と考えながらブルックリンに入り、アトランティック・アベニューに立ちならぶ自動車修理工場や事務所や教会やカクテルラウンジの前を通りすぎた。結婚生活がだめになってからは、ひとりでどうやって休暇をすごすかに頭を悩ませてきた。友人の大半は結婚していて子供がいるから、ファミリー向けの保養地に出かける。わたしも冒険心がないわけではないが、ひとりで長い旅行をしようという気にはなれなかった。二年前には、家庭の問題から逃れるいい機会とばかりに、カリフォルニアのスタンフォード大学で一年間、ジャーナリズムのフェローシップで学んだ。カリフォルニアへ行く前には、イタリアのコモ湖のほとりの小さな町でデジタル写真を学ぶ一週間のグループ講座に参加した。そこで地元に住むジョージ・クルーニーと出会って恋に落ちれば万事解決、そんな想像ばかりしていた。彼はわたしから見て年相応で、ジャーナリストの仕事に敬意を持っていて、おたがいすぐに意気投合する。もちろん、ジョージ・クルーニーの影も形もなかったが、そこでの写真のグループ課題のおかげで、人見知りを克服でき、新しい場所への探検心も生まれた。モントークの家を借りれば、きっと同じようになる。そう自分を納得させた。サーフィンに取り組むことで時間の使い道ができるし、ひょっとしたら新しい出会いもあるかもしれない。

自宅のブロックが近づいてきて、昼さがりの日ざしに赤煉瓦《れんが》が光るベッドフォード・ユニオン・アーモリーのお城のような威容を通りすぎるとき、心に決めた。その夜、ベッドに入って枕に頭をのせると、モントークでの一週間が楽しみで笑みが止まらなかった。目を閉じ、その朝見た景色を何度も脳裏で再生した。波の上を力強く自由にすべる、あの美しく優雅な人々。そして、キラキラと輝く海で踊る自分の姿を思い浮かべながら、ようやく眠りに落ちた。

2　もっと乗りたい

二〇一〇年七月〜九月

　モントークへの取材旅行から一カ月ほどたった七月下旬の朝、エアコンのないアパートメントで、照りつける日ざしに汗をかきながら仕事に出かける支度をしていたわたしは、足が波に洗われる感触を切実に求めていることに気づいた。モントークでの一週間のサーフィン休暇まではひと月以上ある。日が短くなりはじめているのを感じて、急に昼のビーチに行きたくなった。

　数時間後、マンハッタンのミッドタウンで、新しいホテルのオープンを祝う屋外でのセレモニーと記者会見に出ながら、今度の週末に公共交通機関で行けるビーチのどちらに行くべきかと悩んでいた。コニー・アイランドか、ロッカウェイのジェイコブ・リースか。内部の取材の受付のためエントランスへ向かったわたしは、そこでエイドリアン・ベネピとばったり出くわした。ニューヨーク市の公園局長の彼には過去に何度かインタビューしたことがあったが、顔を合わせるのはひさしぶりだった。

「最近はどんな取材を?」短く整えた黒髪に、黒いジャケットとネクタイをぱりっと着こなした彼が尋ねた。

「ホスピタリティ業界を担当してるの。バーとかホテルとかレストランとか。楽しいけど、正直なところ、もっと若いころのほうが向いてた気がする」わたしは笑って言った。

「わかるよ。ぼくも毎晩のようにイベントに出ている。公園の資金集めのために」

そこで思いついた。今週末の行き先について彼に訊くべきだと。この街のビーチの第一人者であるエイドリアンならよく知っているはずだ。

「ちょっと相談してもいい？」

「いいとも」

わたしは二カ所のビーチで迷っていることを告げた。

「車で行くのかい」

「いいえ。どっちも地下鉄で行けるでしょ」

彼が何か言いかけてやめ、数秒間、気まずい沈黙が流れた。ひょっとして不適切な質問をしてしまったのかもしれないと思った。管理下にあるビーチのどちらがいいかなんて訊くのは、子供のどちらのほうが好きかと親に尋ねるようなものだったのかもしれない。「いいの、気にしないで」と言って質問を引っこめ、相手を解放しようとしたところで、彼が言った。「コニー・アイランドはすごく混んでるよ」

ああ、黙っていてよかった――ロッカウェイに決まり！　そう思って、週末の行き先が決定してほっとすると同時に、新しい冒険にわくわくした。市内のビーチはここ何年かご無沙汰だったものの、コニー・アイランドは以前に何度も訪れたことがあった。多くは地元の政治の取材のためだったが、週末に遊びに行ったこともあった。でもロッカウェイ――ニューヨーク市南端のロッカウェイ半島に点在するいくつかの地域がまとめてそう呼ばれている――はそうじゃなかった。わたしにとってはほぼ未踏の地だった。

日曜の朝が来た。七時半、コーヒーとタオルと水、それに読むものを持って、夏特有のすえた牛乳と尿のにおいがただよう人気《ひとけ》のないブルックリンの通りに踏みだし、ロッカウェイまでの長旅に出発した。七月が終わる前に砂浜に足をうずめるのだけが目的ではなく、それは離婚のせいで失われた休日の楽しみのひとつを取りもどすミッションでもあった。

エリックは、第二次世界大戦時にラトビアから逃れてきた難民の両親のもとに生まれ、バッファロー郊外で育ったが、山や森が好きだった。〈7デイズ〉という雑誌の編集部のわたしの友人のなかにも州北部に別荘を持っていたり、そのあたりに移り住んだ人たちがいた。昔ながらの田舎家と、盛りあがりつつあったグルメシーン、それに知りあった作家やアーティストの文化的洗練に魅せられ、わたしたちはやがてハドソンバレーで週末をすごすようになった。ビーチも悪くないけれど、楽しみがかぎられていると思った。寒くなったら何をするの？　それにお金もかかりすぎる。だけど、ここならハイキングにカヤックにクロスカントリースキーと、一年じゅうやれることがある。ガーデニングをしたり、鶏や牛を飼うこともできるし、写真を撮るのもいい。ここでなら歳をとってからのことも想像できる。家族や友人を招いてもてなし、犬や子供たちとはしゃぎ、ワイナリーやレストランをめぐり、夏季限定の劇場や美術館へ行く。そんな暮らしを思い描き、そのイメージを離すまいとしがみついていた。ゆったりしつつも活動的で、田舎暮らしと都会暮らしをいいとこどりできると。

展望が実現することはなかった。週末の別荘も、長続きする結婚生活も、趣味の菜園も、子供も。ベッドフォード＝スタイベサントからロッカウェイへ、ひとりで地下鉄二本とバスを乗り継いで向かいながら、どこでどうやって道を間違えてしまったんだろうと考えていた。昔のわたしは活発な都会の若者で、自分の夢や興味を追い、目の前には無数の選択肢があると信じて疑わなかった。世界じゅうを旅して、写真を撮り、あちこちの文化や食べ物について書きたかったんじゃなかった？　映画やドキュメンタリーやテレビ番組をつくりたかったんじゃなかった？　不動産開発の仕事をしたいとか、自分で服をデザインして縫いたいと思ってたんじゃなかった？　全部、一時はあこがれたことなのに、どれもやらず、エリックに合わせ、空想上の家庭生活を追いもとめてローンを背負い、クレジットカードの支払いに追われたあげく、そのすべてが浸食される砂浜のように流れて消えてしまった。

まあ、どれも無理だとしても、まだビーチがある。ひとつの巨大なショッピングセンターが延々と続いているようなブルックリンの目抜き通り、フラットブッシュ・アベニューを南端のジャマイカ湾に向けて走るバスに揺られながら思った。同じバスに乗りあわせた、ビーチチェアや大型ラジカセやクーラーボックスを持って楽しそうにしているさまざまな人種の若者たちに、どこか仲間意識をおぼえた。出身地も立場も経験も違っても、みんなビーチでしか得られない愉しみのために夏の朝に早起きしたのは同じだ。そしてふと思った。時間もエネルギーもすべて自分のために使えるという、パートナーも子供もいないことのひとつの利点をわたしはいまフルに活かしていると。

バスが木々のなかの道を抜けると、突然磯のにおいが鼻に届いてはっとした。もう湾の入り江が近いのだ。まもなく、バスが橋を渡りはじめ、タイヤが鉄の格子の路面を踏むガタガタとした金属音が響いてきた。穏やかなセルリアンブルーのジャマイカ湾を眼下に見ながら水の上を進むうちに、やがて道路とT字に交わるように延びるロッカウェイ半島と、その向こうに広がる大西洋が目に飛びこんできた。

橋を渡って曲がり、昔からピープルズ・ビーチとして知られる、大西洋に面したジェイコブ・リース・パークでバスがとまると、ほとんどの乗客がそこでおりた。一九一〇年代に開かれ、貧しい人々のための運動に身を捧げたジャーナリスト、ジェイコブ・リースの名を冠されたこのビーチは、一九三〇年代に入って開発が進んだ。都市住民も、土地と車を持つ郊外の人々と同じような新鮮な空気と海の癒やし効果の恩恵にあずかれるようにと。

一緒におりた乗客たちとともに、アールデコ様式の立派な煉瓦造りのバスハウスを抜け、何世代にもわたって砂まみれの足に踏まれてすり減った床の上を歩きながら、ずっと前にエリックとここへ来たことを思いだした。たしか同じような感じで、週末の朝に早起きして来ることにしたのだった。あのときはまだ時間も季節も早かったので、人はまばらだった。どんより曇った空の下、湿った灰色の砂浜へ歩いていくと、くしゃくしゃの毛布の上で寝ている若いカップルに出くわした。そばにはビールの空き缶が何本も転がっていて、染めたブロンドの髪を頬に貼りつかせた女の子が寝がえりを打ち、充血した目でこちらを見て顔をしかめた。まるでふつか酔いがわたしたちのせいだとでもいうように。

あれから何年もたったいま、わたしはまた朝早くに人もまばらなビーチにやってきた。でも今回は見た目も雰囲気も違う。あのときより明るくて居心地がいい。海が見える砂丘のそばに平らなところを見つけてタオルを敷き、しばらく日光浴をして、海に入って泳ぎ、最新のアンチエイジング化粧品について読み、ニューヨーク・タイムズのウェディングと不動産のページに目を通した。太陽の下で猫のように伸びをして思った。すごくいい時間をすごしていると。

昼ごろになり、おなかがすいたものの、売店のホットドッグやナチョスにはそそられなかったので、よく噂に聞いていた〈ロッカウェイ・タコ〉という店を探して行ってみようと決めた。ローカルテレビ局の〈ニューヨーク・ワン〉で政治ニュースを担当している友人のボブがこの近くに住んでいるのを思いだして、メールを送ってみた。ボブとは何年か会っていなかったが、返事はすぐに来た。うちは〈ロッカウェイ・タコ〉からほんの数ブロックだから、昼食を買って家においでと。そこで、グーグルでさっと行きかたを調べて出発した。Q22のバスに乗って、ネポンジットとベルハーバーの手入れのゆきとどいた庭つき豪邸が並ぶ高級住宅地を抜け、アジサイやオニユリが咲く板ぶき屋根にフロントポーチつきのケープコッド様式やコロニアル様式の家々を通りすぎ、いかにも海辺の町らしい木漏れ日が揺れる海岸通りを走った。十分後、ロッカウェイ・ビーチのさほど牧歌的でないあたりの、この半島にいくつかある精神障害者用施設の巨大な煉瓦造りの建物のそばでバスをおりた。

〈ロッカウェイ・タコ〉では、そこに集まったエネルギッシュで多種多様な人々と、カラフルにペイントされた外のテーブルとベンチ、本や雑誌が置かれたラック、かかっているレゲエ音楽などがかもしだす独特の雰囲気に目をみはりながら列に並び、フィッシュタコスをふたつ買った。

それから角を曲がり、巨大な陶器のモザイクのクジラ像とともにロッカウェイ・ビーチの入口を飾る広い楕円形の駐車場を突っ切った。煉瓦の階段をのぼった先のボブの家は、白いダッチ・コロニアル様式の三階建てで、海を見おろすポーチにぐるりと囲まれたその家には、業界の知りあい――好感を持ってはいたものの久しく会っていなかった人々――が顔をそろえていた。

「やあ、ダイアン。元気だったかい」元記者で、インターネットのニュースサイトを立ちあげたばかりのジョシュが、ポーチに足を踏みいれたわたしにハグして言った。「会えて嬉しいよ」

「よお！　メールをくれて嬉しいよ。よく来てくれたね」ワイングラスをいくつも持って家から出てきたボブが満面の笑みで言った。「本当にひさしぶり！」ともに黒っぽい短髪で身長百八十センチくらい、Tシャツにショートパンツ姿のどちらの男性とも、いつ以来なのか思いだせないほどだったが、ふたりともまるで時間がたっていないかのように親しげな態度で迎えてくれた。

白いプラスチックの丸テーブルにはジョシュの妻イヴァがついていて、白いサンドレスから出た肩にまっすぐな黒髪が広がっていた。イヴァがロゼワインのボトルをあけ、「ワインでも飲んで」とやわらかくうねるようなクロアチア訛《なま》りで言った。その隣にすわり、あたたかな歓迎にひたりながら、シーサイドブルーに塗られたポーチの天井と眼下に広がる大西洋、日ざしに輝くクジラの像に目をやった。

「あのクジラ、なんだか見おぼえがある」わたしは言った。「小さいころ、セントラルパークの子供動物園であういうのを見たような……でも、モザイクは貼られていなかったけど」

「同じクジラだよ」ここに住んで十年以上になるボブが教えてくれた。セントラルパークの動物園が取りこわされたあと、ロッカウェイの海辺に移されてからタイルで装飾がほどこされたのだという。そのクジラ像は〝ホエールルミナ〟と呼ばれているということだった。

ノスタルジーで胸がきゅっとなった。ゆるんでいた心の糸が引っぱられ、幸せだったころとまたつながったみたいに。イヴァにワインをついでもらって、わたしは袋からタコスを出した。「あら、わたしたちもさっき食べたのよ」イヴァの薄いブルーの目が見ひらかれ、頬にえくぼができた。「おいしいわよね」

たしかにおいしかった。それに、イヴァが大通りの酒屋で買ったというワインも驚くほどおいしかった。ロッカウェイもなかなか捨てたものじゃないかもしれない。

「うん、おいしい」キャベツとラディッシュと軽く揚げた魚の歯ごたえに、スパイスをきかせたマヨネーズがアクセントになったタコスに舌鼓《したつづみ》を打ちながら言った。「カリフォルニアでフィッシュタコスのとりこになったの。あっちではどこにでもあって、それだけ食べてればいいっていうくらいだったんだけど、でもこれは向こうにまったく引けをとらないくらいいける」

「ああ、近くにあの店ができてよかったよ」ボブが言った。「このあたりにああいう店はほかにないから」

夫婦の息子たちが家のなかで遊んでいて、彼らのサンダルと服を家の前にとめた車に運んだジョシュがバドワイザーの缶をあけて座に加わった。

「ウェブサイトのほうはどう？」わたしは訊いた。「立ちあげたばかりよね？」

「うん、二週間前に。試験的に始めたところだから、まだ完全にスタートを切ったわけじゃないけど、いまのところ順調だよ。やることはたくさんあるけど、反応も悪くない。そのうちオフィスにおいでよ。サイトを見て、チームにも会ってほしい。いまは五人になったんだ」ジョシュが笑って付け加えた。

「ええ、ぜひ。ところで今日はどうしてここに？　近くに住んでるの？」

「いや、家はアストリアだけど、夏はほぼ毎週末、息子たちとここに来てるんだ」

「息子たちがここのビーチが好きだから」イヴァが言い添えた。

「きみは？　今日はどうしてここに？」ボブがわたしに尋ねた。

「それが面白いんだけど、ビーチに行きたくなって、ここととコニー・アイランドとで迷ってたの。そうしたら記者会見でエイドリアン・ベネピと出くわして、コニー・アイランドはすごく混んでるって言われたから、ここにしたってわけ」

「よかったよ、こっちにしてくれて！」ボブが言った。

「わたしもよかった」

三人とおしゃべりしながら、遠くに沈んでゆく太陽とともに色を変える海をながめていると、なんだか癒やされる感じがして、そのままボブの世界にすっと入っていけそうな気がした。もちろん、街から——ミッドタウンの職場からも、いまの生活拠点のブルックリンからも——こんなに離れたところに住めるはずがない。でも、あたたかくつろいだ雰囲気で仲間に入れてくれた彼らといると、やっと過去の失敗を気にせず楽しい気分でいられるところに来たと思った。


それからおよそ一カ月後、二〇一〇年の夏がレイバーデーという非公式の終わりを目前にして、ついにモントークの黄色いコテージでの一週間の休暇が始まった。来て三日たっても、まだサーフィンはしていなかった。かわりに、積んでいた本を読んだり、真っ青な海を見おろす断崖の岬をハイキングしたり、町をぶらついて、港で昔ながらの釣具店やロブスターの生け簀《す》、並んだモーターボートやトロール漁船、はえ縄漁船をながめたりして楽しくすごした。

絵葉書のような青空と輝く太陽からはとてもわからないが、東海岸のサーファーのほとんどが心待ちにしているハリケーンのシーズンが到来していた。アフリカ西岸の沖で発生した嵐による強風が、無限とも思えるエネルギーを海に送りこむ季節だ。最初はそのエネルギーが無数の白波をつくりだすが、海を何千キロも進むうちに、それが規則的でなめらかなうねりと呼ばれるものになる。うねりが水深の深いところから岸に近づくと、大陸棚の表面ではねかえり、砂州《さす》や岩礁などの障害物にぶつかり、それらの形状や配置や傾斜などによって、うねりが立ちあがってピークができ、サーファーが乗りたがるような波が生まれる。一般的には、大きな嵐であるほどうねりも大きくなり、岸に達するまでさえぎられることのない距離が長いほど、波は強く大きくなる。

モントークはロッカウェイから東に車で二時間ほど走ったところにある。ロングアイランドの突端に位置し、ビーチがおおむね南向きであることから、大西洋を渡ってくるうねりが何千キロもさえぎられることなく、直接到達しやすい。海岸線には入り江や断崖、突きだした岩場などが並び、サーフィンに適した切り立った高い波やチューブ状の巻き波をつくりだす。とくに秋から冬にかけて、モントークには東海岸有数のいい波が安定してやってくる。だが、わたしが来てから最初の数日は、シーズン最初の大きなハリケーンであるダニエルの影響で海が荒れていた。高波と速い潮の流れで、フロリダ州とメリーランド州ではふたりが死亡し、数百人が救助される被害が出ていた。ハリケーン・ダニエルは東海岸沿いをしばらく南下してから沖に離れていたが、それでもまだ初心者には波が大きく強すぎた。休暇が過ぎていくにつれ、サーフィンができないまま旅が無駄に終わってしまうのではないかと不安になってきた。衝動的に散財を決めた罰があたったのかもしれないと。

すると、火曜日の午後遅くになって、同僚のジムがすすめてくれたサーフィン・スクールのクリスティンから留守番電話にメッセージが入った。ほとんど申しわけなさそうな口調で、明日の予報はよさそうだから、もしよかったら、午後五時にディッチ・プレーンズの駐車場前のビーチでインストラクターのショーンと落ちあい、ホワイトウォーター・レッスンを受けないかと。それがなんなのかわからなかったが、嬉しくて舞いあがった。ついにサーフィンができるのだ。

というわけで翌日の午後、クリスティンの言っていた駐車場がどれなのか少し迷ったすえに、砂丘と波打ちぎわの岩場とのあいだに細く走る黄褐色の砂浜で日を浴びて待っていた〈コーリーズ・ウェイブ・プロフェッショナル・サーフ・インストラクション〉のショーンと対面した。二十代とおぼしきがっしりとした男性で、顎までの日に焼けた茶色の髪に、えんどう豆スープの色をした丈の短いウェットスーツを着ていた。

「どうも」彼が言って、プラムカラーのウェットスーツを差しだした。「サーフィンの経験は?」

「まったくはじめてなの」わたしは答えた。「それに、ボード系のスポーツも波に乗るスポーツもやったことがなくて」

「オーケー」彼が髪を横に払って言った。「まず三十分ぐらい、ビーチでポップアップの練習をしよう。そのあとは、ぼくがひたすら波に向かって押しだす」

「わかったわ」そう言ったものの、聞き慣れない用語に、これから何をするのかうまく想像できなかった。まずはウェットスーツを着ようと、長いファスナーがついたほうを前にして、ごわごわしたゴムの筒に足を入れようとした。夏の終わりで気温はまだあたたかかったが、モントークの水温が二十度を大きく超えることはめったにないのだと聞かされた。だから、いま着るのに四苦八苦している厚さ二〜三ミリのネオプレーンのスーツが必要なのだという。ウェットスーツのなかでは薄いほうだが、それでも腰まで引きあげるのに、鉛《なまり》の板かと思うほど重くて硬く感じた。

なかなか着られないわたしを見てショーンが言った。「ファスナーは背中側だよ」

「なるほど」わたしは言って、スーツをぬぎ、もう一度最初からやり直した。汗をかいて息を切らしながら、ようやく腰まで引っぱりあげると、ショーンにそこまででいいと言われた。ポップアップ――というのがなんであれ――の練習のときは全部着ていないほうが楽だからと。「じゃないと、すぐ暑くてたまらなくなるからね。自分がレギュラーかグーフィーかはわかる？」

ぽかんとして見かえすと、ショーンがくすっと笑った。

「レギュラースタンスかグーフィースタンスか、つまり左足が前か右足が前かってことだよ」

どちらの足を前にしてボードに乗るかに生まれつきの好みがあるなんて知らなかった。のちにわかったことだが、これはスノーボードやスケートボードなど、ほかのボードスポーツでも同じだ（ただし、なかにはボードの種類によって違う乗りかたをする人もいる）。わたしたちは簡単なテストをした。身体を前に倒していって、どちらの足が先に出るかをたしかめたのだ。その結果、わたしはレギュラースタンスだということになった。つまり、左足が前で、リーシュコードをつける後ろの足が右足。

ポップアップのお手本として、ショーンが砂の上に足を伸ばして腹ばいになった状態から、わたしがこれから水のなかでやろうとすることをゆっくりやってみせてくれた。腕立て伏せのようなポーズから、左足を胸に引きつけつつ、低い姿勢で右に身体をひねり、右足をずらして両足を腰の幅に開いて中腰で立つ。ショーンがそれを一連の動作でやったところは、ヨガで言うところのベイビーコブラのポーズから板のポーズをへて戦士のポーズに移行したみたいだった。そう言うと、彼はまたくすっと笑った。

「まあそんなところだよ。じゃあやってみて」

わたしは腹ばいになり、鶏の手羽先みたいに腕をたたんで両手を胸の脇に置くと、ショーンがやったとおりに真似しようとした。が、どうしてもうまくいかない。どんなに必死に頭でイメージして声に出して手順をなぞろうとしても、脚を前に引きつけられるだけのスペースを胴の下につくれないか、ちょうどいいタイミングと角度で身体をひねれない。五、六回やるとどうにか近くなってきたが、それでも立つ位置が左右に寄ってしまう。

「きみはこういうふうにひねってる」ショーンが言って、わたしの悪いところを真似してみせた。

「それじゃボードから落ちちゃうよ」

わたしは息を切らし、フラストレーションをつのらせながら、午後の日ざしに汗をかきかき何度もやってみたが、なかなかうまくいかない。でもようやく一度できた。「あと二回それができたら海に入ろう」

「あと一回にして」あえいで口に入った砂を吐きだしながら言った。「こればっかりやってたら、海に入るころには力がなくなっちゃう」

次もうまくできたので、ショーンが海で試すのを認めてくれた。わたしは汗だくの身体にウェットスーツを引っぱりあげ、タフィーみたいにどこまでも伸びるかのような袖と格闘してなんとか腕を通した。とうとう完全にスーツを着て背中のファスナーをあげたときは、汗が滝のように背中を流れているのを感じた。ショーンが長くて青いスポンジ状のボードをかかえて海に入り、何カ所か渦巻く潮から顔を出している大きな岩を指さして、気をつけるようにと注意した。その後ろを、つるつるした水底の岩ですべりそうになりながら、よちよちとついていった。どこを見ても危険そうで、すねあたりの深さのところでもう、転んで岩にぶつかる恐怖に胃がきゅっとなった。わたしったらどうしてこんなところへ来てしまったんだろう。

ようやくショーンとボードに追いついた。「ホップ・オウホーン！」彼が髪を払って言った。

「え？」

「ホップ・オウホーン」ショーンが繰りかえし、細かい波に揺られているボードを指さした。

ああ、なんだ。〝乗って《ホップ・オン》〟をおどけたアクセントで言っていただけだった。

そこに立っているだけでも、波と潮の流れに脚や胴を押されてふらつく感じがしたが、ショーンが押さえてくれたボードによっこらしょと這いあがった。「立つとき」彼が波の砕けるところまで引っぱっていったのち、岸のほうにボードを向けて言った。「落ちると思ったら、後ろ向きに背中から落ちるようにするんだよ。頭から突っこまないように」

底に頭を打ちつけるんじゃないかとパニックになる前に、ショーンがいいかい、いくよと言った。胸がどきどきしてきた。これがはじめての波だ。砂浜で練習したように足を伸ばして腹ばいになり、胸を持ちあげ、幅の狭い砂浜とその先の駐車場のあいだに盛りあがった砂丘に目をやった。「いくぞ」ショーンのかけ声とともに、ボードが前にすべりだして、みるみるスピードをあげた。「立て！」彼が叫んだ。それにしたがったが、ショーンが予言したとおり、すぐにボードから落ちて泡に巻かれた。が、奇跡的に岩にはぶつからなかった。

ちょっとした達成感をおぼえた。立てはしなかったが、これで少なくとも落ちるのが怖くなくなった。いいことだった。ひたすらそれが続いたから。ショーンがわたしを波に押しだし、わたしが焦って立とうとしてはボードの左右どちらかから落ちる、その繰りかえし。それはべつにいやではなかったが、レッスンが終わるころになっても、たらふく飲んだ海水と、腰の痛みと、ズキズキする肩の筋肉以外、目に見える努力の成果は何もなさそうだと思いはじめていた。

二十分ほどそれが続いたころだろうか。ショーンが押し、ボードが前にすべりだすのを感じた。深く息を吸い、腕で上体を起こして身体をひねり、足をすばやく引きつけ、立ちあがって、波に乗った。最高だった。一瞬にして不思議なエンジンに接続され、その推進力でひとりでに海の上を進んでいるような気がした。ボードはもはや存在せず、水上のヘルメスさながらに、翼のかわりにかかとから水しぶきを出して、深海から伝わるエネルギーで岸に向かって飛んでいるような感覚。やがて、また突然重心がぶれ、ふたたび後ろ向きに海に落ちていた。

でもそんなことはどうでもよかった。アドレナリンが全身を駆けめぐり、心臓が胸から飛びでそうだった。強烈な高揚感だった——はてしない多幸感と解放感で病みつきになりそうだった。そして、そう、もっとそれが味わいたくなった。

その日もさらに少しだけ、そして翌日の午後の二度めのレッスンでもまた何度か成功した。でもすぐに、夏のはじめに見た波間のダンサーたちのようになるのがどれだけ遠い道のりかに気づかされた。わたしは百七十八センチの身長をすばやく波に乗る姿勢にかがめる柔軟性に欠けているうえに、パドリングし、七十七キロの体重をさっと持ちあげる上半身の強さも足りなかった。一時間のレッスンを受けただけで、疲れきってふらふらで、あちこち痛くてつりそうだった。しかも、仕事のほとんどはショーンがやってくれているのに。

サーフィンをマスターできる望みは薄そうだけど、でもはまってしまったの。二度めのレッスンの終わりにビキニ姿でビーチにやってきた小柄なブロンドのクリスティンに、わたしはその悩める思いを打ちあけた。「そういう筋肉をつけるにはだいぶ時間がかかるの」ベースボールキャップのつばの下からオーシャンブルーの目をこちらに向けて彼女が言った。「でもだいじょうぶ。レッスンを受けにきたなかには、サーフィンの素質がゼロの人もいた。本当にゼロよ。だけど、とにかく続けてたら、いまはちゃんとサーフィンができるようになってる。きっとそうなるから」

わたしはほっそりした身体が夕陽で金色に輝くクリスティンをみつめ、そして彼女を信じることにした。その言葉が真実だと思いたくてたまらなかったから、というだけの理由で。

数週間後、わたしはまたサーフィンがしたくてたまらなくなった。へたでもなんでも関係ない。とにかくまた海に入り、あのすべる感覚をもう一度味わいたくてうずうずしていた。

ある晩遅く、インターネットを見ていて〈ニューヨーク・サーフ・スクール〉というのを見つけた。ロッカウェイの地下鉄A系統の駅のそばでレッスンをしているという。ロッカウェイ？ その夏、ボブの家でのんきにフィッシュタコスを食べていたときは、あそこでサーフィンができるなんて気づいてもいなかった。そのスクールが教えているのはボブの家の近くで、そこを見つけられたのは信じられないほどラッキーだった。ブルックリンの近くでサーフィンのレッスンが受けられるところは二カ所しかないらしく、そこはそのうちのひとつで、子供と大人向けの個人レッスンと少人数のグループレッスンがある。値段も破算するほど高くはないし、地下鉄で行ける。スクールの素朴なウェブサイトには親しみをおぼえたし、笑顔の女性の生徒の写真がたくさんあって、なかにはわたしぐらいの年齢の人もいた。最初の何回かは奮発して個人レッスンを受け、そのあとはグループレッスンにトライしてみてもいい。オンラインで支払いを済ませると、スクールの経営者のフランクという男性とメールをやりとりして、数週間後の土曜日に最初のレッスンを受けることになった。

その日、朝七時ごろに起きて、アトランティック・アベニュー――その時間でももう混んでいて、複数の車線を車やトラックが次々に行きかっていた――を見おろすベッドの背後の窓から外を見ると、嵐だった。パールグレーの空に黒っぽい雲が垂れこめ、雨がコンクリートの路地に打ちつけ、風がわたしのアパートメントの金網フェンスとその向こうにはえる木を揺らしていた。フランクにメールを送って、これでもレッスンはやるのか、家を出たほうがいいのか尋ねた。「雨でもサーフィンはするよ！」という返事が返ってきた。ただし、やむまで少し待とうか、とも書かれていた。それでふたたびシーツにもぐりこみながら思った。それはそうよね、どうせ濡れるんだから。

一時間後、わたしはベッドから出て、水着を着た上に服を身につけ、バッグにタオルと下着と水のボトルを詰めた。自分がこんなことをしているなんて信じられない。ある種の興奮とともにそう思いながら、持っていくスムージーとエスプレッソを準備した。悪天候を口実に行くのをやめないで、あくまで出かけようとしているのがわれながら驚きだった。ベッドに戻りたくてたまらない自分もいた。でも、雨の通りへと背中を押す自分のほうが勝った。ディスカウントストアと食料品店、教会、そして古い映画館の〈スレイヴ・シアター〉を過ぎてA系統の駅まで濡れながら歩いた先には、ひとりぼっちの週末のぽっかりあいた穴を埋める何かが待っているという確信があった。それだけで、雨のなか出かける価値は充分にあった。

列車が地上に出て、ブルックリンからクイーンズに入る高架の駅へと線路をのぼりだしたときには、雨はほぼやんでいたものの、まだ寒くてどんよりと曇っていた。もう四十分乗っているのに、まだ先がまるまる一区ある。列車は三角形や四角形や五角形の、煉瓦や石や樹脂の外壁の雑多な家並みがどこまでも続く都市郊外の景色のなかを走り抜けていく。

やがて景色が一変し、湿地の植物や低木の茂みが線路沿いにぽつぽつと顔を出すようになったと思うと、ジャマイカ湾の野生動物保護区の木々のなかに入っていた。桟橋に建てられた家とその裏庭に置かれたボート、緑からうっすら黄や赤に色づきはじめた枝葉や蔓《つる》ごしに水面を泳ぐ鴨や白鳥を見ながらブロード・チャネルを抜けると、ようやくロッカウェイ半島が見えてきた。

そこでサーフィンができるのは当然と気づくべきだった。ロングアイランド全体を大きな魚に見立て、ブルックリンとクイーンズを、マンハッタンとブロンクスをくぐって南西のスタテン・アイランドとニュージャージーに向いた魚の頭と考えると、その胴と尾は大西洋に向かって北東に百六十キロ延びている。モントークがその尻尾の南東の端で、ロッカウェイ半島は下顎にあたり、開いた口の部分がジャマイカ湾。顎の下側は大いなる大西洋と面していて、いわばニューヨークの街と海とを隔てる最後の防壁となっている。

ついにビーチ六十七番ストリート駅に着くと、わたしは列車をおりた。ずっとすわっていたせいでお尻も腰も脚も凝っていた。人気《ひとけ》のない濡れた通りにおそるおそる出て、古ぼけた黒いプラスチックのひさしのついた信号を過ぎ、白やベージュの壁にアクアブルーやパステルグリーンの扉を持つ家々を抜けて、工事現場の青いパネルフェンスの向こうに見える大きな土の山を見ながら進むと、ようやく風に揺れるネズの茂みのあいだの、丘を越えてビーチに通じる細い砂の道にたどりついた。

「やあ、どうも」黒いウェットスーツ姿の黒髪の男性がわたしに声をかけ、砂山を越えて近づいてきた。「ダイアンだよね？」

彼はフランクといった。若くはないし、さほど鍛えた身体つきでもなかったが、やさしいはしばみ色の目と親しみやすい笑顔の白髪まじりの男性だった。彼の案内で遊歩道《ボードウオーク》を歩いてビーチにおりると、その日のもうひとりの生徒であるくすんだブロンドの痩せた若い女性と、インストラクターのケヴィンがいた。ケヴィンは白い肌に白っぽいブロンドの細く筋肉質な男性で、まじめそうだった。

夏は終わっていて、もう売店も更衣室もなかったので、わたしともうひとりの生徒は砂に置かれたウェットスーツやブーツやグローブのなかから合うものを選んでビーチで身につけた。彼女は自前の小回りがききそうなオフホワイトのボードをケースから出して、フランクと海に入っていった。わたしはケヴィンとビーチに残り、海やボードについて基本的な安全上の注意を受け、簡単なウォーミングアップとポップアップの練習をした。彼が波に押しだすけれど、進むためにわたしにもパドリングしてほしいと言われた。

それから、倒れた巨石のように砂の上に横たわるボードのところへ行った。長さ十一フィート、幅は少なくとも二フィートあり、中央部分は四インチほどの厚みがあって、怪我をしないように守ってくれるやわらかくみっしりした黄緑色のスポンジに包まれていた。サーフィンでの怪我の大半は、他人や自分のボードやフィンにうっかりあたってしまうことで起こるのだとインストラクターが教えてくれた。一般に発泡スチロール素材をカットしてやすりをかけた上から、グラスファイバーや樹脂の層で包んでつくるサーフボードは、軽いがとても硬く、ちょっとした接触でも驚くほど大きな怪我につながることがあるのだという。

でもこれはまぎれもなく初心者用のボードで、安全性が高く、かつ波に乗りやすく安定しやすいように各部がつくられていた。その大きさ——サーフィン用語ではボリュームと呼ばれる——のおかげで浮きやすく、より短くて細くて薄いボードよりも、進むためのパドリングの力が少なくてすむ。レールと呼ばれるサーフボードの左右のエッジが厚く丸みがあることと、ボードの前（ノーズ）と後ろ（テール）も丸くなっていることで、とくにロッカウェイの厚く割れづらい〝マッシー〟な波で直線的に進みやすくなっている。ただし、表面積が大きいぶん、するどくターンするのはむずかしく、抵抗が生まれてスピードは落ちる。それは初心者にとってはそんなに悪いことではなかった。フィンとリーシュコードのついたサーフボードであること以外、プロのサーファーが使うような薄くて尖った形のショートボードとは別物だ。そういうボードの薄くシャープなレールや強い傾斜、入念なフィンの配置、より尖ったノーズやテールはどれも、大きくて速く、急角度でそそり立ったり、巻いてチューブ状になったりする波の上でスピードを出し、よりすばやくキレのある動きをするためのものだ。

モントークでもやわらかいロングボードだったが、これはさらに大きく、わたしはすでに〝ビッグ・グリーン・モンスター〟というあだ名をつけていた。拾いあげようと腰をかがめたものの、その大きさと重さに負けてボードが手からすべり、鈍い音とともに砂に落ちた。「ぼくがやるよ」ケヴィンが言い、笑顔で苦もなく持ちあげて、軽いジャケットか何かのように脇にはさんだ。「少し慣れがいるんだ」

わたしたちは灰色と茶色がまじったような海に入った。細かいさざ波が立っているが荒れてはいないし、モントークで怖かったようなところはあまりない。石積みの突堤で大西洋と隔てられているが、底はほぼ完全に砂地だった。水のなかを歩きながら、ケヴィンがボードのノーズ近くを持って、盛りあがった波を突きとおすやりかたを見せてくれた。

腰の深さほどのところまで来ると、ケヴィンがボードを岸に向けて乗るように言った。今度もボードによじのぼって正しい体勢になるのに苦労した。レールを持って身体を引きあげようとするのではなく、デッキと呼ばれるボードの表面に両手をつき、腕立て伏せをするようにして胸を持ちあげてスペースをつくり、その勢いを利用して上に乗るんだよ、とケヴィンが言った。わたしはよくわからなくて彼を見た。

「見てて。こうだよ」彼が言って、いとも簡単そうにやってみせた。「このほうがずっとボードも安定するんだ」そこでわたしもやってみた。ケヴィンがどうやったかはちゃんと理解していたが、わたしには同じようにできるだけの腕力や運動神経が欠けていた。

何度かやって、どうにかボードに腹ばいに飛び乗ることに成功した。ケヴィンが前に立ってノーズをつかみ、薄いブルーの目を水平線に向けた。「よし、波が来た」彼が言ってボードの横に回り、前に押しだした。「パドリングを始めて」

わたしはパドリングを始めたが、まったく進んでいる感じがしない。「そのまま続けて」ケヴィンが言った。ようやくボードが前にすべりだし、急に加速した。「立って立って立って立って立って」彼が叫んだ。

わたしは搔くのをやめてボードを腕で押し、一瞬だけ立った。目線はまだ黄緑色のデッキに乗った両足を見ていて、灰色の水がまわりで渦を巻いていた。日ごろの自分から自由になり、かつては公園のすべり台くらい身近だった、子供のころの〝わーーーい〟という感覚が戻ってきた。その直後に水に落ち、ボードだけが岸に向かって進んでいった。でも、モントークのときと同じように、そのほんの一瞬が爽快だった。こんなに解放感をおぼえたことがあっただろうかというくらいに。

さらに何回かやったあと、ケヴィンの判断でもう少し深いところへ移動することになった。フランクと一緒のもうひとりの生徒がボードにまたがっている突堤の先の近くまで。そこは波が盛りあがりながら横に進んだあと、砕けはじめる場所だった。彼女の背後で波が盛りあがりはじめた。彼女が岸のほうを向き、ボードに腹ばいになって猛然とパドリングを始めた。波がそのボードのテールを持ちあげるのが見えたとき、フランクが顔を近づけて大声で彼女に叫んだ。「もっと搔いて！　全力で！」

彼女があの波に乗ったらわたしたちのほうに来る、と気づいたが、ケヴィンは平然としていた。

「よけたほうがいいいんじゃない？」

「だいじょうぶ。こっちには来ない、というかあそこから進まないから」

実際、そのとおりだったが、わたしも同じだった。なんとか立っても、せいぜい一、二秒でボードから落ちてしまう。怖いとか痛いということはなかったが、じれてきて、もっと長く乗れるときが来るのか疑問に思いはじめた。それに、腕や肩が痛み、スタミナも切れてきた。ビーチに戻って休憩し、水を飲んでひと息入れた。もうあと何回もやる体力は残っていない、とケヴィンに話したら、パドリングはやめてうまく立つことに集中しようということになった。

海に戻ったら、それが功を奏した。レッスンが終わるまでに二回、しっかり波に乗れた。岸に向かって進み、顔をあげて、海辺に建つ家々がどんどん近づいてくるのが見えるほど長くビッグ・グリーン・モンスターの上に立っていられた。最高の気分だった。

と同時に、くたくたになった。「もうウェットスーツをぬぐ力も残ってないかも」ビーチを歩きながら、笑ってケヴィンに言った。

「それでいいんだよ。海を振りかえりながらレッスンを終えるよりずっといい」

その言葉が深く胸に刺さった。ウェットスーツ類が積まれたところまで戻り、ケヴィンがかたづけを始めた。わたしはゆっくりウェットスーツをぬいだ。濡れて重くなってはいたが、着たときよりよく伸びてぬぎやすいことに気づいた。海風に震えながらタオルをはおると、ボードウォークにあがって、ビキニから着がえようと、ダークグリーンのペンキが剝げてたわんだ木のベンチへ移動した。足についた砂を払い、できるだけ身体を拭いてからタオルで隠しつつ水着をぬぎ、湿った肌に苦労しながら下着と服を身につけた。胸やお尻がちらちら見えて、うっかり昼前のストリップショーを披露してしまっているのではないかとひやひやしながら。ようやく服を着ると、指のあいだに残った砂粒を感じながら靴下と靴を履き、バッグに荷物を詰めてA系統の駅へ向かった。

クイーンズを走る車内で、身体のあちこちが痛くなってきた。でもそれはどこかを怪我したわけではなく、自分でやりたいと決めたことのために全力を注いだ、勲章のような痛みだった。尻ごみせず、いつものように失敗を恐れてやめなかった自分が誇らしかった。

列車がガタガタと揺れながらブルックリンに戻り、トンネルに入って、地域の昔のリーダーや地主の名前を冠したタイル貼りの駅を過ぎるうちに、その達成感が消え去っていくのを感じて、必死にしがみついた。今日のレッスンで多少は上達した。すごくうまくなったわけではないが、多少は。サーフィンができるようになるためにどれだけの努力が必要かがわかってきたが、くじけまいとしていた。ノストランド・アベニュー駅に着いてゆっくりシートから立ちあがり、ホームにおりた。酷使した全身の筋肉と腱と靭帯と関節の痛みを感じつつ階段をのぼり、まだどんより曇った地上に出て悟った。サーフィンがしたいなら、失敗を繰りかえすしかない。何度も何度も何度も。

3　やみくもだった日々

二〇一〇年九月

それから何週間かたった秋のはじめ、ふたたびサーフィンの練習をする機会が訪れた。悲しくもわたしの手から離れていってしまったブルックリンでのかつての生活で親しくしていた友人が、週末に新婦の家族が持つイースト・ハンプトンの別荘で結婚式をあげるというので、式の翌日にモントークでのサーフィンのレッスンを予約したのだ。金曜日は休暇をとり、友人のジェン――ニューイングランド出身の新郎と幼なじみで、彼をわたしに紹介してくれた人――と前日に現地に入って、少しのんびりしたあと、同じく前日入りした友人や結婚式前夜の夕食会に招かれた人たちと一杯やることになっていた。

木曜日の夜、わたしは寝室のベッドに何枚ものドレスを広げ、結婚式にどれを着ていこうか考えていた。薄くてひらひらした黒いシルクのシフトドレス、キラキラしたシャンパン色のドレス、大学のときにヴィンテージショップで買ったビーズがついた淡いピンクのシャンタン生地のミニドレス――どれも最近はとんと着る機会がなかった。かなり複雑な気分だった。またサーフィンができるのは楽しみだし、新郎新婦のことは祝福している。それにジェン――十年ほど前に、彼女がニューヨーク市の市政監督官候補の広報担当を務めていた当時、わたしがニューヨーク・タイムズの駆けだしの政治記者として選挙戦を取材していて知りあった――とひさびさに会えるのも嬉しい。でもそのいっぽうで、夫のいる女として安定した社交の輪のなかにいられたころを思うと、少し心が沈んだ。

ジェンと出会ったころのわたしは、オフィスのデスクから動かない雑誌編集者から、外を飛びまわって取材する記者に転身して一年もたっていなかった。ほかの人が探りだしてきたことよりも自分でネタを集めて語りたかったが、いっぽうで海外出張が多く転勤の可能性もあるキャリアに邁進中のエリックに合わせて、より柔軟に仕事ができたらという希望も持っていた。

ニューヨーク・タイムズでその転身の機会を得られたのは幸運だったが、とてもハードで責任の重い仕事をちゃんとやれるのか不安もあった。同僚の記者たちの大半より年上なのに経験が浅く、編集者として年月をかけて積みあげてきた評判を捨て、また一からやり直そうとしている気分だった。成功できなかったら、その屈辱には決して耐えられない――落伍者の看板をぶらさげてニューヨーク・タイムズで働き続けるなんてできるはずがない。そう思ったので、全力で仕事に打ちこんだ。その結果、仕事に忙殺され、ストレスで参り、通りで見知らぬ人に声をかけることや、四十五分以内で記事を書きあげることや、デスクと呼ばれる編集担当者から絶えずあれこれ言われることへのフラストレーションを四六時中かかえることになった。同じころ、エリックはビル・クリントン元大統領の財団で外交政策のディレクターになった。それはいくつもの小規模な国際非営利団体でこつこつとキャリアを重ねたすえに手にした念願の職だったが、海外出張ばかりなうえ、家にいるときも携帯電話をかたときも手離せないような仕事でもあった。

わたしたちのあいだで何かがしぼみつつある、どことなく気持ちが離れていっていると感じてはいたが、それを直視することはできずにいた。それでもブルックリンの住宅バブルに乗って、よりいいアパートメントに買いかえると、すべてが順調のように思えて、また昔のように親密に戻れる方法がきっと見つかる、うまくやれると自分に言い聞かせた。エリックもふたりの関係を大切にしているように思えたので、二〇〇二年の秋、わたしたちは十年付きあったすえに結婚した。

ほどなくして、わたしたちはまた不動産を売買し、キャロル・ガーデンズの煉瓦造りのタウンハウスを手に入れた。子供のころから夢見ていた生活をかなえてくれそうな家だった。立地は最高というわけではなかったが、家のなかは素敵だった。年代もののメープルシロップ色の木の床、白石のマントルピース、型押しブリキの天井、それに広い裏庭。そこに住むことは、ふたりでより家庭的な暮らしを始めるということだった。あちこちリフォームして、ひょっとしたら子供を持って。ある晩、まだ使いかたが決まっていない殺風景な応接間で、ふたりでワインを飲みながら決めた。わたしがピルをのむのをやめて、自然にまかせてみようと。

週末はマンハッタン郊外で家具やキッチン小物を見てまわったり、庭で雑草や邪魔な木を抜いて、かわりにバラや野菜の苗を植えたりした。小柄で髪が栗色の、頭の回転が速くて愉快なジェンもよく一緒だった。彼女とは二〇〇一年の選挙中に知りあってすぐに仲よくなり、その後、彼女がエリックとわたしの家のすぐそばにボーイフレンドと住むようになってご近所さんになった。ふたりとは近くの店やおたがいの家で、やはり近所に住む知りあいの出版業界や政治業界や非営利団体の関係者たちもまじえてよく会った。

でも、エリックとわたしの気持ちは離れ続けていった。どこで道を間違えてしまったのかはっきりとはわからないが、ふたりとも仕事や友人との付きあいに忙しすぎて、おたがいや子供のことに充分に目を向けなかったのがよくなかったのだと思う。決定的な何かがあったわけではない。ぎくしゃくすることはあっても、おたがいおおむね楽しくやっていた。だからわたしたちは、というか少なくともわたしは、楽しいことが幸せと勘違いしてしまった。けれど、おたがいへの軽蔑や落胆はだんだん積もり、それがフジツボのように愛の殻にくっついて勢いを失わせ、もうふたりでは進めないところまでいってしまった。

最終的に、先にそれを悟って口火を切ったのはエリックだった。二〇〇七年のことだった。わたしは四十二歳になっていて、いよいよ真剣に子供をつくろうということになった。自然に妊娠するのはむずかしいので、人工授精に向けて不妊治療の病院を選び、エリックの精子のサンプルを提出したり、わたしの卵管がふさがっていないか検査したりと、準備段階に入っていた。そんなとき、エリックが新しい仕事に誘われた。カナダのバンクーバーにある国際的な鉱業投資会社での持続可能な開発部門の管理職で、いまほど忙しくないし、ふたりの関係を修復するチャンスでもあると思った。エリックが帰ってきたとき、わたしはポークチョップとお気にいりのシャンパンでお祝いしようと、キッチンで食事の支度をしていた。

　シャンパンのボトルをあけてグラスに注ぎ、ふたりで乾杯したあと、冷蔵庫からポークチョップを出しているわたしの背中に向かって、エリックが「話がある」と硬い声で言った。振りかえって彼を見た。「いまは子供をつくりたくない。ぼくたちの関係を見直す必要があると思ってる」

「そう」わたしは言った。混乱はしていたが、それほどでもなかった。「それって、つまりどういうこと？」

「ぼくは幸せじゃない。きみはいまの状態に満足してる？」

「そうね、完全には満足してない。だけど、あなたが転職したら、いろいろよくなるんじゃない？」

「そうかもしれない。でもぼくたちは危機的だと感じてる」

「危機的なんて。すばらしくうまくいってはいないかもしれないけど、でも修復できるわ」

「ぼくたちはカウンセリングに行くべきだと思う。それが解決するまで子供はつくりたくない」

　わたしはシャンパンを手に立ちつくした。自分が馬鹿みたいに思えた。むかむかして、せりあがってきた苦い胃液が喉の奥を焼いた。わたしがふたりの人生の次のフェーズに向かう記念の夜にしようと、上機嫌で買い物をしていたころ、エリックは夫婦関係が破綻しかけていることをどうわたしに告げようか、頭を悩ませていたのだ。どうして何も気づかなかったんだろう。フルートグラスを投げつけ、ガラスの砕ける音で粉々に壊れた心を表現したかった。そのかわりにグラスのシャンパンを飲み干し、おかわりをついだ。「もう料理できる気分じゃないわ」そう言ってポークチョップを冷蔵庫にしまった。「外に食べに行きましょう」

シャンパンのボトルをあけ、近所の小さなイタリアン・レストランでも飲み続けた。わたしはエリックに告げた。カップルカウンセリングには行くけど、結局は別れることになるんでしょ？カウンセリングはそのつらさを少しやわらげてくれるだけなんでしょ？

「つまりどうしたいの？」傷つき、怒り、酔って熱くなった頭で言った。「離婚したいの？」

「わからない」

わたしはエリックを見た。その顔は、ふたりのあいだに置かれたろうそくのちらつく炎に照らされ、影に沈んだ目はうがたれた黒い穴のようで表情が読みとれない。突然、店内のすべてが彼の背後に遠ざかった。煉瓦の壁も、長い木のバーカウンターも、ほかのテーブルにつくブルックリンのカップルたちも……。ここを出なければ。ここでこうしてはいられない。わたしは未来を懸けたのに、わたしと一緒にいたいかもわからないと言うこの男と、何ごともなく食事をするふりなんてできない。「帰る」泣きそうになるのをこらえて言い、立ちあがった。「いまはあなたといられない」きびすを返し、ふらつく足どりで通りに出ると涙が出た。どこへ向かえばいいのだろう。顔なじみのレストランに夫を置き去りにしてきたのだ。エリックは驚き、いたたまれない思いをしているだろう。当然、このまま家には帰れない。

とにかく歩いた。商店街を行ったり来たりし、ずっときれいだと思っていた並木道を抜け、ゴーワヌス水路にかかる石橋を渡って対岸のパーク・スロープのはずれまで。もう涙は止まっていた。水面を見おろし、端から突きだしている木の杭の束と、工業地帯から港へと南に流れる月光に照らされた川に目をやった。夢見た暮らしを追いもとめ、ここで何年費やしてきただろう。それはなんのためだったんだろう。エリックと別れたら、赤ちゃんも犬もなし。気の合う愉快な友人とその子供たちを地元産の肉と家で育てた野菜でもてなす、楽しい庭でのディナーパーティもなし。あまりにも長くエリックといたから、彼なしの人生が想像できないし、また相手を探さなければならないなんて考えられなかった。たぶんもう子供も産めない。

終わりだということはその夜でもう明らかだったが、わたしが受けいれるまでには何カ月かかかった。エリックは新しい仕事のためバンクーバーへ引っ越したが、数週間に一度カップルカウンセリングを受けに帰ってきて、そのたびにわたしも向こうへ行くべきか話しあった。十一月の曇った朝、だんだんとブルックリンに帰ってくるのも間遠になっていたエリックが戻ったとき、ふたりでキッチンに立ち、庭に一本だけ残しておいたハナミズキの木をみつめていた。その木にはくっきりした緑の筋入りの濃いピンクの花が咲き、それが春の数週間だけ白くなった。庭にはもやがかかり、聞き慣れたほがらかな鳥のさえずりをのぞいて静かだった。わたしが隣のエリックに顔を近づけてキスをしようとすると、彼は頬を差しだした。

それから少しして、わたしたちは正式に別れた。かつて深い愛情に感じられていたものを終わらせるにあたり、おたがいできるだけ傷つけあわないよう努力して。動揺と恥ずかしさで、友人にもろくに言えなかった。結婚に失敗し、父を失望させてしまうこと——結婚式で「ダイアン、おまえがとても誇らしいよ」と生まれてはじめて言われたのに——だけが恥ずかしかったのではない。こうなると予想できなかった自分への恥ずかしさもあった。ずっと自分では冷静で立ち直りの早いタイプのつもりでいたし、友人知人にも情緒が安定していて独立した女性だと評価されているように思っていた。男との関係がうまくいかないとわれを失ってしまう女ではなく。でもそれがまさにわたしだった。なんて自分のことがわかっていなかったんだろう。鏡に映る贅肉しか目に入らない拒食症の女の子みたいだ。わたしは夜になるとワインに慰めを求めた。流行りの店のバーカウンターにすわり、どことなくパリっ子っぽいイメージを与えるべく、本を片手にするのを忘れなかった。でもそれは見せかけにすぎず、わたしが家に誰も待っていない、失恋の痛手とみじめさで新しい相手を見つけようとする気力もない、孤独で悲しい女だという事実を覆い隠す薄いヴェールでしかなかった。毎朝、目をさますと泣いていた。身体が重くてベッドから出られず、全身の筋肉がマットレスの上で丸まっていたがっていた。どうしてこうなってしまったんだろう、と思った。どうしてもっと早く修復しようとしなかったんだろう。そして、いつになったらこんな負け犬の気分から解放されるんだろう。

やがて、定期的なカウンセリングの助けもあって、少しずつまた普通に暮らせるようになって

きた。リフレッシュのため、スタンフォード大学のジョン・S・ナイト・フェローシップという
ジャーナリスト向けの一年間の講座で学びたいと考え、上司への根回しや申しこみの準備を始めた。春には友人につらい別れのことを話せるくらい気持ちも落ち着いてきた。ある日、市長担当のチーフ記者になっていたわたしは、市庁舎で、風にそよぐ草や咲きほこる花、日ざしにきらめく公園の噴水の水しぶきを見ながら、携帯電話を耳にあて、ジェンに告げた。エリックとの関係が終わり、離婚することになったと。ジェンはじっと話を聞いたあと、いくつか突っこんだ質問をし、慰めの言葉をかけてくれた。少しの間があいて、深く息を吸う音が聞こえ、ジェンが言った。「じゃあ、わたしの式で天蓋《フッパー》を持つ係を頼むのはタイミングが悪いわよね？」

思わず笑ってしまった。たしかにタイミングは悪いけど、でも悪くない、と言った。ジェンが好きだし、彼女がとても幸せそうで、結婚相手もいい人そうだったから、わたしも幸せな気分になった。少しのみじめさはあったが、ジェンの未来のグループの仲間に入れてもらえたのも嬉しかった。

マサチューセッツ州の歴史ある農場で開かれたジェンの結婚式で、石造りの噴水のそばの暗がりに立っているとき、隣にベンがいるのに気づいた。ベンもブルックリンに住んでいて、もともとはジェンに紹介された友人だった。彼と話すのはいつも楽しかった。たがいに幸せな結婚生活を送っている、と思いこんでいたが、結婚式で会ったらふたりとももう違っていた。

その夜、星の光とろうそくのほのかな明かりの下で彼を見て、細身の引き締まった身体つきと

整った顔だちにあらためて気づいた。額にかかるまっすぐな明るい茶色の髪と、深みがあってよく通る楽しそうな笑い声にも。ふたりのあいだにそわそわしたぎこちない空気が流れるのを感じて、今夜何かが起こるかもしれないというかすかな予感をおぼえた。が、もう行くよ、宿をとっているボストンまで帰らなきゃいけないから、と彼が言った。

それから一年近く、ブルックリンの集まりでときどき顔を合わせはしたものの、ベンとは何も起こらなかった。でも、あるとき朗読会でたまたま会って、その流れで何人かの知りあいと食事に行ったあと、彼からメールが来て、飲みに行かないかと誘われた。これってデート？　そう思いながら、家を出てバーへ向かった。大きなブナの木やプラタナスの木の枝葉が頭上でさざめいていた。やだ、ベンったらなんてキュートなの。小さい窮屈な木のテーブルごしに彼を見て思ったのをおぼえている。会話はほぼおたがいの離婚についてだったが、やはりデートなのかはっきりしなかった。すると彼が、最近、脳幹のそばの良性腫瘍の圧をのぞくために大学時代に入れた管を取りかえる緊急手術を受けたと話した。

「そうなの――待って、それってステント？　それともシャント？　父が心臓にそういうのを入れたの。弁か何かを開かせておくために」

「それはステント」彼がくすっとした。「ぼくが入れてるのはシャントだよ」

「それ、脳からどこに行ってるの？」

「ここだよ、ほら」ベンが言って、テーブルごしにわたしの手をとり、皮膚の下の管をなぞらせた。頭から首を通って胸まで、驚くほど太い管が通っていた。と同時に、急接近にどきっとした。わたしの指はいま、男の人の肌に触れている。恋愛からずいぶん遠ざかっていたので、どう反応すればいいのかわからなかった。

さいわい、悩む必要はなかった。ベンが家まで送ってくれて、玄関の階段の前で、街灯のナトリウムランプの下、そっとキスをされた。つつましくやさしいのに性急で、気が遠くなりそうなキスだった。

それからの数週間で何度かデートを重ね、そのたびに愛撫も熱さを増していった。ついにセックスしたとき、よくなかったわけではないが、集中できなくてあまり楽しめなかった。エリック以外の男の人の前で裸になるのは二十代のとき以来で、映画『アニー・ホール』でセックス前のマリファナを我慢させられたアニーになったみたいに、身体から抜けだし、外から自分の行為を見て〝まあすごい〟と思っているような気分だった。

彼とそれ以上の進展はなかった。おたがい好意は持っていたが、わたしはフェローシップで一年近くカリフォルニアへ行くことになっていて、それがブレーキをかけた。そのあともベンとの友情は続いたが、恋のほうには向かなかった。

二年後、ジェンも同じく離婚し、ボストンへ引っ越した。それでわたしも、ジェンが近くにいることもあってなかなか離れる決心がつかなかったブルックリンの地区を出ることにし、タウンハウスを売った。彼女はイースト・ハンプトンで開かれる結婚式のため、飛行機でジョン・F・ケネディ空港に来て、モントークでわたしと一緒に泊まることになっていた。金曜日の朝、すすけた到着エリアにとめた車のなかでグーグルマップのプリントアウトをにらみ、高速に乗るまでの迷路のような細い道や支線や入口ランプを確認していると、助手席の窓がコツコツと叩かれた。顔をあげると、マホガニー色の目を細めて満面に笑みをたたえたジェンが立っていた。それで不安も一瞬で消えた。

「あらあら、初対面であなたを殺しそうになったときのこと、おぼえてる?」ジェンが笑いながら言って助手席に乗りこみ、ナビを手伝おうと携帯電話を取りだした。ずいぶん前の選挙戦で出会ったとき、彼女はアッパー・マンハッタンで開かれる記者会見に出席するわたしを、茄子紺色のおんぼろの選挙用ワゴンカーで夜明けにブルックリンまで迎えにきてくれた。そのとき、高速のブルックリン゠クイーンズ線とメジャー・ディーガン線の合流地点で少しひやっとすることはあったが、命の危険を感じるほどではなかった。わたしたちは〝果ての地〟モントークをめざしてひた走った。どちらも結婚に夢破れた過去をかかえ、未来にまともな展望もなく。それでも、少なくともロングアイランドの道はまっすぐで開けていて、快調に流れていた。昼にはモントークに着き、フォート・ポンド湾を見おろす古びた家族経営のロブスターの店でランチにした。

「ベンと連絡とってる?」ビールとロブスター・ロールを前にして埠頭《ふとう》の白いプラスチックテーブルにつくと、ジェンに訊いた。

「ううん、最近はほとんど誰とも連絡をとってなくて。でも、今夜彼も来ると思うわよ」

「うん、わたしもここのところ会ってないの。一年近く前、ベッドフォード＝スタイベサントまで迎えに来てくれて、フラッシングの知ってるレストランに連れていってくれたんだけど。小さい店だったけどびっくりするくらいおいしかった。たしか〈リトル・ホット・ペッパー〉だったかな」

「ベンは昔からグルメだから」

ランチを済ませると、夏のはじめにも泊まったビーチコマー・ホテルへ向かい、ふたりで海を望むバルコニーでくつろいだあと、式に着ていく服を見せあった。ジェンはその晩、結婚式前夜の夕食会に招かれていた。イースト・ハンプトンまではタクシーを呼ぶから、送っていかなくていいというので、わたしは昼寝をしてゆっくりシャワーを浴びたあと、前にここに滞在したときに見つけた町中のレストランへ行った。みんなと会う心の準備ができていなかったので、前乗りしているほかの人たちに連絡しようとはせず、ひとりで天然のスズキと近くの町のワイナリー産のロゼを楽しむことにした。みんなのことは大好きだった。ジェンや新郎が学校や社会活動や文学を通じて知りあった、頭がよくて政治への意識も高い進歩派の人たち。でも、みんなカップルで来ていて、当然ながら結婚生活や子育ての話題ばかりになり、意図的でないとはいえ疎外感を味わわされる覚悟をしなければならないし、離婚してこれからどうするのかという質問に、おめでたい席にふさわしい明るくポジティブなトーンで答える準備をしておかなければならない。わたしはまだ、結婚がどうしてだめになってしまったのか、あるいはこれから子供を持とうとするのかといったことについて、ちゃんとした答えが見つからずにいたので、そういう話をすると考えただけで、自ら招いた大失敗だという悔悟の念が蒸しかえされ、気分が落ちこんだ。わたしたちが集まったのは、幸せなカップルの新しい船出を祝い、それがふたりにとって生涯の旅となることを心から願うためなのだから、自己憐憫《れんびん》なんてものはお呼びでないのだ。

店内を見まわし、ぶらさがった電球や海辺の小屋風のトロピカルな内装、楽しそうにおしゃべりする日焼けした若いカップルや、チノパンツにセーター姿でミサンガのブレスレットをつけた家族連れをながめた。それはわたしには慣れた役割だった。場に溶けこんでいるように見えて、じつはそうでもない、ぽつんとした傍観者。完璧を求める家族のなかで育ち、よくそうやってやりすごしてきた。観察し、なだめ、引きさがり、みんなが感情をぶちまけるなか、ひたすら感情をおさえこんで。記者としても、とくにホテル・レストラン業界を担当するようになったこの数カ月はそうすることが多かった。人が集まるニューヨークの人気スポットへ出かけていっては、他人の人生を外から垣間見ているだけ。でも新しいことを始めたじゃない、と自分に言い聞かせた。いままで考えもしなかったスポーツをやっていること。それが希望だった。まだ自分にも何かがある、もう一度幸せを見いだせるという希望だった。もっとひどいことになってた可能性だってある。バースツールから立ちあがり、車に向かいながら思った。これでもそう悪くない。

二十分後、わたしはの向かいにとめた暗い車内にいた。そこで新郎新婦と夕食会のメンバーが、それ以外の人たちと合流することになっていた。夕食会が延びていたので、知りあいがいないのを心配し、ぎこちない世間話を避けたくて、なかに入らずぐずぐずしていた。が、内なる小さな声が、逃げずに踏みだせと背中を押した。ここで尻ごみしたって、ひとりで生きていかなければならない事実は変えられないのだから、せいぜい楽しもうとしたほうがいい。

思いきって運転席からおりようとしたとき、わたしの前にとめた小型の赤いハッチバックからベンがおりてきた。数秒その場に立っていたと思うと、魅力的なブロンドの女性が横にあらわれた。ベンが何げなく彼女の肩に腕を回し、ふたりはゆっくり通りを渡ってバーに入っていった。彼とデートしていたのはずいぶん前のことだし、もうなんとも思っていないつもりだったのに、その光景に衝撃が走り、悲しみと寂しさと欠乏感に襲われてシートから動けなかった。

息をして、と自分に言い聞かせた。ほら、息をして。なかに入ってみんなと顔を合わせられる気分になるまで、どれくらいすわっていただろう。五分か、それとも二十分か。求めていたのはベンではなく、わたしとジェンをのぞくその場の全員が持っているであろうものだった。生活をともにする誰か、自分を理解してくれる誰か、抱きしめ、愛し、話を聞き、セックスし、アドバイスし、助け、支えてくれる誰か。それがわたしにはいない。この先あらわれると思える具体的な理由もない。シングルはみじめだ。ひとりでだいじょうぶ、へたな男と一緒にいるよりいいとどんなに自分に言い聞かせても、イヤフォンから流れる〝幸せじゃないならひとりのほうがいい〟というホイットニー・ヒューストンの歌声を聴きながら何度涙にくれても、そのときのわたしは欠乏感で爆発しそうだった。いつになったら、また誰かの腕に抱かれる女になれるの？　そう思わずにはいられなかった。いつ？　いったいいつ？

日曜日の朝、わたしはひどいふつか酔いとともに目をさました。頭がガンガンして、節々が痛み、口のなかがべたついていた。イースト・ハンプトンの海辺の別荘で開かれた結婚式は、わたしの不安に反してとても楽しかった。みんな、わたしが新たにサーフィンにはまった話を興味を持って聞いてくれて、自分の趣味にまつわる悩みやエピソードを口々に話してくれた。そのおかげで、わたしの離婚や恋愛のことは話題にのぼらなかった。でもシャンパンが飲み放題で、わたしは『フィラデルフィア物語』に登場する写真記者のエリザベス・イムブリーみたいに止めどころがわからず、予想どおり飲みすぎてしまった。

もぞもぞとベッドから出て海を見た。空は曇ってもやがかかっていたが、まあまあの波が立っているのがわかった。九時からのサーフィンのレッスンまでもうあまり時間がなかった。ジェンはソファに寝ころんで本を読んでいて、最後の昼食の集まりまで何時間かひとりでだいじょうぶだと言った。そのあとはブルックリンに帰ることになっていた。わたしはエスプレッソを淹れ、グラノーラをボウル半分食べ、水を持って車に乗りこんだ。

高速に乗って町を走り抜けた。朝方降った大雨で道路はまだ濡れていた。ビーチに向けて右折し、イースト・デック・モーテルまで行って、通りをはさんだ私道に車をとめた。そこでインストラクターのジョンと落ちあうことになっていた。

茶色い大きな階層構造の家の庭に置かれたロングボードの横を通り、ドアをノックした。「やあ」網戸の向こうから男性が顔を出した。「ダイアンだね」

「ええ」と答えてぎょっとした。彼がセクシーすぎてまともに見られないほどだったから。夏にモントークに来たとき、わたしがショーンに教わっているあいだ彼がほかの生徒にレッスンをしていたのはおぼえているが、あのときは海のなかで必死だったので、こんなにハンサムだと気づく余裕がなかった。ジョンは砂色の髪を低い位置でポニーテールにまとめていた。身長はわたしと同じくらいで、よく日に焼けた彫りの深い顔に茶色の目、裸の肩と胸はみごとな筋肉が隆起し、スウェットパンツのウエストの少し上の脇腹あたりに治りかけの擦り傷があった。

見ちゃだめ！　頭のなかでそう叫ぶ声がした。自制して！　わたしは深呼吸し、自分がここへ来た理由に集中しようと努めた。

「スーツを持ってくるから、外で待ってて」

出てきた彼が芝生の上に置かれたボードに目をとめた。「おっと、あいつ持ってきてくれたのか。気がつかなかった」嬉しそうにそう言いながら、スーツを渡してくれた。それから膝をついてボードを拾いあげ、あちこちに向きを変えた。表面を指でなぞり、裏の淡いブルーのなかでそこだけアイヴォリーの修理した箇所に触れた。「おっ、すごくいい仕事をしてくれたな。早くまた海に持っていきたいよ」

ジョンが家のなかへ戻った。わたしはTシャツとカットオフしたデニムスカートをぬぎ、ウェットスーツを着はじめた。彼はほんの一瞬でスウェットパンツからグレーのウェットスーツを腰まで着た姿になって出てきた。彼とおしゃべりしながら、視線がその胸に向かわないよう、精いっぱい手もとに集中した。彼はクリスティンのいとこで、ロング・アイランドのべつの町で育ち、彼女のパートナーであるスクールのコーリーとも家族ぐるみの友人だという。この家は祖母の家で、子供のころからここで夏をすごし、サーフィンをしてきたんだ、と彼はスーツを上まで着ながら話した。「ここがあって本当にラッキーだったよ」と何度も口にしながら。

通りを渡り、土の駐車場を抜けてビーチに出た。ジョンが砂山にずらりと立てかけられたボードのなかから、大きなソフトトップのボードを二枚とって海に入り、膝くらいの深さのところでわたしが追いつくのを待って、そのひとつを渡した。海水は冷たく、細かく波立っていて、足とも不安定だったが、ふつか酔いでまだ少しぼうっとしていたのと、ロッカウェイでのレッスンで少しだけ上達したという自負で、恐怖はだいぶやわらいでいた。

「今回はホワイトウォーター・レッスンってことになってるけど」ボードを運ぼうとしているとジョンが言った。「でもあんまり意味があると思わないから、外《アウト》に行こう」

サーフィン用語にくわしくなくて、もう外にいるじゃない、と思ったが、やがて気づいた。ジョンは屋外という意味で言っているのではない。岸の近くで、すでに砕けて泡立っている波に乗ろうとするのではなく、その向こうの〝アウト〟で波が盛りあがるところをとらえようというのだ。ロッカウェイでケヴィンとやったように。が、ジョンが前に立っているのではなく、ボードに乗っているということは、わたしも自分の力でボードに乗って進まなければならないのだと気づいた。また胃のあたりであの恐怖のこぶができはじめた。急に、波が前より大きく恐ろしいものに思えて、進もうとしたらひどい目に遭わされるような気がしてきた。でも、怖《お》じ気《け》づく前にボードに腹ばいになり、指示どおり腕で上体を起こして波の頂点を乗り越え、顔にバシャバシャ水しぶきを浴びながらジョンのあとについて懸命にパドリングした。さいわい、アウトはさほど遠くはなく、しばらくするとジョンの隣でボードにまたがってすわっていた。息をはずませ、ベッドから出たときより確実にしゃきっとした頭で。

すぐにリズムができあがった。わたしは岸を向いてボードにまたがり、ジョンがその横にボードを並べて沖を向いた。波が盛りあがると、彼が腹ばいになってパドリングを始めるタイミングを指示し、同時に自分のボードの向きを変えて、わたしの少し後ろからパドリングする。わたしのボードのテールが波に持ちあげられると、彼が少し押して「立て」と叫ぶ。意外にもそれがわりとうまくいった（頭が少し痛いのと、ときどき胃から何かがこみあげそうになるのをべつにすれば）。立ちあがり、ちょくちょく三、四秒も波に乗ることができた。それは最初に来たときにくらべれば永遠にも等しく思えた。

すごくわくわくして楽しかった。あいかわらず初心者で、まだ足もとボード以外に目をやる余裕はあまりなかったが、水の底から魔法のモーターで押され、海の上をすべっているような感覚がたまらなくて、ずっとそうしていたかった。ボードの先端が、盛りあがっては音を立てて白く砕ける灰色の波を切っていくのが見えた。

コツがつかめてきたかもしれない。早くもそんなふうに思った。もうすぐロッカウェイでボードを借りてひとりで練習できるようになるんじゃない？

ジョンにそう訊いてみると、「まだ早いね」と言われてしまった。「自力で波をつかまえるには、もっとパドリングが速くならないと」

冷水を浴びせられるような評価だったが、そのとおりだった。手伝ってもらっていても、もう体力がなくなり、腕に力が入らなくなりつつあった。次の波では立って乗ることができたが、それが砕けるときの下から急に突きあげられるような衝撃でボードから落ちた。浮きあがってボードをつかんだところで、後ろにいたジョンが次の波をとらえたのに気づいた。彼はすべって近づいてきて、そのままわたしを追いこしていった。ボードの上で軽く優雅にステップを踏み、岩場を洗う泡立つ波のなかで自在に方向をあやつって。まるで水上のダンサーだった。何をどうやっているのかわからなかったが、わたしもあんな動きがしたいと思った。

「さあ、あっちに戻ろう」彼が近づいてきて声をかけたとき、わたしは白く濁った海に揉まれながら、ボードに覆いかぶさるようにして立ち、酷使した肩に広がるしびれるような痛みが引くのを待っていた。

「少し休みたい」

わたしたちのすぐ目の前で波が砕け、その勢いに呑まれて転びそうになった。

「わかった。ここにいてもいいけど」ジョンが髪から水をしたたらせ、するどく言った。「でもずっと海に揉まれることになる。それよりあっちで休んだほうがいいよ」

少しいらっとした。岸に向かおうかと思ったが、六月にあの黄色い家が目に入ったときのように、自分のなかで何かが動いた。大変だからってやめちゃだめ。やりたいなら努力し続けなきゃ。

僧帽筋のズキズキする痛みを無視し、またボードに乗って、鼻から喉に流れこむ海水を吐きだしながら、パドリングでもとの場所へ戻った。まだ不安定な海面でまっすぐすわっているのにも苦労したが、ジョンがいくつか波に乗っているあいだに、どうにか息を整え、多少なりとも落ち着きを取りもどした。しばらくして、再開する準備はできたけど、たぶんあと一、二回だけだと思うと彼に告げた。次にジョンが乗れと合図した波では一瞬しか立っていられなかった。くやしくて、レッスンを終える前にあと一回だけやってみようと思った。

永遠に思えるくらい待ったあと、ようやくいい波が背後で盛りあがった。パドリングを始め、ジョンが押して、わたしは立ちあがった。そのままずっと、ほぼ岸まで波に乗っていくことができた。ビーチが近づいてきたとき、浅瀬の岩にフィンが引っかかったり、ボードの底がこすれたりしないように、というジョンの注意を思いだした。下を見ると、まだそれほど岩もないし、ボードのスピードもかなりゆっくりだったので、そのまま足からおりられそうに思えた。が、急に下からボードが揺さぶられた。バランスをくずし、転ぶまいとして海側に身体をひねった。でもわたしの足はくっついたようにボードから離れなかった。身体が振られる感覚とともに、左膝がぐりっとねじれた感じがして、瞬時に強烈な痛みが走った。そのままよろけて不自然な姿勢で転んだと思ったら、なぜか気づくと沖を向いてボードにまたがり、激痛に声も出せずあえいでいた。

ジョンがあわてて膝立ちのパドリングで向かってきながら叫んだ。「だいじょうぶ？」

「ううん、まだ」痛みをこらえてなんとか返事をした。「膝をどうにかしちゃったみたい」

「歩ける？」

「たぶん。でもどんどん痛くなってるみたい」

わたしはなんとか立ちあがり、ふたつのボードを器用に運ぶジョンのあとから、足を引きずって岸にあがった。歩くには歩けたが、長くは無理だし、とてもだいじょうぶではなかった。

「家に戻ってウェットスーツをぬごう」砂山にボードを立てかけてジョンが言った。「手を貸そうか？」

「ううん、たぶんだいじょうぶ」歯を食いしばってそう言った。膝の奥のほうを小さなドリルで削られているような痛みに負けたくなかったし、ジョンと肌が触れることへの心の準備もまったくできていなかったから。だいじょうぶなほうの脚で跳ねて、痛めた足はちょっとつくくらいにすれば、なんとか気絶しないで車までたどりつけそうだった。

足を引きずりながらゆっくり土の駐車場を抜け、草の茂る道を歩いた。ジョンがときどき立ちどまってわたしを待ってくれた。

「本当にだいじょうぶ?」

「だいじょうぶじゃないけど、そのうちよくなるわ」わたしは怪我に対するいつもの楽観的観測を口にした。実際、すぐよくなるだろうと思った。ジョンの祖母の家の庭で、濡れて重くなったウェットスーツをぬぎ、みるみる腫れてきてもう曲げるのも苦痛な膝を見てからも。タオルを巻いただけの格好で車に乗りこみ、倍に腫れた左足を手でそっと曲げてシートにおさめた。ペダルを踏むほうの足でなくて本当によかった。サンルーフをあけて道路を走りながら、少しずつ心配になってきた。深刻な怪我じゃないといいけど。

不安を振りはらい、今日うまく波に乗れたときのエンドルフィンの効果にひたりつつ、どうすればもっとサーフィンに適した身体になれるだろうと考えた。ただパドリングが遅いだけではない。自分にもできるはずだと、なんの根拠もないのにかたくなに信じてきたが、実際のところ、わたしはこのスポーツにまつわる何ひとつうまくできない。心はその気でも身体がついてきていない——そう、まず肉体を鍛えなければ。

4　はじめてのターン

二〇一〇年十月〜二〇一一年五月

十月下旬、わたしはマンハッタンのミッドタウンのコロンバス・サークル近くにある理学療法クリニックで、いくつもある狭いベージュの処置室のひとつの診療台に横たわっていた。白いポロシャツにチノパンツ姿の若い女性がわたしの膝頭を揺すり、そのまわりを軽く指で押していった。モントークでの前回のサーフィン・レッスンで膝をひねったときに、大腿《だいたい》骨の下部と脛《けい》骨の上部をつなぎ、膝を固定するうえで大きな役割をはたしている内側側副靱帯を捻挫してしまった。とくにコンタクトスポーツでは多い怪我で、一般には打撃を受けたり強くひねったりした結果、靱帯が伸びたり切れかけたりして起こる。医師はさほど心配ないと言っていたが、松葉杖で生活し、RICEの処置――安静、冷却、圧迫、挙上――や、あおむけに寝て膝を曲げ伸ばしする軽いエクササイズを四週間まじめに続けてもよくならなかったので、とうとうリハビリへ行くように指示された。

若い女性が指で押していると、急にカチッと何かがはまったような感じとともに膝が楽になった。

「いまの何?」

「関節には小さな袋があって、それがなめらかな動きを助けています。そこに気泡ができると、正常な機能が妨げられて、動きを邪魔することがあるんです。いまのはその気泡の空気を抜いたんですよ」

それからの数週間、わたしは熱心にこのリハビリに取り組んだが、少し恐怖もあった。身体の内部構造について学ぶのは楽しかったし、若いころのようなフィットネスと体力への自信が取りもどせるなら嬉しかった。昔のわたしはなかなかのダンサーだった。音感がよく、振りつけで求められるたいていの姿勢をとれる柔軟性もあり、優雅でバランス感覚もあった。ダンススタジオは自分の身長が強みに思える場所で、ダンスの講師も振付師も長い手足を褒めてくれた。ふだんのわたしはいつも身長を低く見せようとして、ぺたんこの靴を履いたり、腰を横に突きだすようにして立ち、ほかの人と同じくらいの背丈に見えるようにしていた。

大学ではダンスはやめてしまったが、運動はしようと心がけ、ときどきキャンパスのそばの川沿いを走ったり、プールで泳いだりしていた。身長をべつにすれば、自分の体型にはそこそこ満足していたが、身体は鍛えていたかった。大学を卒業してまもなく、交通事故に遭い、脳震盪《のうしんとう》を起こすとともに、頬骨を骨折し、歯が数本折れ、腰を痛めた。そのとき以来、自分の身体がもろいもので、気をつけて扱わなければならないという意識がつきまとい、心もとなさが消えなかった。

事故の怪我が治ってから泳いだり走ったりジムで運動したりして、少しずつ身体を戻していった。だから、リハビリ室でするエクササイズにはなじみがあった。

でもそのあとの手技がつらかった。痛くて、ときには腿に点々とあざができた。理学療法士いわく、大腿四頭筋と腸脛《ちょうけい》靭帯の張りが痛みを悪化させているという。それはランナーによく見られる症状だそうで、わたしも怪我の前に定期的にしていた運動といえば走ることくらいだった。膝の安定を助けている太い帯である腸脛靭帯は、骨盤から太腿の外側を通り、膝を通って脛骨まで伸びていて、ゆるめるのは簡単ではない。指示された治療法は、家でこの筋肉と靭帯をほぐすために硬いスポンジチューブの上で転がし、クリニックでマッサージを受けるというものだったが、どちらも耐えられる限界ぎりぎりの痛さだった。

「痛む箇所があったら」理学療法士が転がしかたをやってみせながら説明した。「しばらくそこでじっとしていてください」

「どのくらいのあいだ？」

「少なくとも二分間。耐えられるならもっと」でも耐えられるのは一分がやっとだった。

痛みなくして得るものなし――エクササイズ中は呪文のようにそう唱えていたが、それにしてもリハビリは拷問そのもので、耐えるには妄想で気をまぎらすしかなかった。仕事中もふと浮かび、ありありと夢に見るその妄想のなかで、わたしは青磁色のサテンのカーテンの上をすべるように進んでいる。足の下にボードがあることはほぼ忘れ、砕ける波にかかとをくすぐられて、どこまでも運ばれていく。膝の治りの遅さを思うと、その妄想を現実のものにする挑戦はたぶん春まで待たなければならないだろうが、それまでに準備は整えておきたかった。怪我をしたのも、わたしがかかえるサーフィンの問題の多く――パドリングができないこと、スタミナが足りないこと、ポップアップがへたなこと――も、体力のなさと身体の硬さが原因であり、それは電話したり原稿を書いたりといったデスクワークでずっとすわっているせいに違いなかった。まるで不健康ではないにしても、必要なレベルにはまったく達していなかった。

モントークで見たサーファーたちはいかにも楽々と簡単そうにやっていて、ボードが魔法のじゅうたんであるかのように、水の上をすーっと運ばれているみたいに見えたが、そのイメージがいかに見せかけだけだったかわかってきた。「毎日やればサーフィンはすぐにうまくなる」とモントークで最初に教わったインストラクターのショーンは言っていた。さらに若いうちから始めるほど上達が早い、とも付け加えたかったかもしれない。歳をとるほど身体に新しいことをおぼえさせるのはむずかしくなるから。

それはどんな活動にも言えることだが、たぶんサーフィンはとくにそうだ。頭から爪先までほぼ全身の筋肉を使ううえに、日常ではしない、ほかのスポーツにもあまりない動きの組みあわせで成りたっているからだ。パドリングには水泳と同じく腕、肩、胸、背中の大小の筋肉を使う。ポップアップにはヨガの達人のような腕力と柔軟性が必要で、ボードを取りまわすにはバスケットボール選手のような下半身の力と俊敏さ、そしてスキーヤーのようにバランスとフォームを保ち、長く乗り続けるために身体をひねったりそらしたり、ボードの上で体重を移動させたりする能力が求められる。パドリングと立ちあがりに重点が置かれることから、サーフィンは男性ほど上半身の力がない女性にとってはとくにむずかしい。男性と女性のサーファーをくらべたスポーツ研究者によれば、女性のほうがポップアップに時間がかかるが、それは最大筋力が弱いことと、それを適用するスピードがより遅いことによるものであり、ようするにパワー不足の結果だというのが研究の結論だった。わたしはリビングの床の上でさえちゃんと腕で上体を起こすことができない。すばやく動く水のなかで、さっと跳びあがるとともに身体をひねって、ボードのセンターライン上の正しい位置に立つなんてできるはずがなかった。

それをなんとかしようと、週に何度かパーソナル・トレーナーのもとへ通っている〈7デイズ〉時代の友人のジョナサンに連絡した。ジョナサンによれば、そのトレーニングのおかげで長年悩まされてきたひどい腰痛が消え、趣味で始めたテニスでも怪我をしないですんでいるという。「ロブはすばらしいよ。やさしくて親切だし、ハードに追いこむんだけどいやなやつだと感じさせない。キュートで愉快でチャーミングなんだ」

そのお墨つきを得て、十一月の最初の火曜日に予約を入れ、午前中ブルックリンのアパートメントで何本か仕事の電話をしたあと、ロブがトレーニングをおこなっているノーホーのプライベートジムへ向かった。正午少し前、地下鉄F系統をブロードウェイとハウストン・ストリートの角でおり、ラファイエット・ストリートへ向かって、グレイト・ジョーンズ・ストリートまで数ブロック歩いた。よく晴れていて季節のわりにあたたかく、不ぞろいな玉石の敷きつめられた歩道や古い集合住宅、工場を改装した高級アパートメントが日ざしを浴びて輝いていた。ホームレス女性のシェルターとなっている立派な煉瓦造りの建物を過ぎ、パリにあっても違和感がないような青いマンサード屋根の白いキャストアイアン建築の建物を覗きこんだ。ギリシャ・リバイバル様式のタウンハウスが並ぶ〈コロネード・ロウ〉とルネサンス様式のファサードを持つ〈パブリック・シアター〉を抜け、アスタープレイスの立方体の黒い鉄のオブジェに目をやりながら、このあたりでどれだけの時間をすごしただろうと考えた。

はじめて就いた雑誌の仕事のオフィスがすぐ先にあった。高校時代、私立の進学校に通うわたしたちなりに不良を気どって、網タイツやシド・ヴィシャスのバッジや古着を友人と買いにきた、パンクな若者が集まるセントマークス・プレイスからもそう遠くないところだった。ジョナサンがライターであり俳優でもあるモー・ギャフニーという女性とシェアしていたグレイト・ジョーンズのロフトにもよく泊めてもらった。当時のあるパーティでトレーナーのロブとも出会っていた。彼はそこそこの背丈以上の存在感と地中海的なルックスのよさ――ウェーブした黒髪、あたたかな茶色の目、厚い唇とがっしりした顎――を誇る、カリスマ的な男性だった。

その一帯、とりわけグレイト・ジョーンズのそのブロックには、化石のように社会に出てからのわたしが記録されている気がした。どのビルにも、歩道にも、バーやカフェやレストランにも、かつてあこがれ、なろうとしたさまざまな自分の思い出が刻まれていた。いまでも仕事や私生活でのさまざまな失意を引きずっているが、それでもジョナサンが住んでいたロフトの隣のビルに入っているロブのジムが近づいてくると、自然と足が速まった。新しい挑戦への期待に心がはやって。

重いグレーのドアを押しあけてロビーに足を踏みいれ、アートギャラリーの受付とラ・ママ実験劇場の稽古スタジオを過ぎて、初回のトレーニングが予定されている二階のジムへときしんで傾いた木の階段をのぼった。これまでもジムの会員になったり、トレーナーについたりしたことはあったが、汗を流すのは好きなのに、どれも長続きしなかった。二、三回、あるいは二、三カ月は張りきって通うのだが、毎度ゆうべ遅かったからとか、仕事の締めきりが迫っているからとかで挫折してしまっていた。

薄暗い階段をのぼりきってドアをあけると、そこは想像していたのとは違う、広々としたダンススタジオのような空間だった。奥の壁には三メートルの窓がふたつあって、さんさんと光が射し、その向こうには木々と非常階段とビルが見えた。床には白い斑点が散った黒のマットが敷かれ、いくつかのトレーニングマシンのほか、鏡張りの壁ぎわにラックが置かれて、そこにウェイトやボールやロープや色とりどりのゴムチューブが並んでいた。手前にはコートかけとロッカー、棚つきのミニキッチンがあったが、普通のジムにあるようなごついウェイトマシンはあまりなかった。

ロブはべつのお客のトレーニングを終えるところだった。手を振ると「やあ、ダイアン！」と彼が大声で言った。「すぐ行くから、着がえてきてくれるかな」わたしは更衣室に入り、トレーニング用の格好に着がえた。出ていくと、キッチンに連れて行かれ、重ねられたカラフルなプラスチックタンブラーからひとつ選んで水を入れて渡された。それから、トレッドミルとエアロバイクとローイングマシンが置かれた奥の一角に案内された。

ロブはあいかわらずハンサムだったが、笑うと目尻に深いしわが刻まれるようになっていた。身体はみごとに鍛えあげられていて、Tシャツごしでも胸筋の盛りあがりがはっきりとわかった。母親がジャック・ラレーンのテレビ・エクササイズをしているのを見て育った彼は、早くからスポーツとフィットネスに興味を持ち、いくつもの競技で活躍した。その後ボディビルの選手になり、トライアスロンを二回とフルマラソンを十回完走した。大学で運動科学を学び、卒業後はジムや企業のフィットネス・プログラムのトレーナーとして働いたのち、知人とともに〈グレイト・ジョーンズ・フィットネス〉を開業した。

「いま、膝の具合は?」彼が尋ねた。

「だいぶよくなった。ときどきちょっと違和感があるけど、力をかけすぎたりしなければ痛みはないわ」

「オーケー、わかった。まずバイクを三分間こいで様子を見てみよう」ロブが言い、わたしの脚を見てシートの高さを調節した。「じゃあやってみて」

わたしはぎこちなく三角形の革張りのシートにまたがり、ペダルのストラップにスニーカーの先を入れるのに少し手間どった。エアロバイクは好きではなかった。退屈だし、ふくらはぎと腿の筋肉が弱すぎて、心拍がしっかりあがる前に痙攣してしまう。でも、三分ぐらいならどうにかなるだろうと思った。

「ここにはウェイトマシンがあんまりないのね」軽く息をはずませ、負荷がかかるにつれてふくらはぎがだんだん熱を帯びてくるのを感じながら言った。

「ああ。ファンクショナル・トレーニングがいいと考えてるから。ときにはウェイトや負荷の助けも借りつつ、実際に使う方法で筋肉を使う。マシンで個々の筋肉だけを鍛えすぎるより、そっちのほうが長い目で見て健康的だと思ってるんだ」

何か定期的な運動をしているか、スポーツをやった経験があるかと質問され、まだ走れないので職場の近くのジムで週に二、三回泳ぐようにしていると答えた。

「でもスポーツは全然。学校でもいつもスポーツよりダンスを選択してきたし」

「へえ」ロブが首を振りながらくすっと笑った。「立派なアスリートじゃないか」

そうよね。どうしていままでそういうふうに考えなかったんだろう。バイクをこぎ終わり、ロブに言われて部屋の中央へ移動しながら思った。アスリートか。自分にそんな称号があてはまるなんて考えたこともなかった。それは上達や勝利や成果のしるしであるリボンやメダルやトロフィーを持って帰ってくる姉や友人のための肩書きだと思っていた。

ロブに二キロ足らずのメディシンボールを渡され、それを使ったウォーミングアップのやりかたを説明された。主要な筋肉を動かすため、しゃがんだりひねったり振ったり突きだしたりとさまざまな動作を十回ずつやり、仕上げは〝世界一周〟と呼ばれる動きだった。頭の上から足もとまで大きな円を描くようにボールを動かすというもので、エアロバイクではあまりあがらなかった心拍もこれで間違いなくあがった。息が切れて全身汗びっしょりになり、ボールが手からすべって落ちそうになった。

「ほんとにこれがウォーミングアップ?」わたしは言い、ふたりで笑った。「本格的なトレーニングみたいだけど」

「心配しないで。ゆっくりやるから」ロブがボールをラックに戻した。「じゃあヒップサークルをやってみようか」

彼がまずお手本を見せてくれた。高いメタルラックに取りつけられたバーに両手を置き、片方の脚を横に持ちあげ、後ろに回して横に戻す。「左右二十回ずつ」

それはバレエのロン・ドゥ・ジャンブという足で円を描く動作の後ろ半分を空中でやるようなもので、昔練習していた動きだったので簡単そうに思えたし、最初は軽いストレッチをしている感じだった。が、すぐに軸足がつらくなり、姿勢を安定させる腰の筋肉が悲鳴をあげだした。

なんとか一セットやり終えると、次はスクワット。それが終わると、「腕立て伏せだ」彼が言って、バーをわたしのウエストよりだいぶ高い位置まであげた。そのバーにつかまって身体をさげていくと、早くも胸に負荷がかかるのを感じた。「肘をもっと締めて、顔をあげて! 胸をバーに近づけて! バーにもたれかからないように。いいぞ、いいぞ!」

「これ以上無理」三回やったところで言った。

「六回までなら？　そこまでがんばろう」

「やってみる」

わたしはなんとか八回やった。最後の一回は、肩と胸の筋肉がぶるぶる震えていまにも力が抜けそうだったが、歯を食いしばってうなりながらやりぬいた。休憩しようとロブが言った。わたしは水を飲み、その場で回復を待つつもりだったが、彼の考える休憩はそれとはまったく違っていた。

ロブがウェイトの置かれたラックの下から小さなベニヤのボードを取りだした。その下には一本の細い桁《けた》がついていた。「じゃあこの上に立って、中央でバランスをとってみて。三十秒間」わたしは水を置いてボードの上に乗ったが、水平を保てなくて左右にぐらぐら揺れた。いらだって彼に言った。「休憩って言ったじゃない」

「アクティブ・レストだよ」ロブが笑顔で返した。「体幹に力を入れて、軽く膝を曲げてごらん」三十秒たつあいだに重心がわかってきて、最後の七秒ほどはボードを安定させることができた。悪くない、と思った。この体幹のトレーニング、いいかも。もう一度ヒップサークル、スクワット、腕立て伏せのセットをやり、バランスボードの上で三十秒間のアクティブ・レストをしたあと、ロブが鏡張りの壁のフックから幅広い黄色のゴムの輪っかをとって、ベンチにすわるように言い、わたしの足首にそれをはめた。

「オーケー、じゃあアブダクションをやろう。ようは横歩きをするだけだよ」ロブが言い、しゃがんでのサイドステップのような動きをやってみせた。「もっと腰を落として」立ちあがり、ちょっとカニになったような気分で横向きに歩きだすと、彼が言った。「爪先じゃなくてかかとから出すようにして」ゴムバンドの抵抗はさほどでもないように思えたが、ほんの二、三歩でお尻のまわりの筋肉にじんわりきいてきたのがわかった。

「いずれはポップアップに役立つもっと爆発的な動きもやるつもりだけど」ドアまでたどりつき、そのまま外に逃げだしたくなる衝動をおさえているとロブが言った。「でも膝がもう少しよくなるまで、ジャンプはやめておいたほうがいい。いまはこれで安定性を高めていこう」

続いて腿の内側を鍛えるサイドランジを一セットやり、ハムストリングカール、スイマーズと呼ばれるゴムバンドを使った腕振り、腹部を鍛えるクランチ、そして肩関節の回旋筋腱板を内側と外側に回す動きをやった。どれもサーフィンに役立ちそうなのはわかったが、終わったときには全身ガクガクするほどきつかった。初回の今日、ロブはわたしの体力ややる気を探るべく、軽めのメニューで様子見していたはずなのに。

「トレーニングはどうだった？」ストレッチのための台をセットしながらロブが尋ねた。

「よかったわ、すごく！」ゆっくりと台にあがりながら、本心からそう言った。明日の朝、筋肉痛になるのはいまからもうわかったが、むしろそれが楽しみなほどだった。わたしはより健康的なやりかたで自分の身体をコントロールしようとしている。ゆくゆくは夢のなかで楽しそうにサーフィンをするあの自分になるべく。

〝やっとあたたかくなってきたので、これから毎週金曜日は海に出る〟とロッカウェイのサーフィン・スクールのフランクからメールが届いた。〝今度の金曜はずる休みにうってつけの日になりそうだよ〟

わあ、それは素敵。そう思い、午前中休んでサーフィンに行けないかと仕事の予定をチェックした。四月の末近くで、そろそろ海に戻りたいとまさに考えはじめたところだった。この数カ月は感情が激しく揺れ動く日々だった。父が感染症にかかって複数の臓器不全に陥り、年のはじめごろの寒い二週間でゆっくりと死に向かうのを見守った。父が弱っていく姿の記憶が頭から離れず、わたしはそれを洗い流す海水セラピーを切実に求めていた。

ロブとのトレーニングでは確実な進歩が見られ、おかげで膝の心配はほぼ消えていた。ジムを端から端までカニ歩きできるようになり、バランスボードの上でスクワットしながら一分近く安定を保てるようになり、腕立て伏せもバーの高さを目盛りいくつぶんかさげてもできるようになった。ジムでの成果が海での成果につながるのかたしかめたくてたまらなかったので、金曜日にロッカウェイへ行くチャンスに飛びつき、プライベートレッスンを予約した。幸先のいい週末になりそうだった。

その日の十時少し前、アーヴァーンでA系統の高架駅から通りにおりてみると、前回来たときよりずいぶん雰囲気がよくなっていた。古ぼけた黒いプラスチックのひさしつきの信号はあいかわらずだったが、駅からすぐのところにスーパーマーケット〈ストップ＆ショップ〉の広い郊外型店舗が新しく建ち、海までの道に並ぶ家々では白い柵の向こうに緑が茂りはじめていた。

角に差しかかったところでケヴィンの姿が見えた。昨年秋にビッグ・グリーン・モンスターでのレッスンを担当してくれた細身でブロンドの彼は、下のほうが錆《さ》びて穴があいた白いヴァンの開いた後部ドアのそばにいた。〝海を振りかえりながらレッスンを終えるよりずっといい〟という彼の言葉を思いだしながら近づいていった。ケヴィンは白いTシャツにウェットスーツを腰まで着た姿で、巨大な茶色の土の山を囲う青いベニヤの工事現場のフェンスの前に立っていた。

「やあ、どうも――また来てくれて嬉しいよ！　じゃあスーツを渡すね」彼がヴァンに積まれた荷物の山を掻きまわした。隣にはサーフボードが裏返しに重ねられていて、黒いリーシュコードが白い裏面から上に突きだしたフィンのまわりでとぐろを巻いていた。

「サイズは？　十二かな？」

「十がいいかな、もしあれば」

「あるよ」と言って、一着のスーツを手に彼が振りかえった。「じゃあこれ」

「ありがとう」わたしはショア・フロント・パークウェイという二車線の道路から延びている道を渡った。ショア・フロント・パークウェイはもともと、伝説的な都市計画者ロバート・モーゼスが一九二〇年代に構想を始めた野心的な高速道路網において、ニューヨーク市南部をハンプトンズとつなげる道路の一部になるはずだった。結局、その壮大な計画が完全に実現することはなく、この半島につくられたのは地元の人が〝どこからもどこにも行かない道〟と呼ぶこの三キロほどの道路だけだった。ネズの茂みのなかの砂の道を進み、ささくれた木の階段をのぼってボードウォークにあがると、ビーチにいたスクールの経営者のフランクが駆け寄ってきた。

「やあ、どうも。よく来てくれたね。今日はプライベートレッスンだったよね？」

「ええ。海に入るのが本当に楽しみ！」

「いいね。ボードをとってこなきゃいけないんだけど、きみは先にビーチでスーツを着てて。すぐ行くから」

わたしはビーチにいた数人の生徒にまじってウェットスーツを着はじめた。フランクがメールに書いてきたコンディションの予想は大当たりだった。晴れていてあたたかく、腿から腰くらいの高さの比較的なめらかな波が立っている。その波をつくりだしているうねりはおもに南東から来ていて、南東を向いた海岸線にまっすぐ向かっている。西から南西の風が吹いているがさほど強くはなく、波の前面に向かって横から吹きつけているとはいえ、波のフェイスやリップにあたって、サーフィン用語で言うところの面が少しざわついている程度だった。風が沖から岸に向かって吹いているオンショアの場合、波に後ろから吹きつけて頂点を押しさげ、不明確でとらえにくい波になる。逆に風がオフショア、つまり波の正面に向かって吹いてくる場合、波が盛りあがってから砕けるまでの時間が長くなり、より切り立って面がなめらかなピークができ、〝クリーン〟とか〝グラッシー〟と呼ばれる理想的な状態の波になる。

波ができる様子をながめていると、海岸線から水平線まで同じように見えるところで、あるときは三つ相次いで盛りあがったり、あるときは急にどこからともなく生まれたりしている。夜中にインターネットを読みふけり、これが砂州——絶え間なく行ったり来たりする水の動きによって、海底で砂が盛りあがったり寄り集まったりならされたりしてできる山や畝《うね》——の場所を反映していて、海面の光景は海底の輪郭線に対応しているということは理解していた。が、最近出くわした新しいコンセプトはよく理解できずにいた。波が盛りあがってピークに達するときに見えているのは、水の動きではなく、ジャック・ロンドンがかつて〝振動の伝わり〟と書いたものだというのだ。彼はエネルギーが水と置きかわることなくそのなかを伝わる様子に言及していた。分子から分子に振動が伝わり、そのエネルギーが浅瀬近くで臨界点に達してついに水をひっくりかえす——位置エネルギーがその最後の瞬間に運動エネルギーに転じるのだという。〝波を構成している水は動かない〟と一九〇七年、オアフ島のワイキキでサーフィンを観察し、その後実際にやってみたロンドンは書いている。〝もし動くのなら、池に石を投げこんで、さざ波が外に向かって広がっていくとき、中央には穴ができてそれがどんどん大きくなっていくはずだ。しかしそうならない。波を構成する水は動いていない。したがって、ある特定の範囲の海面を見たとき、そこでは連続する千の波が次々に伝える振動によって、同じ水がその場で千回上下しているのを見ているのである〟わかったようなわからないような。高校で物理や微積分をやらなかったわたしには、ちょっと頭がくらくらする感じがした。

まあどんなしくみかはどうでもいい、乗る波がありさえすれば。わたしは嬉しくてぴょんぴょん飛び跳ねたくなるのをこらえた。頭が変な人と思われたくなかったのと、レッスンのためにエネルギーをとっておかなければいけなかったから。

「よさそうだな、海は。すごくよさそうだ」フランクがビーチにやってきて言い、ケヴィンともうひとりの男性とともに三人で運んできたボードを砂の上に置いた。長さ八フィートから十フィートのつやのある赤、黄、青の樹脂コーティングされたソフトトップ。「今日はブーツはいるが、グローブはいらないいんじゃないかな」

その日は十人ほどの生徒がいて、それぞれ黒いブーツを選んで履くと、全員でまず肩や腰や膝を回し、手足や脇腹を伸ばすウォーミングアップをした。そのあと、ケヴィンがほかの生徒にポップアップの手ほどきを始めた。サーフボードのデッキに凹凸のある黒いすべり止めのパッドを貼っていたフランクがわたしを呼んだ。「それ、きみはもう聞かなくていいから、ここにいるサイモンとレッスンを始めておいで」

「ええ、わかったわ」そう言ってインストラクターのほうを向いた。背が低く、なで肩の頭を剃りあげた男性で、よく焼けた褐色の顔のなかで本当に光を発しているようなエレクトリックブルーの目が印象的だった。

「よろしく」とサイモンが言った。「フランク、どのボードを使えばいいかな」〝ボード〟が〝ボーウァード〟に聞こえる彼の訛りがどこのものかわからなかった。フランクの昔ながらのブルックリン訛りとは違って、ロングアイランドとボストンとジャージー・ショアがまざったような感じだった。

「あれだ」フランクがビッグ・グリーン・モンスターを顎で指した。「あれがいいよね?」とわたしに訊く。

「ええ」とうなずいた。「あの安定性が必要だから」

サイモンが十一フィートのボードをつかんで軽々と肩にかつぎあげ、わたしをブレイクに案内した。さわやかな潮のにおいを嗅ぎながら冷たいブルーグレーの海に脚を入れると、着ているネオプレーン生地にしみこんできた海水がひやっとしたが、やがてあたたまってきた。ウェットスーツは一般に、生地の内側に体温であたためられた水の薄い層をつくることで断熱効果を発揮し、スポンジ状のゴム生地に含まれる窒素の細かい気泡が熱が逃げるのを防いでくれる。何回サーフィンをしたことがあるか(四回だけ!)、どんなところを練習したいか(全部!)など、ふたりで少し話したあと、サイモンが足を止めてボードを岸に向けた。まずわたしがパドリングし、彼が押して何度か試してみたが、うまく立てない。

「ちょっと見させてくれ、ダイアン」次の波が近づいてくると、サイモンがボードの後ろに回りながら言った。わたしはボードが加速するのを感じて、腕で押して起きあがったが、膝立ちにしかなれず、かかとに体重がかかってボードの後ろ側に落ちた。ボードが宙を飛んで着水した。

「それだ！　きみの問題がわかったぞ！」サイモンが金を掘りあてたみたいに興奮した叫びをあげた。「爪先を移動させてないからだよ！」またあの訛りが出てきていた。彼が両手を広げ、こっちに身を乗りだした。「きみのサーフィンがうまくなる何かが見つからないかと思ってたんだけど、わかったよ！　爪先を移動させるんだ！　ポップアップのとき、爪先をノーズのほうに移動させるんだよ！」

ふたたび挑戦してみる。爪先をノーズに移動、爪先をノーズに移動——うまくいった。立ちあがり、黄緑色のデッキの上の黒いゴムに包まれた足を見おろしながら、波に乗る感覚を味わい、ボードが進み続けることに驚いていた。急に波がくずれ、わたしは暴れ馬から投げだされるみたいに海に落ちた。冷たい海水が鼻に入り、ウェットスーツにも流れこんできた。質がさほどでもないスーツの難点で、あたたまった海水の層がいきなり新しい海水と入れかわった。「いいじゃない、これで目がさめる！」浮かびあがり、海水を吐きだしながらひとりごとを言った。アイスクリームを食べたときのように頭がキーンと痛くなったが、それもボードを拾ってサイモンのところに戻るまでには消えた。そのあとも何回か乗ることはできたものの、半分くらいは立ったときか、波がくずれたときの衝撃でボードから落ちてしまった。

体力が切れてきて、少し休憩したいとサイモンに言った。

「わかった。ここでしばらく休んでいよう。ところでプールには行く？」

「ええ。体力をつけるためにトレーナーのところに通ってるんだけど、それ以外にも職場の近くのジムで泳ぐようにしてるの」

「それはいいね。なるべく長い距離を泳ぐといい」サイモンがまぶしそうに目を細めてこっちを見た。陽の光を受けた瞳がオパールのような光彩を放っていた。「パドリングにもきくし、スタミナもアップする。ぼくもそうしてるんだ。フィンだけつけてできるだけ速く泳ぐ。ロッカウェイ・ビーチの家の前から百八番か百十六番ストリートまで東に行くか、西のファー・ロッカウェイ方面に行くかして」

「え、どのあたりに住んでるの?」

「八十七番ストリートの団地の裏のほう」

すばやく頭のなかで計算した。彼は海を三、四キロも泳いでいることになる。ほぼトライアスロンの距離だ。

「すごい。そんなに鍛えてるの?」

「もう歳だからね、日々努力しないと」サイモンが言い、横目でこっちを見ていたずらっぽく笑った。「若いやつらが突堤《ジェッティ》に来るだろ。ぼくを見て、自分たちみたいにはサーフィンできないだろうとなめてかかるのがわかるんだ」その声がだんだん大きくなり、力のこもった早口になった。「そこでぼくはじっくりチャンスをうかがい、いい波を待って、やつらには乗ることさえできない波を乗りこなすんだ! まあジェッティに行くのはそんなに好きじゃないんだけど」彼が水平線のほうを見やった。「混んでて競争が激しいからね」

「そのジェッティってどこにあるの？」

「九十番ストリートのそば。メインのサーフスポットだよ」

ボブの家のすぐ近くだ。もちろん、まだそこでサーフィンはできない。サイモンいわくセレンゲティ国立公園のような雰囲気で、捕食者が油断のない目でおたがいを品定めし、わたしのような弱いはぐれ者を狙っているというのだから。でもきっといつかは。

「いい波が来てる。もう行けそうかい？」

「ええ、でもこれが最後かも」わたしはボードに腹ばいになって言い、サイモンの合図とともにパドリングして波をとらえた。今度も立ちあがり、ボードが進むのを見守った。「波に乗るんだ、ボードじゃなくて」とサイモンが叫ぶのが聞こえ、そのとおりだと気づいた。立ってボードに乗っていることだけに集中しすぎて、波に乗ることに意識が向いていなかった。顔をあげ、波がどうやってビーチに向かっていくのか予想し、どうすればそれに乗っていられるかイメージしようとした。波は進行方向に向けて傾斜するくさびのような形をしていて、岸に向かって斜めに進んでいるようだった。そうやって見続けていると、不思議と自然に岸まで乗っていくことができた。砂浜が迫ってきたところで、自分から後ろ向きに落ちた。

「ほら、ずっとよかっただろ」サイモンが近づいてきて言った。

「ほんとに」わたしは浮かれて笑いながらビーチまで歩いた。「でもわからないの。自分が何をしたのか」

「ターンしたんだよ！　波のなかでターンしたんだ。波に乗るにはそれが必要なんだよ」

「なるほど。でもターンってどうやってするの？　さっきは気づいたらそうなってて」

「そうだね、まずは進む方向を見ることだ」サイモンがボードを砂の上に放り、ポーズをとった。腰幅くらいに両足を開き、膝を少し曲げて前に向け、上体は横に向けて、腕もそれとだいたい同じ方向に伸ばす。「こうすると正しく重心がとれる。でも舵《かじ》をとるためには調整もしなきゃいけない」彼が片方の膝と足首をひねりながら地面に向けて沈めた。すごく不自然で苦しそうな姿勢だったので、こっちまで脚に痛みが走った。「もっとうまくなると、波の上でいい場所に居続けるために足をクロスさせることもできるようになる」しゃがんだ姿勢のまま、彼が横に踏みだし、ゆっくり片方の足をもう片方の足の前にクロスさせた。「でもこれは上級編だ。まずは基本をマスターしてからだね」

「わかった。次からはそれを意識してみる」ちょっと前進したと思うと、毎回どれだけ先が遠いかを思い知らされる。

サーフボードやウェアが積まれているところまで戻ると、わたしは砂の上に腰をおろしてブーツをぬぎ、続いてウェットスーツもぬいだ。くたくたに疲れ、こわばった身体が言うことを聞かない。それはまもなく全身の筋肉痛に変わるのだろう。それでも、何カ月もなかったような心の安らぎと満足を感じていた。ようやく胸の圧力弁が回り、熱くて苦い喪失の残滓《ざんし》がゆっくり流れだしていくように。

一カ月ほどのち、わたしはまたビーチでレッスンが始まるのを待っていた。あれからサイモンとのプライベートレッスンを何度か受けたあと、フランクのすすめでグループレッスンに切りかえ、毎週末通えるようにお得な五回セットに申しこんだ。ロブとのトレーニングも続けていて、約束どおりもっと〝爆発的〟なエクササイズもやるようになっていた。

やってきたフランクは、見慣れない新しいスーツをかかえてボードウォークからおりてきた。ネイビーにアクアブルーの入ったものと、プラムカラーにオレンジの入ったものがあり、まだビニールに包まれていた。

「ショーティだよ！」彼が言って、砂の上にそれらを広げ、ビニールを剝がしはじめた。「自分のサイズの好きな色を選んで」

わたしはサイズ十のネイビーを見つけ、広げてみて声をあげた。「わあ、すごくかわいい！」それは生地こそ薄めだが、普通のウェットスーツのように長袖にハイネックで背中にファスナーがついているものの、脚の部分が短く、厚いレオタードにショートパンツがついたような形をしていた。これで充分にあたたかいのかは少し疑問だったが、ぜひ試してみたかった。

「着てみたらすごく気にいると思うよ」フランクが言った。

もうすでに気にいっていた。いつもスーツの脚の部分が一番着づらく感じるので、そこがないと着るのがずっと楽だった。わたしはビッグ・グリーン・モンスターをつかみ、リーシュコードで引きずって海に入った。グループで来ているらしい二十代とおぼしき五、六人のほかの生徒とはあまり話さなかった。海水が足を洗い、すねにあたると背筋がぞくっとしたが、すぐに慣れ、ほどなくして波が盛りあがるポイントのすぐ外でボードにまたがって、水の上下と西向きの潮の流れを感じていた。少なくとも、もう安定してボードにまたがっていられるようになった、とふと気づいた。ほんの二、三回前のレッスンではそうじゃなかった。グループのほかの生徒もまわりにやってきて、ケヴィンともうひとりのインストラクターがわたしたちを波に向かって押しだせる位置についた。全員がそれぞれのインストラクターと何度かやったあと、わたしはケヴィンの手があいているのに気づいてパドリングで近づいていった。

すぐに波が来た。ケヴィンがわたしを押すと同時に「立て立て立て立て！」と叫んだ。ぱっと起きあがると、足がトトン、とリズミカルな音を立てた。その瞬間、下を見なくてもボードのスイートスポットに立てたのがわかった。完璧にバランスがとれて安定している感じで、無重力状態で海に浮かび、ビーチへと流されているようだった。波を見て、砂浜が近づいてくるとともにそのエネルギーがブレイクを横切って突堤の濃いグレーの積み石へ向かうのを追いながら、サイモンが言ったとおり本当にボードではなく波に乗って、自分が海と一体になったような、生態系の本来の一部であるような、奇跡的で衝撃的な感覚を味わった。

目の前にグループのほうへ向かおうとするフランクがいて、「いいね、いい感じだね」とわたしに声をかけて波の下にもぐった。

岸近くまで行ってボードから落ち、ビッグ・グリーン・モンスターをリーシュコードでたぐりよせて上によじのぼり、フランクと立っているケヴィンのところまでパドリングしていった。

「いままで見たなかできみの一番のポップアップだった」ケヴィンが言った。「すごくよく見えたよ」

「すごくいい感じだったわ！」

「厚いウェットスーツをぬぐとそれがいいんだよ」フランクが言った。「脚の水の重さがなくなるからね。十キロか十五キロよけいにくっつけてサーフィンしてるようなものだから」

ウェットスーツにそんなに海水が入っているとは思わなかったが、実際、素足だとぎこちなさやもたつく感じがなく、海中でより自由に楽に脚を動かせた。もう一度波をとらえ、岸近くまで乗っていったあと、パドリングでケヴィンのところへ戻った。

「いま、自力で波に乗ったね。気づいてた？」そう言って顔をほころばせたケヴィンの薄いブルーの瞳が、日ざしでほとんど透明に見えた。

「え？　ほんと？　やだ、信じられない。すごい進歩！」

「本当だね！」

それは小さな一歩だったが、大きな勝利に思えた。自力で波をとらえられるということは、ひとりでサーフィンができるということだ。いつまでも誰かにそばにいてもらい、声をかけてもらい、後ろから押してもらわなくても、自分で体験を広げ、新しい発見ができるということだ。

次の波では立ちあがってすぐに落ちてしまった。次の波でも、その次の波でも。ふたたびボードによじのぼろうとしているわたしを見て、フランクが同情のこもった声で言った。「サーフィンってそういうものだよ。単純なことなのに簡単にいかない」

まさに。ボードに這いあがり、気をとり直して次の波を待ちながら思った。説明を聞き、お手本を見せてもらっているときはいつもサーフィンはすべてが単純明快に思える。陸でなら。でも、ひとたび海に入ると何から何までがらっと違う。とらえどころがなく不可解で、頭も身体も激しく消耗する。さらに何度か落ちたあと、ようやく立って岸まで乗っていくことができた。レッスンの時間はまだ十分か十五分ほど残っていたが、疲れて足の感覚がなくなってきたし、気分よく終えたかったので、水からあがり、ビッグ・グリーン・モンスターを苦労して引きあげると、すわってほかの生徒たちをながめた。そのひとりの、ネイビーのバンダナの下からふたつの短い三つ編みを覗かせた、はじめて見る褐色の肌の女性が、パドリングし、波をとらえてぱっと立ちあがると、海岸線とほぼ平行に、それがすごく自然なことのように進んでいった。みじんもぐらつかない長くていいライドだった。

彼女が海からあがってこちらへやってくると、ボードをおろし、わたしの隣にすわってリーシュコードをはずした。

「いまの、すごくうまく乗ってたわね！」

「苦労したから」彼女が笑って言いながら頭を振ると、三つ編みの先から水がしたたり落ちた。

「ほんとに苦労したの。十一月は全然乗れなかった。十二月も全然乗れなかった。三月に再開しても全然乗れなくて、四月もそう。だから、今日はすごく気持ちよかった。すっごく」

「まあ」自分ならそんなに寒い時期までサーフィンを続けられただろうか。「でもそれだけ粘り強くやったかいがあったわね」

「うん、じれったくていらいらしたけど、でもやってきてよかった」

「わかる！　わたしも今日はけっこうよかった。半分以上はこのかわいいウェットスーツのおかげだと思うけどね」

「ほんとほんと。あのフルスーツじゃないと楽よね」

数分そこにすわっているうちに、じわじわと全身がリラックスしていくのを感じた。緊張が押し流され、すべての神経がなでつけられていくようだった。残りの生徒たちも最後の波に乗り終えて海からあがってきた。みんな顔をほころばせ、笑いあったりハイタッチしたりしながら。その背後では、海面で太陽が踊り、岩が潮に巻かれていた。

第二部　一歩ずつ前へ

そして思った。ことサーフィンに関しては、自分のなかに何の迷いも感じられない、選択の余地などない、と。サーフィンに取り憑かれた私は、どこであれそれが導く方向へと進もうとしていた。

――ウィリアム・フィネガン『バーバリアンデイズ　あるサーファーの人生哲学』
（児島修＝訳、エイアンドエフ）

5　いつかあそこに

二〇一一年六月〜十月

アッパーイーストサイドのカーライル・ホテルのロビーのバーは、ピアノの音色とウィーク・デイの夕方の喧騒に包まれ、ブレザーにハイネックのドレス姿の気品をただよわせた年配カップル、ダークスーツにネクタイのビジネスマンたち、いかにもデートらしいさりげないがセクシーないでたちに身を包んだ若い男女らでにぎわっていた。わたしの父なら気どった店だと言ったかもしれない。そこは古き良き豊かなニューヨークの象徴にふさわしく、古い写真のようなセピア色をまとっている。アンバーの照明にチョコレート色の革張りの長椅子と金箔の天井はもちろん、壁一面に描かれたマスタードとオークルとアクアブルーの絵もその雰囲気にはひと役買っている。

季節は春の終わりで、わたしがそこにいるのは旧友のジェイと一杯やるためだった。ニューヨーク・タイムズで二〇〇四年の大統領選の民主党予備選を取材中、前バーモント州知事ハワード・ディーンの陣営の広報担当をしていた彼と知りあったのが最初だった。ジェイは黒髪の愉快でカリスマ性のある男性で、エネルギーにあふれ、茶目っ気もあって、ちょっと『太陽がいっぱい』のディッキー・グリーンリーフを思わせた。いつもまぶしいほど輝いていて、世界一チャーミングなすばらしい人に感じさせる光をまとっている、そんな人物。一年ほどしてワシントンからビル・クリントン元大統領の財団に転職し、すぐにエリックと親しくなったときは嬉しかった。ジェイは数年前からサーフィンを始め、より真剣にやるためもあってロサンゼルスに引っ越していた。わたしたちはいちおうは連絡を保っていた——昔よく行ったあの店でいまから一杯やらないか、というメッセージが彼から突然来て、だいたいはそれに応じる、という形で。今回は、彼が働くマイケル・ブルームバーグの慈善団体〈ブルームバーグ・フィランソロピーズ〉のニューヨークの本部に来るついでに会わないか、ということで約束していた。

ジェイは同僚をひとり連れてきた。まっすぐなダークブロンドの髪の魅力的な若い女性で、はきはきして頭の回転も速かったが、話題がサーフィンになると黙ってしまった。モントークでも何度か気づいたことだが、サーファーはサーフィンのことになると、つい同好の士にしか理解できない言葉でとめどなく話し続けてしまい、サーファーでない人を会話から締めだしてしまいがちだ。

「それで、どのくらいの頻度でサーフィンをしてるんだい?」ジェイが尋ねた。テーブルランプのやわらかな光がそのはしばみ色の瞳を輝かせていた。いつものストライプや鳥の絵柄入りの丈の短いおしゃれなセーターではなく、白のボタンダウンシャツを着ていたが、短く刈った髪に念入りに整えられた無精ひげはいつもと変わらなかった。

「ほぼ毎週末、少なくとも一回は。二回のときもある。まだレッスンを受けてるんだけど、だいぶコツがつかめてきた気がするの」

「もう自分のボードは買った？」

「ううん、まだ。ウェットスーツを買おうかなとは思ってるけど、ボードはまだ考えてなかった」

「買ったほうがいい。本気でサーフィンがしたいなら自分の道具を持つべきだ」

「でもボードは高いでしょ。そんなにお金を使っていいものかどうか」

「何も千ドルのボードを買う必要はない。中古なら手ごろなのがあるよ。ボードがあればもっと海に行ける、自分ひとりでも」

「ええ、それはわかるんだけど、でもねえ」わたしはグラスのスパークリングワインの泡がはじけるのをみつめ、それからジェイの同僚にちらりと目をやった。どうやって彼女を会話に引きいれたらいいものかと悩みつつ、かといってサーフィンの話題をやめたくもなかった。ジェイがテーブルの上の携帯電話を見ると、手にとってタイプしはじめた。昔と変わっていない。彼もエリックも、有力者の多岐にわたる要求にどんなときも応えられる生活をしようとしていて、特定のメールやメッセージや電話に応答しそこねないよう、携帯電話をつねに手離さなかった。わたし自身も何年もそうだった。どこにいても料理中であれ、友人の誕生パーティ中であれ、移動中であれ、ペディキュアをしてもらっている最中であれ――いつも待機中と同じだった。いつ重要な取材が入ったり、担当分野で急な速報記事を書かなければいけなくなったり、デスクからの質問が来たりするかわからなかったから。でも、いまの担当分野ではそこまで緊急性のあるニュースはあまりなく、友人と会っているときぐらいは携帯電話を切っていても不安はなかった。わたしはこの十年ではじめて、仕事は職場に置いて、自分がいまいる場所に集中できるようになったのだと、ちょっとした感動とともにあらためて気づいた。

それで、ジェイが半分くらいは聞いているだろうと、ボードの話を続けた。「うちのアパートメントは狭いから、置く場所に困るし。どんなボードを買ったらいいのかもわからないし」自分が早口になるのを感じた。「もちろんまだまだ練習が必要だけど、でももう初心者ってわけじゃないから、初心者向けのボードは買いたくないの。今後の成長に見あったものがいい。だけど、サーフィンのスタイルがまだよくわからなくて――」

「いいかい」ジェイが話をさえぎり、にこりともせず真顔でわたしを見てぴしゃりと言った。「ボードを買って毎日やらないと、決してサーフィンはうまくならないよ」

はっとして背筋がこわばり、瞬時にむかっとして顔が熱くなってきた。上から目線で何様のつもり？　わたしの目標について何を知ってるっていうの？　期待値を下方修正しなければならない経験をすでに何度もしてきて、もう優れていなくてもできればいいと考えていたわたしにとって、〝うまくなる〟という言葉には脇腹をつつかれたようだった。どんなに練習しても、うまくなる日は来ないかもしれないという嬉しくない現実を突きつけられた気がした。

「うーん」努めて軽い口調で言った。「毎日サーフィンできる生活を送れるようになるかどうかわからないけど、でもボードのことは考えてみようかな」

あいかわらず真顔のジェイがこちらをみつめた。「あのさ、ロサンゼルスにはたくさんいるんだ。サーファーを名乗ってるだけのもどきみたいな連中が。サーフィンは自分の人生の一部だとか、そういうことはよく言うんだけど、実際はろくにサーフィンをしてない。ぼくは向こうに引っ越して、本物のサーファーたちに出会った。彼らに言われたんだ。〝サーフィンはちゃんとやるなら本当にすばらしい。もどきを選ぶか本物を選ぶかは自由だ。でも本物になろうとするなら自前の道具を持たなきゃいけない。なるべくだめじゃないやつを〟って。みんな、本気でぼくの面倒を見てくれた。向こうに行って、七フィートのボードを買って、それで悪戦苦闘してたんだ。そんなとき、元プロサーファーに会った。いまは友人だけど、ある日彼とサーフィンをしてたら言われた。〝きみは自分で思ってる以上にうまいけど、もっと大きいボードのほうがいい〟って。彼はサーフショップに一緒に行ってくれて、そのときのぼくに合ったボードを選んでくれた。十フィートのを。きみもサーフィン・スクールの誰かに相談すればいいんじゃないかな。どんなボードを買えばいいいか」

「そうね」いらだちはもう消えていた。話を聞いているうちに、ジェイが上から目線なのではなく、新たに学んだ知恵を分けあたえようとしてくれているのがわかったから。それはわたしのサーフィンについて、彼が真剣に応援してくれているしるしだった。それに彼の言うことももっともだった。わたしはもっと腕をあげないと――もっとうまくなり、自分の追いもとめるスタイルがはっきりしないと――ボードは買えないと思いこんでいた。ずっと変えられない一生に一度の投資であるかのように。でもジェイの提案のほうがずっと理にかなっている。とりあえずいまの自分の用を満たせるボードを買えば、レッスンに頼らずとも、都合のいいときに自由に海に出られる。本当にすぐボードを買うかはともかくとして、上達したいなら、考えていたよりも早く自前のボードを手に入れる必要がありそうだった。

数週間後、わたしはロッカウェイ・ビーチの海沿いを歩いてボブの家へ向かっていた。正午ごろで、すでに初心者からは脱した生徒数人とともにグループレッスンを受け終え、晴れてとてもあたたかかったので、カラフルなタイダイのビーチタオルをパレオみたいに巻きつけ、目的地までの一・五キロほど、ボードウォークを裸足で歩いていくことにした。おなかがぺこぺこで、フィッシュタコスでもボブがバーベキューグリルで焼いているものでも早く食べたかったが、なめらかな波が立つ心癒やされる半透明の青磁色の海を見ていると穏やかな喜びに満たされた。肩や腕や脚に降りそそぐ太陽で、肌についていた海水が点々とした塩の結晶に変わっていった。アーヴァーン・バイ・ザ・シーのこぢんまりした家々を過ぎ、一九六〇年代に建てられたマンモス団地が連なる一角を通過した。巨大な煉瓦の建造物から、ロッカウェイがこの街随一の夏の行楽地だったころに建てられた雑多な古い家やバンガローに変わるブロックに差しかかったところで、優先道路が見えたのでボードウォークをおりた。ボブが毎週末のようにポーチで開いている友人の集まりにいつも持っていくプロセッコのボトルを買いに、メインの大通りへ向かおうと思ったのだ。そこで、通りを渡ろうと交差点で待っているとき、ショア・フロント・パークウェイの芝生の中央分離帯に掲げられた看板が目に入った。通りの向かいのブロックに建つモダンな六階建てのコンドミニアムの1LDKと2LDKの部屋の内覧会開催中の案内だった。

ジェイの言葉がよみがえった。〝ボードを買って毎日やらないと、決してサーフィンはうまくならないよ〟わたしはベッドフォード゠スタイベサントに新しく家を買おうと探しているところだった。できれば、人に貸して生活費の足しにできる部屋つきのこぎれいな褐色砂岩の物件を。自分の暮らしを立て直し、完璧な家を手に入れることに集中していて、相手を見つける努力はまったくしていなかった。これからずっと住めて、いずれ広げられる家のことで頭がいっぱいだった。さしあたってはわたしひとりで住んでガーデニングができ、ゆくゆくはハイテク妊娠か、養子をもらうか、子持ちの素敵なバツイチ男性と恋に落ちるかしてできる子供ひとりかふたりと一緒に住める家。でも、週末用の小さな家も持てたなら。去年の夏、ボブの家のそばの物件を買うことをちらっと考えたが、本気ではなかった。当時は家と海辺の別荘の両方を手に入れるなんて無理に決まっていると思ったから。でも今回は、エリックとの家を売ったお金が銀行にあり、真剣に考えてもいい気がした。大きな茶色の枠の窓と、茶色がかったグレーのコンクリートブロックのファサードにつくられたバルコニーをみつめ、太陽と海のながめが最高だろうなと想像し、あそこで目ざめてすぐテラスに置いたボードをつかみ、通りを渡って夜明けのサーフィンを楽しむところを思い浮かべた。そして、自分だけで二軒も家を持つのは無理だろうけど、見るだけ見ても損はしないと思った。不動産の内覧に行くような格好ではなかったが。

わたしはタオルをしっかりと巻き直し、足の砂を払ってサンダルを履くと建物に向かった。エントランスを入ってすぐのところで、真っ白なブラウスを着た、短い茶色の髪に日焼けした肌の感じのいい女性が物件概要書の束を手に出迎えてくれた。

「どんな部屋をお探しですか」

「探してるっていうか、じつはそこの看板を見て来てみただけなの。でも広い部屋じゃなくていいわ。週末と、予報で波がよさそうなら平日にときどき使うくらいのつもりだから」

「まあ、サーファーなんですね。ここはサーファーのかたからも関心が高いんですよ。メインのブレイクの目の前ですから」

「まあまだサーファーと言えるほどじゃないんだけど」わたしは笑って言った。「練習中だから」サーファーというのはアスリートと同じで、まだとても自称できる気はしなかった。自分がジェイの仲間に軽蔑されているサーファーもどきだとは思わないが、かといってサーファーだと胸を張れるほどの実力もない。

「それなら、二階の1LDKをご案内しますね。そのあとでご興味があれば四階の2LDKも。専用駐車場もあります」

家具備えつけの手入れのゆきとどいた中庭は、居住者がくつろいだりバーベキューをしたりできる共有エリアです、と彼女が説明した。そこを見通せる明るく広々としたロビーを歩き、エレベーターで二階へあがった。その建物はまだ完成して二年ほどだという。「賃貸に出すのもとくに制限はありません」これといって特徴のない廊下を歩きながら彼女が言った。「ですからお望みなら簡単に人に貸すことができますよ」

部屋に着き、ドアをあけたとたん、光が廊下にあふれた。一歩足を踏みいれた瞬間に、聖歌隊が高らかに歌う声が聞こえた気がした。床から天井まで壁一面の窓の向こうに輝く海が見えた。道路すら目に入らず、視界いっぱいの海。船の甲板にいるようだった。

「すごいながめ！」わたしは言った。「部屋のなかに海があるみたい」部屋は小さく、入ってすぐにキッチンがあり、その先にリビングとバルコニーが続いていて、片側にバスルームと寝室があった。でも、明るいフローリングの床にステンレスのキッチンとガラスモザイクのタイルは、現代的で清潔感があって海を感じられる雰囲気があって、ここにいる自分をすぐに思い浮かべられた。

わたしはリビングの窓に近づき、そのままバルコニーに出た。眼下に海が広がり、通りを渡った目の前がメインのサーフブレイクだ。突きだした突堤の中央部の黄色く塗られた石と、そこに描かれたニューヨーク市公園局の緑の葉のロゴマークが見えた。周囲には十人以上のウェットスーツ姿のサーファーがいて、黒のゴム栓みたいに水にぷかぷか浮かんでいる。きっとおたがいを値踏みしながら、波のいいポジションを奪いあっているのだろう。わたしもいつかあそこに仲間入りするのだ。

「唯一の欠点は」部屋の残りも見てまわったところでわたしは言った。「ショア・フロント・パークウェイの目の前ってことね。道路の騒音がちょっと心配」

「ここはそんなにたくさん車は通りませんけど、よかったら2LDKのほうもごらんになってください。もう少し高いいし、窓は脇道に面していますから」

二階あがるだけでその違いは驚くほどだった。部屋がより広いだけでなく、より高いところから半島全体がずっとよく見わたせた。このあたりの地理や歴史をもっと知りたくて、インターネットで見ていた地図や古い写真に命が吹きこまれたようだった。よく知っているつもりだった街に、まるで知らなかった場所や暮らしがあることに魅了された。上から見て、どこに何があり、各エリアがどんな位置関係なのかがだいぶわかってきた。

最近学んだところでは、この半島ははるか昔から夏をすごす土地だった。ヨーロッパ人と最初に接触した記録が残されている一五二四年よりも数百年は前から、準遊牧生活を送っていた先住民のレナペ族が夏はこの海辺にやってきて魚や牡蠣《かき》をとり、秋になると作物の収穫や冬の野営地探しのために内陸に移動していたという。十七世紀になってヨーロッパ人がここに定住しはじめると、彼らは半島全体をロッカウェイまたはロッカウェイ・ビーチと呼んだ。これは先住民の言葉で〝われらの民の土地〟を意味するレッコウワキー、もしくは〝笑う水の土地〟を意味するレッカナワハハが訛ったものと考えられている。

三十分後、ようやくプロセッコを手にボブの家に着いたときには、不動産のことで頭がいっぱいになっていた。そしてブルックリンに家を、ロッカウェイに週末のセカンドハウスを持つという目標を定めつつあった。およそ正気と思えない野望だったかもしれない。でも、歴史を通じて響きあい、この街の人々を動かしてきた原初のリズムを再現するという考えに魅入られてしまっていた。最初期のニューヨーカーの一部だけでなく、アスター家やヴァンダービルト家といった十九世紀の金ぴか時代の富豪たちも、ヘンリー・ワーズワース・ロングフェロー、ワシントン・アーヴィング、ウォルト・ホイットマンらの作家も、そして灼熱の都心部から逃れてこの土地への夏の巡礼者となった市井の人々もみなそうだ。サーフィン・スクールのフランクもそうやってこのスポーツと出会った。ブルックリン育ちの彼は、毎年夏に家族とロッカウェイに来ていたのだという(ただし真剣にサーフィンを始めたのは二十一歳のときだった)。

ボブの家に着いたわたしはプロセッコを渡すと、すっかり乾いたビキニの上にサンドレスを着て〈ロッカウェイ・タコ〉へと走った。おなかが満たされたあと、ボブと、いつもどおり週末に訪れていたジョシュの妻のイヴァとポーチにすわり、スパークリングワインのグラスを手に、見てきたコンドミニアムについて興奮ぎみにしゃべった。

「こんなことをしようとするなんてどうかしてるかもしれないけど、でももっとここですごせるようになったらいいなって」

「素敵じゃない」ＰＲ会社で働いていて、大手の不動産会社もクライアントにかかえているイヴァが言った。「新しい物件ならたぶん減税措置があるから、月々の負担がおさえられるわ」

「ええ、そうなの。だけど二十年後か三十年後に減税措置が切れたときが心配で。どれくらいの収入がなきゃいけないのか知りたいの」

「でもまあ」ボブが言った。「それはずっと先のことだし、大変になったらいつでも売れるんだから」

そのとき、ボブの店子のジョンが自分の家から出てきた。肩幅が広く長身で、髪は赤茶色、顔にそばかすのある細いメタルフレームの眼鏡をかけた彼は、ボブの家の一階の後ろ半分を占めている、裏のポーチに専用の玄関がついた部屋に住んでいる。「フローズンを買ってくるなら、フローター用にすごくいいダークラムがあるよ」プラスチックのドリンクワゴンからピッチャーを手にとったボブにジョンが言った。

「いいね！　すぐ戻るよ」ボブが言って階段をおり、通りを渡っていった。ジョンはポーチの裏に姿を消した。

わたしは混乱してイヴァを見た。「フローター？　フローズン？」

「ボブは飲み物を買いに行ったんだと思うわ」イヴァが笑いながら言った。

数分後、駐車場を抜けてすぐの三階建てビルの一階に入ったバーからボブが出てきて、白いフローズンドリンクで満たされたピッチャーを手に戻ってきた。「ピニャコラーダだよ。気にいるといいんだけど」階段をのぼってきた彼が言った。

「ピッチャーで売ってくれるの?」バーの外に簡単にお酒を持ちだせることに驚いて尋ねた。お客が煙草を吸いに出るとき、目の前の歩道にビールを持っていくことさえ厳しく禁じられているブルックリンやマンハッタンではとても考えられない。

「ああ、いつもやってるよ」ボブがピニャコラーダを注ぎながら言った。

ジョンがキャラメル色のラムのボトルを手に戻ってきた。「フローター、いる人?」

「ありがとう。でもとりあえずこのままで飲んでみる」そう返事をすると、ジョンが自分とボブのグラスだけにツーフィンガーほどラムを注いだ。トロピカルカクテルはあまり飲まないが、ピニャコラーダは何度か飲んだことがあったので、とくに姉が昔つくってくれたものとくらべてこれがどうか試してみたかった。姉が大学生のとき、ときどき両親はアパートメントの奥の寝室に引っこみ、姉とその友人にリビングとキッチンを自由に使わせてあげることがあった。姉はミキサーでたっぷりつくったドリンクにお酒をまぜる前に、わたしに味見させてくれた。姉たちはポテトチップスとオニオンスープ・ディップをつまみにそのドリンクを飲みながら、タヴァレスのアルバムを流して、ディスコに繰りだす前にラテン・ハッスル・ダンスの練習をしていた。

ひと口飲んでみるとおいしくて、冷えたココナッツとパイナップルの甘さに、ヤングアダルトの楽しさをちょっぴり味わったあのわくわくする夜に戻った気がした。「わあ、すごくおいしい！」そう言ったわたしに、ジョンがボトルを掲げて片方の眉をあげてみせ、「本当にいらない？」といたずらっぽく笑いかけた。「すごくいいラムなんだけど」

「じゃあいただく」わたしはグラスを出した。断わるなんてできっこなかった。楽しい時間がこのまま続いてほしかった。数々の酒場もダンスホールも姿を消して数十年たついまなお、この土地を包むこの世の果ての無法地帯のような雰囲気にひたっていたかった。グラスのなかのラムを回してから口に含むと、焦げた砂糖の風味が鼻孔いっぱいに広がり、喉の奥がかっと熱くなった。「ほんと、すごくいいラムね」夕陽に光るホエールミナのモザイクのタイルを見ながらわたしは言った。


「波が割れていない」ケヴィンが言った。涼しい土曜日の午前中、わたしを含む数人がウェットスーツ姿でアーヴァーンの砂浜に立って海に目をやり、予報では立つと言われていたのにいっこうにあらわれない波を探していた。なめらかな緑がかった青い海面に、見慣れたうねりはちょっく盛りあがっているのだが、水の下でベルトコンベアに乗って転がる丸太みたいにそのまま岸まで来てしまい、乗れる波にならない。膝から腰の高さの波ができるのに充分なうねりは問題ではなく、軽いオフショアの風も問題ではなかった。問題は、コンディションを左右する重要な役割をはたしているもうひとつの要素にあった。潮位が高すぎるのだ。

潮位についてそれまで知っていたことといえば、月の満ち欠けと関係があって、満潮のときはビーチが水に呑まれる。父が姉を連れて投げ釣りに行くのはそういうときだった。干潮のときは水が引いて海藻が打ちあげられ、潮だまりができて、そこでめずらしい貝やきれいなビーチグラスが見つかることがある。その程度だった。でも波に関していえば、潮位――ようするに海岸線から一定距離における水の深さがどれくらいか――がサーフィンをしやすくしたり、しにくくしたり、ときにはまったくできなくする。それにはおもに流体力学と摩擦が関係している。

水深の深いところで生まれたうねりが海岸沿いの浅瀬に近づいてきて波ができはじめるとき、水と海底の相互作用で進行が遅くなるが、それは波全体で均一ではない。海底に近い波の下部のほうが上部よりも先に進みが遅くなり、水深が浅くなるにつれてそれが著《いちじる》しくなる。そしてある地点（平均して水深が波の高さの一・三倍になったところ）で波の頂部が底部を追いこしてあふれる、つまり割れる。その午前中は満潮で、深すぎて波が立っていなかったので、少し潮が引いてくるまでサーフィンはできないということだった。

「とにかく行こう」ケヴィンが言った。「潮が引くのを待っているあいだにできることもある。ボードの方向転換の練習とか、エチケットの話とか」

エチケット？　当惑があからさまに顔に出ていたに違いない。ケヴィンがくすっと笑ってから説明した。「エチケット、つまり誰も怪我をしないようにほかの人とうまくサーフィンをするためのルールだよ。どんなときは自分が波に乗ってよくて、どんなときはだめか、とかね」

十月上旬で、毎週末のようにロッカウェイにサーフィンのレッスンに通うようになって何カ月もたっていた。もう初心者からは脱したつもりだった。十一フィートのビッグ・グリーン・モンスターからは卒業し、もう少し取りまわしやすい十フィートのボードになった。半分以上は立つことができるようになり、いい位置に立てたときはちゃんと波に乗れた。インストラクターがそばにいてアドバイスをくれれば、ときどきは自分の力だけでパドリングして波をつかまえることもできた。よく一緒にレッスンを受けている二十代なかばから四十代なかばの女性六人ほどで仲よくなり、そのなかのひとりの、愉快でエネルギッシュなオレンジ色の髪の弁護士の女性が〈ロッカウェイのサーフィン・レディーズ〉という件名のメーリングリストを始め、いつ行くかを調整するようになった。〝みんな、こんにちは！　今度の週末、サーフィンに行く予定の人は？〟と彼女からの最近のメールには書かれていた。

でも、波をつかまえるときのエチケットという考えかたには少し驚いた。レッスンではブレイクに横に広がり、立っているインストラクターのそばに二、三人ずつ集まって、インストラクターがそのひとりひとりに声をかけて波に誘導してくれる。ほかのサーファーが何人もまわりにいることはほとんどないので、近くにぶつかるような相手はいない。が、わたしはあたりまえのことにいまさらのように気づいた。現実のサーフィンの世界では、レッスンのように整然と管理された進行をなぞるわけではない。いつ誰が波に乗るのかについて、なんらかの共通の基準がなければならないのは当然だ。いままで考えたこともなかったが。

その午前中は五人ほどの生徒がいた。わたしたちはケヴィンに続いて海に入り、まずブレイクのあたりをパドリングで横に何往復かした。腕をボードの中央に向かって伸ばすように掻き、腕を抜くときはなるべく勢いよく抜いて推進力を出す。Cがふたつ重なったシャネルのロゴのような形をイメージして。だんだん勢いに乗ってきたわたしは、背中をそらし、胸をあげ、生徒たちの先頭を切ってケヴィンのすぐ後ろにつけ、突堤に向かって楽々とスムーズに進んでいった。太陽はとっくに出ていたものの、まだ低い位置にあり、海を銅や真鍮《しんちゅう》の色でまだらに染めていた。ブレイクの周辺をパドリングで往復しながら、力強さと動きの調和を感じた。ジョン・F・ケネディ空港に離着陸する飛行機の轟音がちょくちょく耳に届いていた。ケヴィンがみんなを集めてボードにまたがってすわるように言ったとき、ほとんど息も切れていなかった。

「オーケー、じゃあちょっとボードの方向転換の練習をしよう。ひとりで海に出たら、来る波が見えるように、沖を向いてすわることになる。だから、波を逃さないためには、すばやく方向転換ができることがすごく大事なんだ。

まず、片手でボードをつかんで、テールのほうにずっとさがる。こういうふうに」ケヴィンがお尻を後ろにずらし、深く沈むようにすわった。ボードのノーズが胸とほぼ平行になるほどまっすぐ上に突きだした。「それから、脚を左右反対方向に回してボードを回転させる」彼がさっと方向転換をしてから付け加えた。「ついでに片手で押すともっといい」ケヴィンがあいているほうの手を水に入れ、円を描くように動かしてさらに回転した。

次はわたしたちがやってみる番だった。「おたがいの間隔をたっぷりあけて、まず普通にすわっている姿勢から方向を変えようとしてごらん」ケヴィンが言った。わたしたちは広がると、方向転換を試みだした。最初は動きを連動させるのがむずかしく、左右の脚を一緒に内向きに回してしまい、ボードを方向転換させるかわりにただぐらぐらさせることになった。逆方向に回してみたがやっぱりだめだった。わたしはケヴィンを見て両手を広げ、首を振った。何がだめなの？と問いかけるように。

彼がパドリングで近づいてきた。「脚を泡だて器だと思って」と言うと、両手でその動きをやってみせた。「左右を交互に動かすようなイメージで」言われたとおりにやってみると、いきなりボードが回転しだした。ケヴィンのお手本よりだいぶゆっくりとではあったが。「そうそう、そんな感じで練習してみて。あと片手も使ったり、逆方向に回ったりして、自分にとってしっくりくるやりかたを見つけてみて」

そのまま何分か練習を続け、ほかの生徒たちもゆっくりとなら方向転換するコツがつかめてきたと思われるころ、ケヴィンが今度はボードの後ろにさがってやってみるよう指示した。「いいかい」彼がもう一度お手本を見せながら言った。「ボードをつかんで、できるだけ後ろまでさがるんだ。そうすれば方向転換がずっと簡単になる」

そりゃ、ケヴィンにとっては簡単かもしれないけど。わたしは左手でボードのレールをつかみ、テールのほうにお尻をずらした。が、ボードの端で止まらずにそのまま行ってしまい、バランスをくずして後ろにひっくりかえり、海に落ちて上からボードが降ってきた。浮きあがったわたしは自分のへたさに笑いだしてしまった。ほかにもふたりの生徒がまったく同じことをしているのが目に入った。

「だいぶ練習がいりそうね」わたしはまだ笑いながら、同じくボードに這いあがろうとしている長い黒髪に濃い茶色の瞳の二十代くらいの痩せた女性に言った。

「ほんと」彼女も笑いながら応じた。「ケヴィンがやるといつもなんでもすごく簡単そうなのにね！」

「だけどちっとも簡単じゃないのよね。でも、わたしたちだってできるようになる」

「だよね！」

それがサーフィンのいいところだった。少なくとも、このコンディションで、このブレイクで、この女性たちとなら、何度失敗しても、何度落ちても平気だった。くやしかったりいらいらしたりすることはあっても、痛い思いをすることはない。それがスキーやスケートボードなど、バランスが必要で、かつ硬いところで練習しなければならないスポーツとの違いだ。海は寛大だし、そこにいるみんながうまくなろうとして、助けあい、かつ楽しんでいる。

さらに数分間、それぞれ成功の度合いは違うながらもみんなで方向転換の練習をしたところで、潮が引いてきたからそろそろサーフィンを始められそうだとケヴィンが言った。「じゃあ、ここで休憩しながら、エチケットについてちょっと話そう」

彼の説明によると、波にはピーク――正面から見たとき、波の背の一番高く見える部分――がある。そこが最初にくずれはじめ、そのまま続けてフェイスがくずれていく。これを波が割れるという。ひとつの波にはひとりのサーファーだけが乗るべきであり、それは衝突を避けるためと、みんなが平等に楽しめるようにするためだ。だから、ピークの一番近くにいるサーファーが、その先の進行方向にいるサーファーよりも優先権を持つのだという。わたしにとってはまったく未知の概念だった。

「ほんと?」わたしは訊いた。「ひとつの波にはひとりしか乗れないの?」

「基本的にはね」ケヴィンが答えた。「おたがいが充分に離れてれば、同じ波に乗ってもいい。でもどちらも間隔がしっかりあいてるのを確認しなきゃいけない」

「どのくらい間隔があいてればいいの?」生徒のひとりが質問した。

「少なくともボードの長さの数倍。だけど、もうひとりのサーファーが知りあいじゃないかぎり、同じ波には乗ろうとしないほうがいいよ」

ナイスガイ・リッチと呼ばれているべつのインストラクターがやってきた。彼は丸顔で頬がぽちゃっとした、濃い茶色の目にウェーブのかかった黒っぽい髪をしていた。するとケヴィンが彼に向かって言った。「先週、ぼくときみはブリージーで同じ波に一緒に乗ったね」

「うん。でもきみとぼくはいつも一緒にサーフィンしてるから」リッチが言った。「それにふたりともルールはよく知ってるし、サーフィンのこともわかってるし。このあいだ、ぼくに前乗りした女性がいたの、おぼえてるかい?」

「ああ、あったあった。その話、してくれるか」

「ぼくが立って乗りはじめたら、その女性がぼくの前で乗ろうとしたんだ。まわりをよく見てなかったから、ぼくのすぐそばでテイクオフしてさ。ぼくはよけようとしたんだけど、結局ぶつかっちゃった。彼女、とくに怪我はなかったけど、まあ嬉しそうではなかったね」不幸な成りゆきだったが、こっちはできるだけのことをしたのだから、自分のせいではない、と確信しているような雰囲気だった。

「だから、基本的には前乗りはしないこと」ケヴィンが言った。「それと、もしうっかり誰かに前乗りしちゃったら、近づいていって謝ることだよ。悪かったたって。平和にやるにはそれが大事だ。たいていのサーファーはそれで水に流してくれる。な、リッチ？」

「そうとも。でも焦らず自分の番を待ったほうがいいけどね」


インストラクターがいて、顔なじみの生徒たちがいる居心地のいい整然としたバブルから出て、知らない人にまじってサーフィンをする日が近づいていたので、これはとくに貴重な情報だった。内覧したザ・ビーチハウスは結局、減税措置があっても手の出ない金額だとわかり、わたしはブルックリンの物件をあらためて探すことにした。不動産の広告をチェックし、内覧に行き、住宅ローンの会社に相談し、物件の履歴を調べ、売買交渉をし、建物の検査を依頼し、その結果、としても購入に踏みきることはできないような理由が見つかる。そんなことを四、五カ所の物件で繰りかえしたすえに、とうとう諦めた。失ってしまったと感じているものを再建したいとやっきになるあまり、少しおかしくなっていたと気づいたのだ。いまだに望んでやまない家庭生活を実現できる、趣味のいい永遠のすみか。わたしにはずっと思い描く未来像があり、それには余裕のある間取りと、古きよき雰囲気と、家で育てた野菜と、いい公立学校が必要だった。わたしはなぜかまず家を手に入れることにこだわり、この理想の人生を飾る付属品を、人生そのものより先に確保しなければならないとかたくなに信じこんでいた。非合理的で馬鹿げているが、〝買えば、それはやってくる〟と――

でも実際のところ、わたしに人生はなく、それを手に入れられそうなきざしすらなかった。恋愛の見通しはゼロだった。仕事で会う男性も周囲の知りあいの男性もほぼ全員すでに相手がいて、出会い系サイトにも手を出してみたもののまるで成果がなかったのでやめてしまった。まだ子供を持つことを諦めてはいなかったが、ではどうすればいいのか、その努力を本当にするつもりがあるかもわからなくなっていた。

それで、ロッカウェイの物件探しに本腰を入れることにした。サーフィンに便利で、いまここにある日々をもう少し楽しくするための週末のセカンドハウス。繰りかえし頭をよぎったのが母のことだった。子供のころから、わたしたちが誕生日やクリスマスにあげたプレゼントの多くを、〝何かのとき〟――素敵なものの出番にふさわしい、特別ですばらしい機会――のためにとっておくと言って使わなかった母。大恐慌で貧しかった子供時代のなごりだったのかもしれないが、母はシルクのスカーフもきれいなハンドバッグも上等の香水も、戸棚やひきだしに大事にしまいこんでいた。母が六十七歳でこの世を去ったとき（わたしは三十代はじめだった）、姉を手伝って母のクローゼットやたんすを整理し、まだ母のにおいのする服やアクセサリーを箱に詰めた。母はやさしくて愉快で、話すのはいつも楽しくて、荒れくるう嵐のような家でわたしが沈まずにいられるブイのような存在だった。母の死についてはいまでも神様を恨んでいる。乳癌の切除手術後に脳卒中の発作を起こして、話すことも書くこともできなくなり、言葉で意思を伝えるいっさいのすべを失ったまま十一カ月かけてゆっくりと死に向かっていった。わたしはこの先母のいない人生を生きていくことに打ちのめされたが、母の持ち物を整理しているとき、使われないままティッシュペーパーやビニールに包まれた素敵なものの数々にもショックを受けた。待ち続けてとうとう訪れなかった〝何かのとき〟のためにとっておかれたそれらが、思い描きながら実現しなかった人生の残骸のように思えた。

わたしはそんなふうに生きたくない。それがいまやはっきりした。未来に合わせた現在を築いたところで、いざその未来がやってきたときにはまったく違うものになっているかもしれない。自分の街のように思えてきつつある場所に、自分の錨《いかり》がほしい。それで会ったことのある不動産業者に連絡し、小さめの物件が売りに出ていないかと問いあわせた。かなり少ないが、見せられる物件がひとつある、という返事が返ってきた。

ある朝、出勤前に不動産業者と会うためにビーチ九十一番ストリートを歩いていると、胸が高鳴りだした。まさか……？　そのブロックは前に一度歩いたことがあった。サーフィンのレッスンのあと、いつもと違う道を通ってボブの家へ向かっているとき、まるで天国のような場所を見かけた。ドールハウスみたいなかわいい大きさの家が四軒並び、市民菜園が隣接している。それがボブの家から三ブロック、海とメインのサーフィンスポットの突堤からはたった半ブロックの細い路地にあった。園芸もサーフィンもできる、こんな家が持てたらいいのに、と通りながら思った。不動産業者の姿が見えてくると、あえぎそうになるのをこらえて深く息を吸った。持てるかもしれない。彼が見せようとしているのはあの四軒のうちの一軒だ。

ふたりで路地を進んだ。片側はツタのからまる顔の高さのフェンス、反対側はそっくりの家が四軒。どれも築百年近くたっていそうな二階建てのダッチ・コロニアル・リバイバル様式のバンガローで、立方体の一階部分の上に、特徴的なギャンブレル屋根を持つひと回り小さい箱型の二階部分がのっている。わたしたちは三軒めの前で立ちどまった。外壁は茶色がかったグレーの樹脂サイディングで、白い六分割のパネルドアの家だった。

「ここです」不動産業者が言った。「いまはオーナーが貸している家族が住んでいます。でも月貸しなので、引き渡し前にあけられますから」

四段の階段をのぼってドアをノックすると、とたんになかから激しく吠える声が聞こえてきた。

「ああ、そうだった。犬がいるんです」

小柄なブロンドの妊娠した女性がドアをあけた。

不動産業者が彼女に挨拶して、なかを見てもかまわないかと尋ねた。

「ええ、どうぞ。犬のことは気にしないで」

玄関からなかに入ると、そこは家の幅いっぱいの奥行のない部屋で、奥の囲われた一角に騒音の主がいた。ふさふさした四匹のホワイトテリアがさかんに吠えながら尻尾を振って跳ねまわっている。敵意を持っているというより喜んでいるようだったし、囲いの外には出られなさそうだったので、わたしは不動産業者のあとに続いて進んだ。

「ここはポーチだったところを壁で囲ったみたいなので、こっちが家の正面だったんでしょう」

不動産業者が言って、広くあいた通路からリビングに案内してくれた。狭い空間にクローゼットとバスルームとキッチンが窮屈に並んでいた。床にはオフホワイトの塩化ビニル製タイルが敷かれ、壁は鮮やかなターコイズブルーで、キッチンの窓の上に〈ボナペティート〉という言葉が大文字のステンシルであしらわれていた。裏手の市民菜園を見おろす窓の横には、昔ながらのイタリアン・レストランで見るような田園風景が描かれていて、このロッカウェイ・ビーチで、アーチ形の石枠の窓の向こうに杉並木の田舎道がどこまでも続いていそうだった。

内装はわたしの趣味ではなかったし、そのとき三人家族が暮らしていた家は雑然として家具の配置も非効率に思えた。でも、二階の寝室二部屋を見る前からもう気にいっていた。立地と六十平米という広さが完璧だったし、地下室のもともとは基礎に使われていた無加工の木の幹など、昔からそのままの特徴もよかった。もちろんリフォームされ、コンクリートの壁や断熱材や暖房などが新たに付け加えられていたが、この家も一帯の多くの家と同様に、一年じゅう住むことは想定されていなかったのだろう。ある季節に、ある目的のため、つまり夏を楽しむためだけに建てられたのだ。

わたしは購入を申しこみ、売主がそれに応じ、技師に家の検査を依頼して、今度は契約まで進んだ。当面はベッドフォード＝スタイベサントの賃貸に引き続き住むつもりで、平日のベストな住まいについてはゆっくり考えることにした。それでもバンガローの契約が済めば、サーフボードを買って好きなときに海に出られる。本物のサーファーに一歩近づけるのだ。

すべてが本当にわくわくした。運よく夢の場所に来られた気分だった。わたしを引き寄せたのは、このあたりの地名にその苗字を残しているファニー・ホランドの亡霊だったのかもしれない。ボブの家と同じく、そのバンガローもホランド一族の土地だったところのなかにあるらしかった。ファニーと夫のマイケルが一八五〇年代末に移り住んできてまもなく、マイケルが死亡し、彼女は九人の子供とともに残され、農場とホテルを切り盛りしていかなければならなくなった。彼女はそれをやりとげ、さらには事業を成長させた。それから百五十年以上たって、悲しい別れを経験した女性が立ち直り、自ら人生を切りひらき、ひょっとしたら楽しい日々さえすごしたかもしれないその土地のほんの一部をわたしが手にすることになったのだ。わたしの小さな〈娯楽のパビリオン〉として。

6　波を待ちながら

二〇一一年十一月

ＳＵＶはコスタリカのリベリアの空港から土埃の舞う道をゆっくりと進み、青々とした農地や緑の茂る峡谷、宝石のような海を見ながら三時間走って、ようやくノサラという海辺の町に到着した。その日は午前三時にアパートメントを出発し、マイアミでの一時間半の乗り継ぎをはさんで計七時間のフライトのあと、長いこと車に揺られていた。移動しどおしでだいぶ疲れていたが、同時にわくわくもしていた。はじめての海外へのサーフ・トリップで、熱帯でまる一週間、ただひたすら波に乗るサーフィンの集中キャンプに参加しにきたのだ。離婚後にイタリアのコモ湖で受けた写真講座のように、友人知人からもふだんの生活からも離れて、ひとりでどっぷりと趣味につかる——結婚していたときはできなかった、完全に自分だけの時間だった。

やっとたどりついた〈サーフ・シンプリー〉というリゾートは、当時は緑濃い山腹に引っこんでいて、秘密の隠れ家のようだった。石畳の歩道に沿ってクリーム色のコテージが八棟並び、その先に母屋があって、先の尖った扇状の葉に頭上を覆われ、からまる蔓と極彩色の花に囲まれた屋外プールとキッチンとラウンジがあった。

十一月なかばの土曜日で、ニューヨークではもう寒かったが、雨季の終わりのノサラはあたたかく、厚いウェットスーツなしで海に飛びこむのが待ちきれなかった。ロッカウェイの家は引き渡しを待っているところで、できるだけ早くサーフィンの腕をあげなくてはという思いにとりつかれていた。数週間後にしつこいテニス肘——といってもテニスではなく、ペンを握ったりタイプしたりのしすぎ——の手術を受けることになっていて、そのあとは少なくとも春までサーフィンはできなくなる。せっかくの上達がふいになってしまうのではないかと心配で、いつまでもインストラクターとのレッスン頼みから卒業できず、道具を借りてひとりで練習するのがおぼつかなくてコンスタントに波に乗れないのではないかという不安が振りはらえずにいた。

でも、サーフキャンプは視野に入っていなかった。夏の終わりに、今度は記者としてではなくお客として〈モントーケット〉を訪れるまでは。わたしはこの町について記事を書くのを最初にすすめてくれた同僚のジムと、その妻のオンディーンとともに、バーに通じる窓の脇に立ち、食べ物や飲み物を運ぶ店員や出入りするほかのお客を身体をひねったりずれたりしてよけながら、ビールを飲んでいた。沈む夕陽が空と海を燃えたつようなオレンジ色からフューシャピンク、そしてネイビーへと変えていくのを見ながらサーフィンの話をしていて、なかなかうまくならないと愚痴を言った。オンディーンがサーフィンを始めたのは、ジャージー・ショアで夏をすごして子供のころからサーフィンをしてきたジムがサーフボードを買ってくれて何度か教えてくれたのがきっかけだったと話した。「でも本当にサーフィンをおぼえたのはコスタリカのキャンプでだけど」彼女が言った。「一週間、毎日サーフィンをするんだけど、それだけじゃなくて、それぞれに必要な技術を集中的に訓練してくれるから本当に身につくのよ」

そんなふうに集中的なレッスンを受けられる場所があると知って驚いた。それはまさに自分に必要なものだという気がした。ロッカウェイで会ったカップルから、自分たちもコスタリカにレッスンを受けに行ったが、〈サーフ・シンプリー〉がとてもよかったという話を聞き、かなりの金額ではあったが行くことに決めた。わたしもオンディーンのように、キャンプで本当にサーフィンをおぼえられるかもしれない。

もうひとりの生徒と相部屋のコテージに荷物を置くと、手早くシャワーを浴びてから、ぶらさがる蔓や揺れる葉の下を歩いて、スタッフにランチョと呼ばれているオープンエアのラウンジへ行った。そこは丘の上の母屋に通じる中庭の一部で、カエルやコオロギやその他、夜になるとジャングルで鳴きだす生き物の声を聞きながらみんなで夕食をとる場所でもあった。片側にはプールがあり、そのまわりにはテーブルと椅子やクッション張りの低いベンチが置かれていた。ランチョの中央には大きな木のテーブルと椅子、本棚、壁かけ式の薄型テレビがあった。キッチンには冷蔵庫があって、そこにあるワインやビールは好きに飲むことができた。その後ろには事務室と教室に通じる廊下があり、その週の予定がチョークで手書きされた黒板が置かれていた。ランチョでのできたての食事、一日二回のサーフィンのレッスン、教室での講義、ビデオでのおさらい、オプションのヨガのクラスとマッサージまで――必要なものはほぼすべて含まれていた。

ふたりの男性がもうテーブルについていたので、わたしは挨拶し、冷蔵庫からビールをとって合流した。ふたりはカナダ人だった。のちにわかったことだがほかのゲストも全員。ひとりはこのキャンプのリピーターで、もうひとりは何年か前にサーフィンを試したことはあったものの、本当にはまったのは前年に友人とタマリンド——ここから北に二時間ほど行ったサーフィンのメッカで、複数のスクールがあり、あらゆるレベル向けの波が立つ、パーティタウンの雰囲気ただよう町——に行ってからだということだった。「ああそれと、あれはエヴァンだよ」男性のひとりが言い、角のベンチにすわってノートPCを見ているひょろっとした男性を示した。

「彼は一週間前からここにいるんだ」

「へえ、まる二週間も！　すごい」

「まあね。ここはいいよ」エヴァンが顔をほころばせた。「だけど先週は、ここで教えてるライフガードの講座を受けてたんだ。だからサーフィンがすごく楽しみだよ」

割れた顎に豊かなミディアムブラウンの髪のたくましい男性がやってきて自己紹介した。彼はオーナーであるイギリス人のルーで、いまは別れた妻とともにこのリゾートを開いたのだという。それでも人生は続くのよね。ひとりでも熱心に、楽しそうに前に進んでいる人に背中を押される気分で思った。さらにふたりの女性も加わった。ひとりはわたしと相部屋のキャロリン、顔にそばかすのあるライトブラウンの髪の若い看護師。もうひとりは背が高くて身のこなしのしなやかな、アイスブルーの目に薄いブロンドの髪の、異様なまでに姿勢のいいパークレンジャーのジェニファーだった。

順番に自己紹介をして、それぞれのこの一週間の目標について話すようルーがすすめた。この旅で人と接することにも、誰かと相部屋になることにさえも不安は感じていなかった。イタリアでの写真講座やカリフォルニアでのジャーナリズムのフェローシップで、目的の定まった環境にならうまく適応できるし、簡単に知りあいをつくれると思いだしたからだ。それでも、こんな少人数の雰囲気のいいグループのなかですら、人前で話さなければならないと思うと喉がこわばった。定例のスタッフミーティングでさえ緊張してしまって声が震え、手もひどく震えてメモもとれないようなところがいまだに克服できていなかった。それで、ゆっくり落ち着いて呼吸するよう心がけながら、キャンプ仲間の話に集中しようと努めた。

「ポップアップはいいんだ」男性のひとりが言った。「トリミングターンもかなりうまくできる。だからだいたいはトリミングしながらラインに乗っていけるんだけど、カービングがあんまりうまくなくて。そこを練習したいんだ。カービングターンを」

彼が何を言っているのかわからなかった。トリミング、カービング……急にサーフキャンプじゃなくて料理教室に来たみたいだった。わたしはボードをどちらかに向けたらそのまま波に乗っていく——男性の言葉を借りるならラインに乗っていく——ことしかできない。それも、そもそものはじめにインストラクターが正しい方向で波をつかまえられるように手伝ってくれさえすればの話だ。ターンしたときも本当にたまたまでしかなく、どうすればそれができるのかはよくわかっていなかった。ほかの人がみんなそんなに先へ行ってるなら、とても追いつけない。エヴァンはロングボードからショートボードに移ろうとしているところで、それには体力やバランスや俊敏性をかなり大幅に向上させる必要がある。わたしにはいつかできるようになるかも怪しいほどだ。ロングボードより体積が小さく、浮力もより小さいショートボードは、水のなかで動かすのがより大変になる。さらに、ボードに腹ばいになったとき、足の先がテールからはみだすことになるので、キックして進むことができるいっぽうで、ポップアップのとき爪先でボードを蹴って勢いをつけることができない。

ジェニファーは八年ほど断続的にサーフィンをしているが、山辺に住んでいるので頻繁に練習できないと話した。「だけど、タートルロールのやりかたは知ってるわ」それもわたしにはなんだかわからず、沖の保護区に生息するウミガメと心を通わせる神秘的な儀式か何かのように聞こえた。キャロリンはアルバータから来たスノーボーダーで、サーフィンをするのははじめてなので一から学びたいということだった（それを聞いてわたしはほっとした）。そしてわたしの番になった。

「ええと、サーフィンを始めて一年ちょっとになるわ。だけどレッスンでしかやったことがないの。だから、全部がもっとうまくなりたいのはもちろん、帰ったらひとりで海に出て練習できるように自信をつけられたらと思って」

「それは本当に、本当に大事なことだよ」ルーが言った。「ぜひ自立したサーファーになってもらいたい。もう誰かに波へと押しだしてもらわなくていいように」

翌朝のはじめてのレッスンで、ルーが言っていたことの意味が少しわかった。水着の上にラッシュガードと呼ばれる軽い速乾性のシャツを着たわたしたちは、用具ロッカーのそばの階段に集まった。そこにはふたりのコーチ——カリフォルニア州内陸部のセントラル・バレーで育ったバレーボールの元スター選手、ゴールデンブラウンの髪でヨギのケリアンと、もつれた茶色の髪に真っ青な瞳の饒舌《じょうぜつ》なイギリス人のハリー——がいて、その日使うボード選びを手伝ってくれた。

「いつもはどんなボードに乗ってるの？」ケリアンがロッカーをあけて尋ねた。なかには、気をつけの姿勢をとっているようにまっすぐ立てられた二十枚ほどのサーフボードが並んでいた。

「いつもは十フィートのソフトトップ」

「じゃあこれかな」ケリアンが、黄色の細いラインをはさんでアクアブルーの太いラインが二本縦に入った白いハードボードを取りだした。「これを試してみて。九・二よ」それは、長さが九フィート二インチという意味だった。

「いいけど」わたしはあいまいに言ってボードを受けとった。それは大きさのわりに驚くほど軽かった。「でもこんなに短いボードは使ったことがなくて」

ケリアンがにっこりした。そのボードは並んでいるなかでも一番長いほうだった。「もし安定が悪ければいつでも一〇・二に替えられるから。だけど、それは必要ないんじゃないかな」ハードボードははじめてで、それをかかえて階段をおりながら、一人前のサーファーになったような感じがした。

サンドバギーにつけたトレーラーにボードを積みこむと、みんなで背中合わせの金属のベンチと、つかまれるフレームのついた屋根なしのトラックに乗りこんだ。車列は土の道をごとごとと進んで何度か曲がり、エメラルド色の峡谷にひっそりたたずむヨガ・リゾートや、ピンクや白の花をつけた蔓植物に覆われた急峻な山肌を抜けていった。わたしはいつもながら飛行機移動の不思議さと感動に打たれていた。つい昨日は灰色にすすけたブルックリンで目をさましたのに、いまはこんなところにいて、半裸でジャングルをビーチに向けて走っているのだから。

「すごくきれいね、ここ」わたしは隣にすわるキャロリンに言った。

「ほんと。それに寒くないのも最高」彼女が満面の笑みで答えた。

椰子の木と竹の雑木林でトラックをおりた。そこからは細い砂利道が延びていて、ボードをかかえてビーチへと歩いた。頭上では鳥がにぎやかに鳴きながら飛びまわっていた。足もとの悪い道を気をつけて進んでいくと、まだらな日ざしがだんだんはっきりと明るくなってきて、アーチ形の木の枝や葉がカメラのシャッターみたいに開き、遠くに見えていた薄いブルーの一角が、視界いっぱいに広がる砂浜と岩と海に姿を変えた。海にはゆったりと盛りあがっては砕けるやわらかなマシュマロのような波が立ち、ペリカンの群れが浮かんだり、水面をかすめるようにして飛んでいた。

「わあ」キャロリンが言った。「すごい。こんなの見たことない」

「なんてきれいなの」

ビーチにボードを置いて準備運動をしたあと、わたしたちはふたつのグループに分かれた。キャロリンとわたしは、ケリアンとべつのインストラクター――アクアブルーの瞳のティニスという痩せた地元の女性――と岸に近いホワイトウォーターで練習することになり、あとの四人はハリーともうひとりのコーチと一緒にアウトに、つまり波が砕けるところより沖に出ることになった。わたしは初心者扱いされてホワイトウォーター組に割り振られたことに少しむっとした。地元ではもう砕ける前の波に乗っているのに！　留年させられる生徒の気分だったが、まさに自分がいるべきところにいるのがすぐにわかってきた。

海に入る前に、ケリアンがパドリングについてのリゾートの方針を説明した。波が砕けるところまでなるべく近づき、そこで向かってくる波のタイミングをはかって、五回大きくゆったりと搔く。「そこが一番エネルギーがあって、スピードが出るぶん安定するし、長く乗れるから」波が来たら、三回〝パワー・パドル〟をする、つまり力をこめて深く速く搔く。ゆくゆくはそこでポップアップすることになるが、ひとまずは波のリズムやボードの動きの感触をつかむため、腹ばいのままでいること、とケリアンが言った。とたんにじれったくなった。早く立ちたかった。そしてターンやボードのコントロールなど、習得したいことに集中したかった。

海に入ろうとするわたしたちに、ティニスが足を持ちあげておろすのではなく、砂底をすり足で進むよう注意した。「エイがたくさんいるから」

あたたかなターコイズブルーの海に入り、パドリングして、ホワイトウォーターがボードのテールにあたる感触や、岸に向かって加速しながらすべっていく感じを味わううちに、いらだたしさはすぐに消えた。慣れていたソフトトップのボードとはまるで違った。こっちにくらべるとのろく感じた。四気筒エンジンの車からV8エンジンの車に乗りかえたみたいに、身体の下におさえこまれたポテンシャルを感じることができた。そのボードは軽くて反応がきびきびしていて、速く進みたがっているかのようだった。心が浮きたち、楽しくなった。すでにうまくなったような気がしていた。少なくとも、もう自力でホワイトウォーターに乗るコツがつかめていた。

いったん海からあがり、次の練習について話を聞いた。それは前夜に耳にしたトリミングターンとカービングターンの入門編だという。ケリアンいわく、波に入るのにはベストなスポットというものがあるが、一度立って乗りはじめたら、進んでいく波をフル活用するためにさまざまな波のセクションにボードをあやつって入っていく必要がある。波のリップに近い上のほうの水は、下のほうの水よりも速く進む（摩擦と重力の関係で）いっぽう、波が砕けるところの前面のポケットまたはカールと呼ばれる場所に、もっともパワーとエネルギーがあり、それが波に乗る者のエンジンとなる。上級サーファーがやっているのを見かけるターンしたり回転したりするような動きは、そのエネルギーが高い場所に入るためだ。その部分に急いで追いつくなり、追いついてくるのを待つなりして。

サーファーは一般的に、これをするためにふたつの基本的な動き——トリミングとカービング

――を使う。トリミングは片方のレールを水に入れてボードをその方向に傾け、細かな調整によって波のフェイスを横切るテクニックだ。ボードを岸または沖に向かって軽く押すような感じで流れを止めないようにする、またはボードをリップに向かって押しあげるか、ボトムに向かって押しさげて適切なスピードを得る。カービングターンはより派手で、完全な方向転換を可能にする。カットバック（ボードをぐるっと回して遅いセクションからポケットに戻る）やボトムターン（縦に落ちたあと横に向きを変える）に必要な動きだ。これらには、テール側に体重をかけてノーズを持ちあげてボードを回してから、また前に体重をかけて加速することが必要になる。

ケリアンが砂にサーフボードの輪郭を描き、中心線を引くとともに、両側にふたつずつ、計四つの丸を描いた。「これをボタンだと思って。これを押すつもりで体重をかけるの。前のどちらかのボタンを押すと」ケリアンが左右の丸に順番に手を置いた。「そっちの方向に加速する。後ろのボタンを押すと減速する。ボードを止めることもできる。ちょうどフィンの上に体重をかければ完全に停止するの。ブレーキをかけたみたいに」

まずはその動きを腹ばいでやってみることになった。わたしたちはまた海に入り――「すり足でね、すり足で！」とティニスが言いながらやってみせてくれた――トリミングの練習を始めた。波をとらえたら、腹ばいのままで左右どちらかにそっと身体を傾ける。そうするとレールが少し水につかり、そちらの方向にボードが進む。続いて、カービングターンらしきものにも挑戦した。片方に身体を傾けたあと、ボードの後ろに身体をずらし、ノーズが持ちあがってきたらまた身体を傾けて方向を変え、それからふたたび前に身体をずらしてボードを前に進ませる。あいかわらず用語には慣れなかったが——トリミングもカービングも、リブロースの調理ですることのように聞こえてしまって——身体はだんだんコツをつかんできた。エネルギーが海からボード、ボードから身体に伝わり、そしてまたボードから海に戻っていくのが感じられるようだった。ラッシュガードと肌が海に洗われる感触を味わい、日ざしにキラキラと輝く海面を見ているだけでも気持ちよかったが、それと同時に霧が晴れていくような、ボードをどうやってさまざまに動かせばいいのかがだいぶはっきり見えてきたような感じがした。

そしていよいよポップアップの練習を始める段になった。ビーチにあがり、立ちあがるときの手と足の位置の目安となる十字を砂に書いた。ボードの中心線に見立てた長い縦の線の上に腹ばいになり、前の足を置く位置の目印となる横のマークに両てのひらをつける。立ちあがったら、このキャンプで機能的スタンスと呼ばれている姿勢をとるようにとケリアンが言った。足はボードの中心線に置き、膝を内側に向けて曲げ、腕はおろして左右のレールの幅に開く。初心者は、脚を開いてしゃがみ、腕をまっすぐ左右に広げてお尻を突きだすへっぴり腰の姿勢になりがちだ。それでは安定した感じこそするが、固まってしまって姿勢が変えづらく、すばやく足を動かしたり腕や腰を回したりできない。機能的スタンスなら、ボードの上でバランスを保ったまま腰や足を動かし、より楽にすばやく体重移動させることができるのだという。

砂の上で何度かポップアップをやってみて、前の足をうまく中心線に置けず、左に寄ってしまうのに気づいた。

「その足を正しい位置に持ってくるようにして」ケリアンが言った。「じゃないとバランスがとれないから。立ちあがってから、足を動かして位置を調整してもだいじょうぶ」

「わかった、やってみるわ」

また海に入ると、インパクトゾーンと呼ばれる、波が砕けるところのすぐ内側まで行った。くずれた白波が来るのを待って、その前でパドリングした。ゆったり五回、そして強く速く三回搔き、腕で押すとともに脚を引きつけ、立った、と思うとすぐに落ちた。起きあがり、ボードを回収してまた白波が来るのを待ち、もう一度やってみたが、ふたたび落ちてしまった。それからも何度も挑戦しては落ちた。だいたいは左に。前の足が中心から左に寄ってしまうせいだ。正しい位置にずらそうとするのだが、ボードの上で身体が固まってしまったように動かせない。まるでモントークでのはじめてのレッスンに逆戻りしたみたいに、一年以上もたって振りだしに戻ってしまったようだった。レッスンが終わるまでによくなってはきたが、それでもまったく満足できるものではなかった。

「すごく楽しかったね！」ビーチを車に向かって歩きながらキャロリンが言った。

「そうね」わたしは少し口ごもった。「でも、ポップアップがこんなにうまくいかないのはどうしてなのかと思って。地元ではだいたい立てるのに」

「場所が変わったから慣れるのにちょっと時間がかかってるんじゃない？」

「そうかもね。またはもっと長いボードが必要なのかも」竹やぶに着いたところで、わたしは明るい声を出した。「これは地元で乗っているのより一フィート近く短いんだもの」

リゾートに帰って手早くシャワーを浴び、軽食をとったあと、わたしたちは最初の講義のために、ヨガスタジオとしても使われる木の床の部屋に集まった。ハリーが壁に貼った地図を示しながら、ノサラが世界有数の安定した波が来る場所である理由を説明した。ノサラの海岸のほとんど、なかでもわたしたちがいる場所は、太平洋に向かって張りだしたコスタリカの西岸沿いにあり、広大な外洋に面していて、百八十度近くにわたり、向かってくるうねりをさえぎる大きな陸地などがない。

「だから、南太平洋で嵐が発生して、タヒチにどでかい波が来ると」ハリーが熱っぽい口調で言った。「二、三日してここに波が来る。冬に北太平洋の低気圧でハワイに巨大な波が来ると、その二、三日後にここに波が来る。そしてハリケーンがメキシコの沿岸で渦を巻くと」彼が一瞬間を置き、ひそひそ話をするように声を落とした。「ここに波が来る」どうやら、太平洋のどこであれ嵐が発生すると、ノサラには波が来るらしく、それが世界の名だたるサーフィンのメッカと違うところだった。そういう名所は、ある季節だけお化けのような波が次々に岸に押し寄せるものの、それ以外の季節は静かな湖のようになるところが多く、たとえば有名なハワイのオアフ島のノースショアは、冬には三十フィートに達するような大波目あてでプロサーファーが詰めかけるが、夏はサーフィン初心者や海水浴客のためのいい遊び場になる。

だが、気候にはおおよその決まったサイクルがあるものの、波というのは（それをつくりだす気象条件もだが）気まぐれで、なかなか予想しづらく未知の部分が多い。そういう理由もあって、サーファーはアマチュア気象予報士となって嵐を追いかけ、次はいつどこでいい波とめぐり会えるかと、低気圧の発達に目を光らせ、衛星を介して全世界の気象ブイ網から伝送される大気圧、風向と風速、気温、海水温、波浪などのデータを逐一チェックする。

　昔のハワイの人々は、いい気象条件の到来を願い、アサガオの蔓で海面を叩きながら〝長く猛《たけ》る波〟が立つよう祈りの言葉を唱える儀式をしていた。しかし現代の気象予報のシステムは、第二次世界大戦時、連合軍がノルマンディー上陸作戦のような侵攻作戦を計画するにあたって、スクリップス海洋研究所の海洋学者による波浪予測を参考にしたことに起源がある。サーファーや気象学者は、以来数十年にわたって予測の精度を向上させ、それを広く伝えてきた。一九八〇年代になると南カリフォルニアでわかりやすい気象予報サービスが多数生まれたが、その先駆者のひとつの〈サーフライン〉は課金型電話サービスからスタートして、いまでは月四百万超のページビューを誇るオンラインのマルチメディア予報サイトに成長した。

　ただし、サーフキャンプではわたしたちがそんな心配をする必要はなかった。ハリーとケリアンが、べつの有名サイトである〈マジックシーウィード〉で天気予報や気象予測をチェックし、毎日のスケジュールをそれに合わせて調整していたからだ。わたしたちはただ、黒板を見てその時間に行きさえすればよかった。

ランチのあと、キャロリンとわたしはコテージに戻り、表のコンクリートのテラスでポップアップの練習をした。次のレッスンの時間が来ると、わたしは一〇・二のボードを手にとった。が、それでも数秒以上立っていることができなかった。ケリアンとティニスはあれこれ力になろうとしてくれ、わたしを海からあがらせていろいろなやりかたを見せてくれた。ポップアップをいくつかのステップに分ける――腹ばいから両手と両足をついて四つんばいになり、前の足をスライドさせるとともにお尻を落として中腰になり、後ろの脚を引きつけて立ちあがり、前に体重移動し、腰をひねって加速する――のもそのひとつだったが、試してみたもののあまり効果はなかった。

ここに来る前は、一週間でどれだけ上達できるかとわくわくしていた。思いどおりに波をとらえてラインに乗っていけるようになってニューヨークに帰り、ロッカウェイのインストラクターたちを感心させられるかもしれないなんて空想までしていた。それを強く願っているのに、どんなに努力してもだめで、全然うまくならないし、永遠にうまくなる日が来ないような気さえした。キャロリンは毎回のように立てていたし、あとの四人は角度をつけてテイクオフし、くずれていく波に乗り続ける方法を教わっていた。全員わたしより若くて体力もあって、わたしよりもずっと成功していて楽しそうだった。それは講義の時間にハリーがそれぞれのライドを見直し、習ったテクニックのおさらいをするために見せるビデオで明らかだった。わたし以外のそれぞれのライド、ということだが。わたしはほとんど波に乗れていなかったので、まったくと言っていいほどカメラに映っていなかった。わたしはまぎれもない落ちこぼれで、一番大きなボードを運ぶのにも四苦八苦していつも最後尾をやっとついていくような状態だったし、いつも補習が必要だった。レッスン中にビーチでポップアップの練習をしたり、艀《はしけ》ぐらい大きな特別なソフトトップのボードで練習したり、海でのレッスンの合い間に追加の課題を与えられたり。それでも、来る日も来る日もまるで上達しなかった。夜寝るときは、頭のなかで疑問がぐるぐると渦巻いていた。どうしてこんなにうまくいかないの？　どうしてみんなはあんなに簡単そうにやってるの？　わたしにもいつかできるようになるの？　どうしてもっと早くやろうとしなかったの？　サーフィンも、それを望んでいると気づくのが遅すぎたために望むようにならなかったわたしの人生の多くのことと同じに思えてきた。

水曜日にはひと息入れることができた。その日は休みの予定で、コーチたちは研修を受けたりレッスンの計画を手直ししたりするいっぽう、わたしたちは自由にすごせることになっていた。サーフボードは手もとに持っておくことができて、海に入りたければ入れたが、わたしは全身が痛くて——指先や爪先まで痛かった——とてもそんな気にはなれなかった。リゾートのパッケージには選べるアクティビティ——ジップライン、乗馬、スタンドアップパドル、マッサージなど——が含まれていた。わたしはマッサージを選んだが、ボートに乗って川の生物を観察するツアーに申しこんだというパークレンジャーのジェニファーに誘われ、午前中に一緒に行くことにした。

「わたし、鳥オタクなの」双眼鏡を手にしたジェニファーが笑った。ガイドが小さなボートをあやつり、海からジャングルのなかや山あいを通って何キロにも延びている細い水路を進んでいった。「いろんな種類の鳥が見られるといいな」

「わたしもよ。バードウォッチングが趣味ってほどじゃないけど、鳥を見るのは好き。カナダでカヤックをしてるとき、一度ハクトウワシを見たことがあるの。息を呑んだわ」

「うん、すごいよね、ハクトウワシは。今日も来られてよかった」ジェニファーが双眼鏡を目にあてた。

そのまましばらく黙って、曇り空を映した灰色の水の上を進みながら、静寂を破って響く鳥の鳴き声に耳を傾けた。ときどき視界の隅で何かが動いたと思って見ると、細い脚で鋼《はがね》色の羽毛に覆われ、頭に黄色い線のあるサギが川岸に立っていたり、羽の先が赤い黄緑色のオウムが木にとまっていたり、紺青《こんじょう》色と黒の小鳥が頭上で羽ばたいていたりした。

「きれい」ジェニファーが双眼鏡をあてたままあちこちに顔を向けながらつぶやいた。「ほんとにきれい」

突然、毛に覆われた細い腕がライムグリーンの葉とラベンダー色の花のあいだからにゅっと出てきた。「猿だわ!」わたしは思わず息を呑んだ。

「あれはホエザルです。こっちではモノコンゴっていうんですよ」とガイドが説明した。そのサルが木の枝から葉をむしるのを見ながら、野生の霊長類がすぐそこで朝食をとっている姿に驚きとともに魅了された。文明から完全に隔絶されているわけではないものの、わたしはいま間違いなく、家から遠く離れた大自然のなかにいるのだ。

その日の午後、何人かでランチョにいた。テレビではサーフィンの大会のＤＶＤが流されていて、ジェニファーはサーフィンの解説本をめくっていた。わたしはエヴァンが前週に受けたというライフガード講座の話を聞いていた。

「きつかったけど、よかったよ、すごく。グループにはかっこいい年配の女性がいてね。ときどきここに来て、最後の朝食にはすごくうまいバナナマフィンをつくってくれるんだ。たぶん六十代だと思うんだけど、ちゃんとみんなについてこられるし」

「へえ。それは強い気持ちがなきゃできないわね。きっと鍛えてるんでしょうね」子供のころ、ハイアニスの海でアメリカ赤十字のプログラムを通じて泳ぎを習ったときのことを思いだした。水上の安全性とサバイバルとレスキューに重きが置かれているコースだった。わたしはジュニア・ライフセービングまで行った。長く伏し浮きをしたり、海のなかを歩きながらジーンズで救命胴衣をつくったりする内容で、わたしはそこでやめてしまった。そこまでが限界だと思った。姉がシニア・ライフガードの試験を受けるのを見ていたが、それは白波の立つ灰色の荒れた海を永遠に思えるほど長くひたすら泳ぐというもので、自分にはとてもできそうになかった。

「ああ、彼女はすごいよ」エヴァンが言った。「四十七歳でサーフィンを始めて、いまもやってる。いまではショートボードに乗ってるんだ」それならわたしにもまだ希望がある。そう思いながら立ちあがってビールをとりにいった。ランチョを見まわし、ここにいられてなんて幸運なんだろうと思った。みんなサーフィンに夢中になれて、その文化にどっぷりひたれるだけでなく、きれいな鳥やホエザルもいて、あたたくて透明な海があって、夫や子供に邪魔されることなく、好きなだけ追求できる趣味がある。

ビールをひと口飲むと、はじける炭酸の刺激が口いっぱいに広がった。わたしもエヴァンのライフガード講座の女性のように、六十代でショートボードに乗っているかもしれないし、そうじゃないかもしれない。ロングボードで小さい波や中くらいの波なら自力で乗れる程度の、そここのレベルまでしか行けないかもしれないし、そこまでも行けないかもしれない。自分がどこまで行けるのか、行けないのかはわからない。でもいまはここにいて、周囲の環境を楽しみながら学び、成長しようとする機会を手にしている。少なくともいまは、それだけで最高だった。

翌日の午後、キャロリンとわたしはプールで、ケリアンにある技を教わった。あの謎のタートルロールを。明日は最後のレッスンの日だから、いよいよアウトに出ましょう、とケリアンが言った。わたしはまだ立つのに苦労していて、その日の午前中にホワイトウォーターで少しだけ波に乗れたものの、沖で砕ける前の波に乗れる自信はなかった。

「まあ明日どうなるかわからないけど」ケリアンが言った。「でも帰る前に一度はアウトに出てみるといいと思う。それにどのみちタートルロールは身につけておくといいし」

タートルロールというのは、ロングボードで沖に出るときに、砕ける波をくぐり抜けて進む方法のことだった。わたしはロッカウェイではまだそれほど困ることはなかったが、普通は波をつかまえるのに苦労するより前に、沖に出なければ始まらない。運がよければボードに乗ってすいすいいけることもあるし、歩くだけでいいことさえある。が、とくにいいポイントでいい波が来ている日ほど、次々に押し寄せては岸に押しもどそうとする白波をくぐり抜けて沖まで行かなければならない。それをくぐり抜けるのに、ショートボードの場合はダックダイブと呼ばれる技が使える。エヴァンがわたしたちの前にプールで練習していたその技は、ただ普通に砕けた波の下にもぐるだけのように見えるが、ボードのノーズ近くを持って片足でテールを押しさげながらもぐる。ただしロングボードでは、体積と浮力が大きすぎるのでこの技は使えない。乗ったままでボードを波の下に沈めるのが大変だからだ。そこでかわりに、とケリアンが説明した。波が砕けているかもうすぐ砕けそうになったら、スピードをつけてまっすぐ進んでいって、横に転がるようにしてボードの下にぶらさがる体勢になり、自分とボードの上を波が通過していったら、またボードごと横に転がって正しい位置に戻る。そしてふたたびパドリングで前に進む。

「ロールする勢いを利用して海面に出て、ボードの上に戻れることもある」とケリアンが言った。

「見てて」流れるようななめらかな動きで彼女がボードの下に姿を消し、ノーズを前に押してまた戻ってきた。全体が優雅で力強くて確実で、彼女とボードが海の中でパ・ド・ドゥを演じているようだった。わたしはそれにくらべるとなめらかさに欠けたが、少なくともサーフィンでちゃんとできることがあった。むずかしいというよりも頭が混乱した。二回ほどやってみてようやく、ノーズを自分から見て後ろに押さないと、前に進ませられないということがわかった。それにどちらにロールすれば、勢いを利用してもとの体勢に戻れるのかをおぼえるのも大変だった。でも、少なくともプールでは、タートルロールは充分にうまくできた。もちろん海に出たらまた話はべつなのだが。

わたしたちは海のなかに立ち、ボードを持って水平線をみつめ、パドリングを始めるタイミングをはかっていた。午後遅くで、最後のレッスンだった。波は次々に来ていて、海面から顔を出した岩のすぐ先で立ちあがってはくずれていた。波を十二まで数えたところでやめ、本当に行けるのか、新しくおぼえたタートルロールははたして通用するのかと不安が頭をよぎった。「タイミングよく行ければ、タートルロールも必要ないかもしれない。パドリングだけで頭を濡らさないで抜けられるかも」ケリアンはそう言っていたが、襲いかかってくる白い泡を見ているとそれは怪しかった。

波四つ、いや五つか六つあと、ケリアンが行こうと言い、自分のボードに乗ってパドリングを始めた。わたしも息を吸ってボードに跳び乗ろうとしたが、水深に阻まれてなかほどで止まってしまい、ボードの上にまっすぐ腕が伸びた状態で、下半身をなんとか引きあげようと脚をばたつかせた。もう一度やってみたがうまくいかない。「早く」ケリアンが振りかえって言った。「いま行かないと」ようやくボードに跳び乗り、なんとか身体をのせ、少し斜めになったまま頭をさげ、パドリングをする。顔をあげると、前方に半透明の壁のようにせりあがった波が見えた。それはとてもきれいでグラシン紙みたいに薄いのに、威嚇するように峰から白いしぶきを散らし、下向きにカールしはじめていた。それが砕けると、押し寄せてくる白い泡に向かって懸命にパドリングし、横向きにロールしてボードにしがみついた。頭上を通過する白波が、洗濯物のかたよった洗濯機みたいにボードを揺さぶり、わたしを岸に押しもどした。ボードを押しだすのを忘れていた。ボードをひっくりかえして海面に出ると、流れに逆らって必死に脚をばたつかせ、どうにかボードの上に戻って前に進もうとしたが、また大きな波が盛りあがるのが見えた。早くも疲れていたが、こっちに向かってくるその波へと向かう。そしてふたたび息を吸ってからロールし、今度はノーズを前に押しだすのを忘れなかった。海面に顔を出したときに鼻から海水を吸いこんでしまい、ボードにつかまりながらもう上に這いあがれないのではないかと思った。咳きこんで息を切らし、数秒その場にとどまってから、またよじのぼり、パドリングで進みだした。

ケリアンがパドリングで近づいてきた。片脚を上に曲げて、その足首からリーシュコードがぶらさがっている。「わたしのリーシュコードにつかまって。残りは引っぱっていくから」わたしはリーシュコードに手を伸ばしたが、ケリアンがもう進みはじめていて、手が空をつかんだ。それでもどうにかリーシュコードにつかまると、片手だけで弱々しくパドリングしながら、ケリアンに沖まで引いていってもらった。そこでゆっくり身体を起こしてすわり、ボードに前かがみになっていると、少しずつ身体に力らしきものが戻ってきた。

「ありがとう、ケリアン。あなたがいなかったらとてもここまで来られなかった」

「ううん、あなたはよくやってる。タイミングをつかむには少し練習が必要なだけ」

その言葉に勇気づけられ、少し背筋を伸ばした。とにかくアウトまで来たのだ。頭は濡れているし、引っぱってもらったけど、ついにみんなと一緒にここにすわり、波を待って水平線をみつめているのだ。

「あれ、乗るのに充分なほど切り立ってると思う？」数分後、盛りあがってこちらに向かってくる水を見ながらケリアンが訊いた。その質問にはうろたえた。自分で砕ける前の波を見て判断した経験などほとんどなく、正直よくわからなかった。その波を見て、なだらかなフェイスと厚いリップから違うと推測した。

「ええと、違うかな」

「そのとおり」ケリアンが言った。わたしたちは数秒間すわったまま、盛りあがるオパール色の、同時にターコイズブルーにもコーラルピンクにもクリーム色にも見えるような波を見守った。次の波でも同じような会話をした。

「向きを変えて」いつになくするどい声でケリアンが言った。波が来たのだ、と気づいて胸のなかで何かがさざめいた。「パドリングを始めて」今週ずっとやってきたように、ゆったりリズミカルにと意識しながらストロークを数え——一、二、三、四、五——そして強く三回掻いた。深く腕を入れ、力をこめて引くと、突然、波の上にいた。ボードのノーズが金色と青のくぼみに向かって落ちこみ、テールがいままで感じたことのないほど高く持ちあげられた。レールをつかむと、波のフェイスをどんどんすべり落ちていき、うねりに包まれた。わたしは大きく息を吸い、立つまでの姿勢を声に出しながらやっていった。「四つんばいになって、前の足を引きつけて、立って、腰を前、腕を後ろ」次の瞬間、波に乗って岸へと加速していた。最初は大砲から撃ちだされたような勢いだったが、やがて『ウィキッド』のいい魔女グリンダみたいに、透明なシャボン玉のなかで浮かんでいるような感じになった。時間の流れが遅くなり、空間が開け、急に耳栓をつけたみたいに音まで静かになった。沈む太陽がすべてを琥珀《こはく》色とピーチピンクに染めていた。岸と椰子の木と竹の林に向かって進むあいだ、ずっとライドが終わるのを予期していたが、終わらなかった。ひたすらたゆまずなめらかに前進し続けた。波がくずれたときは少し押される感触があったが、それでも立ったままで、今週ずっといて慣れ親しんだホワイトウォーターの上で減速するのを感じた。そのまま岸に達してボードからおり、かがんでボードを拾いあげたところで、ようやく息を吸って振りかえった。ケリアンが膝立ちのパドリングで猛然とやってくるのが見えた。わたしを見捨てなかったケリアン。辛抱強く、わたし自身が諦めても決して諦めなかったケリアン。彼女がボードから飛びおりて走ってきた。「いまの、すごかったね！　すごくあなたが誇らしいわ！」ふたりで抱きあい、水のなかで一緒にぴょんぴょん跳ねた。すごくあなたが誇らしい――もう長いこと、人生でそんな言葉をかけてくれる人はいなかった。母親も、パートナーも、めったに褒めない父親ももちろん。胸がいっぱいになり、喉が詰まって、海水とまざりあった涙が頬を濡らした。そして、わたしも自分が誇らしくなった。何度失敗してもくじけず、結果より過程を大事にすることに気づき、自分への自信を取りもどしたことが誇らしかった。ここまで来るには苦労したが、ここまで来られたなら、いつかはわたしも本物のサーファーになれるということだ。どれだけかかったとしても。

7　錨《いかり》をおろす

二〇一二年一月〜九月

眼下に広がるジャマイカ湾の藍《あい》色の水が、晴れわたった空の下でまばゆくきらめいていた。ブロード・チャネル駅からロッカウェイへ向かって鉄橋を走る地下鉄の車内の曇った窓ごしでも、まるでカラー化された古いモノクロ映画のように、その色がくっきり鮮やかに目を射った。一月末の土曜の午後で、一週間ほど前に海辺のバンガローの契約を終えたものの、まだそこに泊まったことがなかった。家具が何もないので、寝袋とマットを持っていった。カリフォルニアでの一年間のフェローシップ中に、地質学科の学生と教授とともにデスヴァレーへ週末旅行に出かけるために買ったものだった。その野外での一夜、テントの外で風が鳴り、コヨーテが吠えるなかでも驚くほどよく眠れたので、ロッカウェイ・ビーチの白い塩化ビニル製タイルの床でもその寝具でこと足りるだろうと思った。

列車の扉によりかかって立っていると、向こうからわたしを見ている男性に気づいた。空のショッピングカートを支えにして立つ男性は、オリーブグリーンと赤のタータンチェックの厚いウールの上着に、外の凍える気温には少し薄すぎるように思える黒いチノパンツを穿《は》いていた。薄くなりかけた黒っぽい髪を後ろになでつけ、顎にぽつぽつと無精ひげをはやし、青い目が血走っていた。男性の態度はとくに威嚇的ではなかったが、かといって友好的でもなく、あえて言えば少し気がふさいでいるように見えた。ふらついているのは列車の揺れのせいなのか、お酒のせいなのか、その両方なのかはわからなかった。

「なんだ？」男性がしゃがれたぶっきらぼうな声で言った。「ビーチでキャンプでもするつもりか？」彼がエスプレッソ用ポットとコーヒーといくつかの道具とともにトートバッグに入れてきた寝袋を指さした。「こんなクソ寒いなかで？」

わたしは笑って答えた。「いいえ、ついこのあいだ家を買ったんだけど、まだ家具を置いてないから、これで寝ようと思って」何してるの、知らない人に自分のことをぺらぺら話すなんて。そんな言葉が脳内で響いた。一九七〇年代育ちのパラノイアの亡霊が耳もとでささやいたみたいに。当時、話しかけてくる見知らぬ他人は、何かよからぬことをたくらんでいると思ってほぼ間違いなかった。この男性がそうでないのは明らかだったが、それでも逃げ道を探して車内を見わたすより、男性と会話している自分が驚きだった。

「そうかい、まあがんばれ」男性が鼻を鳴らした。列車が半島に向けてくだりはじめ、湾の杭の上に建てられた古いバンガローの列を過ぎた。「おれは出ていく。映画館がなくなってから、酒を飲むぐらいしかすることがないからな」男性の声が大きくなった。「もう耐えられない。明日ジャージーに引っ越す」

「本当に映画を見るところがないの？」

「ない。ロッカウェイにはな。ここには何もするところがない。酒を飲む以外な。そう言ったろう。だから出ていくんだよ」

ここはどんなところなの？　そう思っていると、列車が減速してわたしのおりる駅へ入っていった。「あなたもがんばってね」と男性に声をかけ、バッグを手に扉へ向かった。開いた扉から冷たい風が顔にぶつかってきた。何度も来ているのに、じつはこのあたりのことをほとんど何も知らないとあらためて気づいた。サーフィンのレッスンとボブの家に来るだけで、ここにとりつかれたようになり、勢いで家を買ってしまった。ロッカウェイで毎日暮らすことはないだろうが、週末をすごすだけでも、何もなくて退屈するのではないかと不安になってきた。

寒さのなかを歩いて家のある通りに着くまでに、そんな思いは消えていった。ブロックの先ではビーチの広い空とボードウォークの鉄の手すりが、玄関のウェルカムマットのようにわたしを手まねきしていた。食べ物は何も買ってこなかったが、冷凍庫に枝豆のパックが、冷蔵庫にはブルックリンラガーの六缶パックがあるのはわかっていた。契約の際に前のオーナーが忘れた鍵をとりにきたときにもらった新居祝いだった。

家に入ってバッグを置いて、暖房をつけた。ビールをひと缶取りだし、コートを着たまま、誰かが置いていった黒い折りたたみ椅子をリビングルームのまんなかに持っていって腰をおろし、室内を見まわした。この家は一からリフォームするつもりだった。両親の家を出て以来、これまで七カ所に住んできた。最初のアパートメントは、友人とシェアしたブルックリンのダウンタウンの線路沿いのおんぼろ物件で、通りの向かいに魚屋とクリーニング店と並んで小さなポルノ映画館があることよりも、郊外の区であることのほうに父は憤慨していた。「ダイアン」引っ越し先を告げたわたしに、父はいらだたしげに言った。「世界じゅうの人がニューヨークに来て暮らそうというとき、来るのはマンハッタンだ、ブルックリンじゃなくて」父はその家には一度も来なかった。それからもさまざまな理由で、引っ越すたびに都心から遠ざかっていったが、なかでもここが一番遠く、オフィスから三十キロ近くも離れていた。そしてここはボーイフレンドとも夫とも家族とも相談することなく、自分ひとりだけで見つけて買うことにした唯一の物件だ。内装はベッドフォード＝スタイベサントとは違う感じにしたかった。オープンで海のそばらしくて、周囲の雰囲気に合わせて少し無機質で古びた感じに。大きく手を入れるのは一年くらい先にしようと思っていたが、可能なかぎりの壁を取りはらいたいのと、床の塩化ビニルのタイルを木に替えたいのはもうはっきりしていたので、それらのリフォームはすぐに始めようと決めた。

わたしはビールをひと口飲むとコートをぬぎ、巻き尺とメモ帳を取りだして、家のあちこちの寸法を測りはじめた。調理器具が何もないから、食事は近くで適当にピザでも買ってくることにした。各部屋を回って寸法を測りながら、どこにベッドを置こうか、どうやってクローゼットをつくろうか、どこにサーフボードをしまおうかと想像した。一階におりてくると、バッグから金槌とバールを出し、かつて家の正面だった部屋にある間仕切り壁に近づいた。この壁を取りはらいたいが、その前にこれが耐力壁かどうか知る必要がある。いままで何度かリフォーム工事を見ていたことがあるし、自ら建築工事や解体工事をした経験こそないものの、それに近い作業はしたことがあった。離婚のあと、ブルックリンのタウンハウスに間貸しする部屋をつくったとき、夜遅くまでかかってキャビネットにせっせとやすりをかけてペンキを塗り、ＤＩＹの本と首っぴきでバスルームの壁にあいた六十センチ×九十センチの穴をふさいだのだ。

それで、今回ロッカウェイに来る数日前に、インターネットで耐力壁の骨組がどうなっているかを検索し、そのイメージを頭に置いて、リビングルームに突きでた壁の隅のほうに穴をあけにかかった。金槌の先が割れたほうをアクアブルーの表面に打ちつけて横にひびを入れ、バールを使って石膏《せっこう》ボードを剝がす。簡単にはいかなかったが、それでも十五分ほど汗をかきながら作業すると、内部の構造が見える程度に大きな穴をあけることができた。

耐力壁だった――残念。自分で壁を取りはらえないかと期待していたのだ。壁がない部屋の感じを見たかったのもあるが、おもに作業を進めたくて、ここを自分らしくしたくて気持ちがはやっていたから。わたしは四年にわたって腰のすわらない生活をしてきた。自分でも作業してタウンハウスにつくったふたつの間貸し用のアパートメントのうち広いほうから狭いほうに移り、カリフォルニアへ行き、ベッドフォード＝スタイベサントの賃貸に引っ越した。自分が人生からの一時的な停留状態に置かれているように感じていて、早く動きだしたかった。

作業に疲れたわたしは二階にあがり、寝室のひとつの床にすわった。壁はやさしいピーチピンクに塗られ、市民菜園を見おろす窓の上には〈おやすみ、わたしの愛する人。おやすみ、わたしのすべて〉というステンシルの文字が記されていた。ここでわたしに何が起きるんだろう。そう思うと、もの悲しさとわくわくが同時にやってきた。夕陽が白い床さえも深いオレンジ色に染めていた。おやすみと言えるような愛する人がここで見つかるだろうか。それともずっとひとりなんだろうか。あるいは、カリフォルニアのジャーナリスト向けフェローシップで会った年下の男性が言っていたように、〝次々に愛人を変え、決して落ち着かないクールな大人の女性〟になるんだろうか。どうでもいい、と心のなかで目をぐるりとさせて思った。男性がそう言ったとき、大人という言葉に少しむっとしてそうしたように。わたしには整えなくてはならない家があって、奮闘すべきスポーツもある。それ以外の心配はあとでいい。


「やあ、ご近所さん！」まだ芽ぶき前のツタがからまる背の高い木のピケットフェンスで目隠しされた路地を家に向かって歩いていると、フェンスの向こうから声が響いた。「いつ引っ越してくるのかとずっと思ってたんだよ！」家の階段に着き、フェンスが腰の高さの金網に変わったところで、大きく太い声の主が見えた。それは長身でがっしりした中年の男性で、ずんぐりした黒のラブラドール、ひょろっとした茶色の雑種、そして明らかにボス格の角張った白いテリアの三匹の犬を連れていた。

「バディだ。きみの家は昔おれの姉が持ってたんだよ」

「まあ、ほんとに？」

「ああ、ずいぶん前のことだけどね。姉はいまフロリダにいるから」

「それはうらやましいわ。ここがあなたの家？」彼の背後の三階建ての白い家を指さして訊いた。犬たちがコンクリートの中庭を走りまわり、中央にはえた大きなねじれた木のまわりの網囲いのにおいを嗅いでいた。

「そうだよ。この家で育った。いまは母と共同で所有してる」

「へえ、生粋のロッカウェイっ子ってわけね。わたしはダイアン、よろしくね」わたしは玄関に顔を向けた。「またすぐ顔を合わせるでしょうけど」

四月のなかばで、わたしはそのバンガローへの引っ越し作業中だった。二、三回来て塩化ビニルのタイルの上で眠り、青いマスキングテープで大まかな間取りに印をつけたところで、急に思いたって決めたことだった。このあたりはたしかに不便なところもあるが、列車で会った男性が言っていたほど何もないわけではないのはすぐにわかった。こじゃれたビストロやワインバーや専門店やコーヒーハウスはなくても、まあまあのデリもあるし角に魚屋もある。数ブロック先には必要充分な品ぞろえのスーパーマーケットも、ドラッグストアもディスカウントショップも酒屋もある。ブルックリンの慣れ親しんだ小さな村のような魅力がないからといってなんだというのか。出勤途中にオーガニックのマフィンやエキストラショットのコルタードを買える店はないし、夜帰ってきてミートボールとプロセッコの夕食を楽しめる店もないが、必要なものはあった。どうせ毎日マンハッタンを往復するのだ。ベッドフォード＝スタイベサントからマンハッタンのミッドタウンまでの通勤時間はドア・ツー・ドアでもう一時間近い。あと十五分か二十分追加されたところでさほど変わらない。それと引きかえに、月々の家賃の支払いがなくなり、海のそばで暮らせて——朝の出勤前にサーフィンもできるかもしれない——ボブが近所にいるから友達にも困らない。家具はそんなにないと思っていた。離婚後も手放さなかった家具はケープコッドの家族の家に置いてあるし、ソファセットは友人にあげてしまったから。それでも、本にマットレス、家具や棚、調理器具、服、寝具、たんす、母が公立校で捨てられようとしていたのをわたしのために引きとってきてくれたどっしりしたデスクなどなどを引っ越し業者が運ぶのに、一日じゅうかかった。

業務用タイプの金属のユニットシェルフを組みたて、前の入居者が寝室に残していったポールに服をかけた。その部屋は仕事部屋とゲストルームにするつもりだった。たんすは二階の寝室にする予定の部屋に運べなかったのでリビングルームに置くことにして、ドレッサーとクローゼットがわりの洋服ラックをどんどん長くなっていく必要なもののリストに加えた。夕方には、必要な家具をそろえてリフォーム工事を待つあいだ、とりあえず生活できる程度には家が整った。体力も尽きてきたので、買ってきたピザで食事を済ませると、床に置いたマットレスにシーツを敷き、枕を持ってきて、すぐに眠りに落ちた。

翌朝、寝室の窓から射しこむ日ざしで目をさましたわたしは、一瞬どこにいるのかわからなくなった。マットレスからおりて、寝室やキッチンに積みあげられた箱を掻きわけ、コーヒーとポットを掘りだし、エスプレッソを淹れてクリームをたらした。ビーチライフの初日で、海の様子が見たかったので、カップを手に裸足でボードウォークまで歩いていくことにした。ただそれができるからというだけで、まだ裸足で歩けるほどあたたかくはなかったが。路地の端まで行き、足の裏が痛いほど冷たくなってきたところでバディに出くわした。

「それ、なんだい？　カプチーノ？」彼がカップを覗きこんで尋ねた。

「そんなようなもの。エスプレッソにちょっとだけクリームをたらしたの」

「へえ、うまそうだ。ときどきカプチーノが飲みたくなるんだけど、このあたりには買える店がなくてね」

「そうね。朝はこれがないと目がさめなくて。ちょっと海を見に行くところなの」

「さっき犬たちと行ったけど、波はなかったよ」

「あらほんと？　あなたもサーフィンを？」

「いや、もうやってない。何年も前にやめたんだ、膝を悪くして。でも若いころはあちこちにサーフィンしに行った。ハワイもカリフォルニアもプエルトリコも。向こうに何年か住んでたこともある。有名なポイントには全部行って、二十フィート、二十五フィートの波に乗ったよ」

「すごい。そんな大きな波、わたしには一生乗れない」わたしは笑って言った。「まだまだ練習中で。立ち位置がうまくいけばまあまあ乗れるんだけど、それが大変なのよね」

「練習するしかない。すばやく腕で押して上体を起こし、足を前に引きつける。まず両膝をつけとかいうけど、それじゃだめだ」

白いテリアが吠えて家の奥側に向かって走りだした。「エンゾ、こら」バディが振り向いてテリアを追おうとし、あとの二匹もそれに続いた。

「じゃあまたね」わたしは言って、ボードウォークへ向かった。ビーチの入口下の小さなスケートボード場を過ぎて階段をのぼり、木の遊歩道につながる煉瓦とコンクリートの部分にあがった。本当にここで暮らすなんて信じられない。潮の香りの空気を吸いこみ、頬にあたる日ざしのあたたかさを感じ、水にもぐって魚をとる鵜《う》や頭上を舞うカモメをながめていると、気づいた。波がある。バディから見ればないのかもしれないが、膝の高さのきれいに割れる波が立っている。すばらしいサーフィン日和だった。


数週間後、わたしはアーヴァーンでグループレッスンを受けていた。ほかの生徒と一緒に岸を向いてボードに腹ばいになり、波が来るのを待ちながら、ケヴィンともうひとりのインストラクターのヴィニーに家の話をした。

「ここに家を買ったって？　いいぞ、その調子！」ヴィニーが言った。「どのあたり？」

「市民菜園のところに小さなバンガローが並んでるでしょ。あのなかの一軒」

「バディの家のそばの？」ケヴィンが訊いた。

「そうそう、あそこ。バディはご近所さんよ」

「そりゃいい！」ヴィニーが言ってケヴィンに顔を向けた。「今年の夏は、ダイアンのためにみんなを波からどけないとだな。〝おい、それはダイアンの波だぞ！〟って」

「それはいいわね」わたしは笑って言った。「でも、その波にはちゃんと乗れないとまずいわね」

「そうさ」ヴィニーがうなずいた。「その波にはちゃんと乗れないとまずい。波といえば、いま来てるよ。でも戻ってきたらもっと面白い話がある」

後ろを振りかえると海面が盛りあがっているのが見えたので、パドリングを始めた。波をとらえるには、波が自分のところへ来るまでにその波と同じスピードを出す必要があるが、そのためには二倍がんばって搔かなければならないと気づいた。がんばった結果、立ちあがって岸近くまで乗っていくことができた。だいぶ自信がついてきていたが、ひとりで海に出られないことにじりじりしていた。早く自分のボードを手に入れなくては。「それでさっきの話だけど、昔は」パドリングで近づいていくとヴィニーが言った。「バディはブレイクのキングだったんだ。ジェッティでは、どれでもバディが乗ろうとする波なら、みんなそれはバディの波だからってゆずった。そういうものだった。ある日、どこかの男が、バディが乗ろうとした波に前乗りしたんだ。そしたらさ、バディはなんと次の波に乗ってそいつを追いかけていって、殴ったんだ。サーフボードに乗ったまま。すごいだろ？　よくそんなことができるよ」

「嘘！　べつの波に乗って追いつくっていうのもすごいけど、波に乗りながら誰かを殴るなんて、すごいバランス！」

「うん、バディは特別だった」

ロッカウェイの荒くれたサーフカルチャーを象徴するようなエピソードだった。それはこの半島がニューヨークの都心部から遠く離れ、経済的にも恵まれていないことの副産物でもあり、六〇年代、七〇年代、八〇年代に市から不当な仕打ちを受けたと感じていることもひと役買っていた。昔、ロッカウェイのサーファー志願者たちは、アイロン台でも木の板でも、手に入るものでも波に乗っていたが、やがて西海岸のように地元でサーフボードをつくる人々があらわれた。だが、サーフィンは表向きは違法だった。十九世紀の州法では、ライフガードがいないときは海に入ることはおろか、ビーチに行くことさえ禁じられていたし、ライフガードがいるときは、海水浴客に危険なのでサーファーが波に乗ることは許されなかった。それでもこっそりやっていると、当局からしょっちゅう違反切符を切るぞと脅されて、サーフィンをすることが反逆の色合いを帯びるようになっていった。それに、冬には水温が十度以下にまでさがる東海岸でサーフィンをするにはそれなりの気合いが必要だった。とくにネオプレーンのウェットスーツが広く出まわる前は、サーファーたちはセーターや保温下着やダイビング用具などありあわせのもので寒さをしのいでいた。ようするに、ロッカウェイはごく普通の海辺の町ではないし、ハワイのアロハ・スピリットもカリフォルニアのおおらかさもない。「おれたちはラブ・アンド・ピースのノリは好かない」と二〇一〇年のドキュメンタリー映画『シャドウズ・オブ・ザ・セイム・サン』でバディも言っていた。「おれたちは喧嘩っ早いんだ」

あちこちのサーフスポットで、エチケットや序列といった地元の掟を守らせようとする、うるさいお目つけ役の存在が知られている。場所によって脅しの手段はさまざまで、ボードを折ったり、車のタイヤを切ったり、ルールを破った者に強引に前乗りしたりすることもあれば、ビーチや駐車場で殴ることもある。サーフィンが人気になり、いいスポットが混みあうようになるにつれ、カリフォルニア州パロス・ヴェルデスのルナダ・ベイのような一部の場所では、番人たちがよそ者を自分たちの波に乗らせまいとするあまり、海に入る前に石を投げて追いはらっていることさえある。

何世紀にもわたり、サーフィンは現地の文化を色濃く反映した形で進化してきた。インカ帝国以前のペルーや十五世紀の西アフリカで、人々がさまざまなもの――舟、板、丸太、束ねた葦《あし》など――を使って波に乗っていた形跡が見つかっている。しかし、現代のグローバルスポーツとしてのサーフィンの起源は、ハワイに定住したポリネシア人が始めて国民的娯楽となったヘエナル("波すべり"という意味)にある。かつて、それにはカヌーや厚い木の板が使われていて、長さは五フィートから二十フィート、重いものでは七十キロもあったという。もっとも長いオロと呼ばれるタイプのボードはおもに王族が使うもので、一般の人々はより短いアライアと呼ばれるボードに乗っていた。

この地域に来た西洋の探検家や宣教師は、ヘエナルをしている人々の恍惚《こうこつ》とした様子に目を奪われたという。タヒチで砕ける波に並走してカヌーを漕いでいる人を見て、キャプテン・クックの船に乗っていた船医長が一七七七年にこう書いている。〝とても速くとてもなめらかに海に運ばれていくこの男が、至高の愉悦を感じていると結論せざるをえない〟その百年近くあと、ハワイの歴史家ケペリノ・ケオカラニは、十一月は島に来る高波が波乗りたちを岸に引き寄せる月で、農夫も仕事を放りだし、ボードを持って海へ向かうと記している。〝仕事のことはどこかへ消え、頭にはもはやそのスポーツのことしかない。妻も子も家族全員が飢えたとしても、家長は気にもかけない〟彼はさらにこう付け加えている。〝朝から晩までサーフィンしかしない〟

西洋人との接触はサーフィンにとってほぼ致命的だった。天然痘などの未知の病が免疫のない先住民を襲い、十九世紀には宣教師がサーフィンをすることを禁じた。しかし二十世紀が近づくと、西洋人は海水浴という新しい楽しみに夢中になった。同じころ、マーク・トウェインやジャック・ロンドンら新たな蛮勇の冒険作家の一群が、ハワイを訪れてサーフィンについて書き、おもにワイキキのアウトリガー・カヌー・クラブが中心となったサーフィンの復権を後押しするとともに、アメリカ本土にサーフィンを広める役割をはたした。ワイキキのビーチボーイで、オリンピックの水泳で三度金メダルに輝いたデューク・カハナモクがサーフィンの伝道師となり、世界各地を回ってサーフィンのデモンストレーションをし、ハワイとアイルランドの血を引くジョージ・フリースというサーファーとともにサーフィン文化の種をまいて、それがオーストラリアとカリフォルニアでとくに深く根を張ることになった。カハナモクはわたしの家が完成する前年の一九一二年にロッカウェイも訪れていて、ビーチ三十八番ストリート近くの群集の前で泳ぎ、おそらくボディサーフィンをした。それはこの半島がペン・ステーションとウォール・ストリートからの通勤列車でたった三十五分だった当時のことで、豪壮なエッジメア・クラブ・ホテルなどが海の目の前のプライベートビーチつきの部屋やコテージを提供していた。カハナモクがその日ボードに乗ったのかはさだかではない——乗ったという言い伝えもあるし、乗っていないと言う人もいる——が、この旅のあいだにアトランティック・シティのヤングズ・ミリオン・ダラー・ピアでは、兄がつくってホノルルから送った長さ九フィート、重さ三十四キロのどっしりしたアメリカスギのボードで波に乗ったという記録が残っている。

いずれにせよ、サーフィンはロッカウェイや近隣のロングアイランドの町でも少しずつ広まっていった。一九三四年、ウィスコンシン州出身のトム・ブレイクというサーファーが、なかが空洞のボードを発明してサーフボードのデザインに革命を起こし、訪れたジョーンズ・ビーチのライフガードたちと波に乗ってそのデザインを伝えた。一九四〇年代後半からは、第二次世界大戦でカリフォルニアやハワイの基地にいた元軍人たちが、向こうで乗っていたロングボードを持ち帰ってくるようになった。一九六〇年代には、この半島にもサーフボード職人や才能あるサーファーが何人も生まれ、アメリカのサーフィンの一大中心地となったカリフォルニアを拠点とする〈ホビー〉などの有名ブランドもスポンサーにつくようになった。

当時、ロッカウェイに組織的にサーフィンを教えてくれる場所はなかった。たとえばバディも全部見ておぼえたという。「子供のころから海にはいつも入ってた」と彼は話した。「いつも泳ぎながら、年上の連中がサーフィンをしてるのを見てたんだ。やつらが何をどういうふうにやってるのか知ろうとして。やがて自分のボードを手に入れてからも、いつもうまいやつを観察して、そいつらから学ぼうとしてた」いい波が来る場所までは四キロ近くもあり、毎日そこまで重いロングボードを持って歩いたという。その後、バディはサーファー仲間とともにライフガードになった。「みんな海をなめて、潮や流れのことでおれたちが注意しても何も聞いてない。それで案の定沖に流されて帰ってこられなくなって」バディが笑って首を振った。「おれたちはそいつらをそのましばらくもがかせておくんだ。そうすれば次からはもっと気をつけるようになるだろ？　それから助けに行く。でもおれがいたビーチでは誰も溺れたことはないよ」

サーフィンは東海岸沿いでも広がり続け、とくにロングアイランドと、中部大西洋岸の南部からノースカロライナ州、サウスカロライナ州、フロリダ州ではさかんになった。一九六七年、地域の代表が水着姿のロッカウェイ・ビーチ・サーフィン・クラブの面々――サーフィン愛好者の若者の集まりで、青いサテンのジャケットがメンバーのしるしだった――とともに市庁舎へ行き、安全なサーフィン区域がないことに抗議した。これに応え、市公園局は海岸の三カ所にサーフィン区域を設けた。アーヴァーンとロッカウェイ・パークの二カ所は夜明けから日暮れまで、そしてベルハーバーの十ブロックの区間は朝の六時から九時までと決められた。不動産開発業や金融業を営む裕福な実業家だった祖父からその名をもらった当時の公園局長オーガスト・ヘクシャーは、ある夏の週末に半島を訪れて地元のサーファーたちと面会したあと宣言した。「サーファーはマナーのいい人々のようだし、チャーミングな若者も多くいる」と当時彼は言った。「この最先端の、合法的でとても美しいスポーツのための場所を見つけるのがわたしの務めだ」

だが、サーファーと市当局との和解は一時的なものにすぎず、ある時点でサーフスポットも閉鎖されて、半島の経済の落ちこみとともにサーフィンの勢いも衰えていった。戦後、安価な飛行機旅行が可能になり、自家用車を持つ人が増えて高速道路網も整備されたことで、ニューヨークの人々が夏休みや週末旅行でより遠くまで行きやすくなり、ロッカウェイの夏の宿泊や娯楽の需要が急減した。多くの中流以上の行楽客や住民が郊外へ去り、ロッカウェイの古いバンガローや下宿は事実上の貧困者向け一時宿泊所となった。市は低水準の住居に相場以上の家賃を払って、いわゆるスラム撤去政策や都市再開発計画によってニューヨークのほかの地域から追われた貧しい人々を住まわせた。スラム撤去政策ではのちに荒廃したバンガローや下宿がまとめて取り壊され、その一部は公営団地や高齢者介護施設に建てかえられたが、アーヴァーン・バイ・ザ・シーの開発地のように広範囲にわたって更地にされたまま数十年も放置されていたところもある。ベトナム戦争の徴兵と薬物依存もサーフィンへの関心を低下させた。「たくさんの人がヘロインにはまった」と二〇一〇年のドキュメンタリー番組『アワー・ハワイ』で、あるロッカウェイの地元住民は語っている。「そしてビーチから姿を消した」

しかし一九九〇年代末から二〇〇〇年代はじめにかけて、ロッカウェイには新世代のサーファーが押し寄せるようになった。その多くがブルックリンやマンハッタンのダウンタウンのクリエイティブなタイプで、彼らはまだ残っていたバンガローを借り、それを共同のサーフハウスとして、ボードやウェットスーツを置いたり、シャワーを浴びたり、サーフィンのあとくつろいだりする場所として使うようになった。この新たなサーファーの流入に応え、二〇〇四年にスティーブという地元住民（六〇年代にロッカウェイ・ビーチ・サーフィン・クラブの〝チャーミングな若者〟のひとりだった）がふたりの息子とともに、九十二番ストリートに〈ボーダーズ〉という店をオープンした。彼らと何人かのサーファーたち、それに〈サーフライド・ファウンデーション〉という海とビーチの楽しみを守り、推進するという理念を掲げた団体が、市と州に働きかけ、ふたたび合法的にサーフィンができる──そして誰にとっても海がより安全になる──公式サーフスポットの設定にこぎつけた。二〇〇五年、市公園局は九十番ストリートにサーフィン専用ビーチ〝ジェッティ〟を指定し、それがとても人気を博したことから、二年後にわたしがレッスンを受けているアーヴァーンの六十九番ストリートにふたつめの専用ビーチを設けた。ルールでは、ライフガードがいるときはこの二カ所がサーフィン専用で、ほかは海水浴客専用と分けられている。ただしそれ以外のときは、いまや正式な救命具とみなされているサーフボードさえ持っていれば、どこでも好きな場所で波に乗ることが認められている。それにがっかりした人もいた。かつて秘密のスポットだったところがそうでなくなり、サーフィンの規範というものを理解もしなければ尊重もしない馬鹿な初心者の群れであふれるようになったのだ。でもわたしのような新入りにとってはよかった。こそこそと当局の目を盗む必要もないし、怖いブレイクの番人から逃げなくてもいいのだから。

　引っ越して数週間たったとある週末の朝、わたしは外から聞こえてくる会話の声で目をさました。言葉がすべて聞きとれたわけではないが、会話に加わっている男性たちは、何が議題になっているにせよ明らかにそれについて確固たる意見があるようだった。

「スクランブルエッグにかけるのが最高だ」そう聞こえ、続いて「なんかこう、フルーティな味がするんだ」そして「で、胃がかっと熱くなる」

　ホットソースだ！　バディの家のアパートメントや貸し間に住んでいる男性たちはホットソースについて話している。

　コーヒーを淹れて裏から市民菜園に出ると、隣のメアリーアンが数人の女性とすわって日向ぼっこをしていた。お隣さんである彼女とその夫のダンについても、もう一方のお隣さんである夫婦についても、本当にラッキーだったとすでに感じていた。小さな家がくっついて建っているので、騒がしい人や短気な人やとんでもなく変な人が隣に住んでいたら悲惨だった（どれもいままで住んだ家で経験済みだった）。でも彼女たちはまともで親しみやすく、芸術や本が好きな子持ちの家族で、すぐにわたしを小さな集落の仲間に迎えいれてくれた。

　わたしも腰をおろしてみんなに挨拶し、初対面の女性たちに自己紹介した。そのひとりはダンの大学時代の友人の妻で、もうひとりのキヴァは、サーフィン専用スポットの設置運動に参加し、市民菜園を運営しているティムという男性の恋人だった。ふたりは九十一番ストリートの向かいの大きな赤いダッチ・コロニアル様式の家のアパートメントに一緒に住んでいて、ティムはオーナーを手伝って家の維持管理もしているという。

「あら、ついこのあいだ彼にメールしたのよ。ここの区画を借りたいって」わたしは言った。「ここで野菜を育てられたらいいなと思って。でもまだ返事がないの」

「きっともうすぐ返事が来ると思うけど、でも第一回のミーティングに顔を出したら?」黒っぽい髪と目にいたずらっぽい笑顔の小柄なキヴァが言った。「数週間後だから」

「ちなみに」メアリーアンが言った。「キヴァはすごくかわいいサーフィン用の水着をつくってるの。買ったほうがいいわよ」

「あら、ほんと? ぜひ見てみたいわ!」わたしは言った。

「じゃあそのうち来て」キヴァが言った。その背後のフェンスぎわを、菜園でよく見る白と茶色のぶち猫が走っていった。「うちのスタジオにたくさんあるから。もう少ししたら〈ボーダーズ〉にも置いてもらえるんじゃないかと思うけど」

「どうしてサーフィン用の水着づくりを始めたの?」

「ある日、海に入ってて、波に乗って水着がずれるか、水着がずれないかの選択を迫られたの。で、わたしは水着がずれないほうを選んだ。そのとき決心したのよ。女性たちがもうそんな選択を迫られなくていいようになんとかしようって」

「わかる」わたしは言った。「去年コスタリカに行ったの。ウェットスーツなしでサーフィンしたのはそのときはじめてで、ずれなそうなすごくハイウエストのボトムを穿いてた。レトロなピンナップみたいでいいと思ったんだけど、ときどきおばあちゃんのパンティを穿いてるような気がしちゃって」わたしは笑った。「でも小さい水着を着てる女の子たちを見てると、どうしてずれないのか不思議で」

「ああ、それはね」キヴァがわけ知り顔で言ってにっこりした。「ずれない方法があるのよ。コツがあるの」

しばらくそこで女子トークをしながら、ご近所さんから水着を買えるということに魅力を感じていた。ロッカウェイにおしゃれな隠れ家的バーやチーズショップはないが、かわりに素敵なものをつくっている楽しい人たちがいるからとんとんなのかもしれない。

その日の午後、わたしはボードを買おうとサーフショップへ行った。さまざまなメーカーや形やサイズで迷ったすえに、コスタリカで使ったNSPというメーカーの九フィート六インチのエポキシ樹脂のモデルに決めた。サーフィン・スクールやレンタル用によく使われている中程度のボードで、わたしのレベルに充分な安定性をもたらしてくれるいっぽう、スキルアップしていずれよちよち歩きの初心者からもうすぐ中級者というあたりまで進むのを可能にするような特徴も備えている。まだ高級なボードやカスタムボードにはとても手が出ないが、たぶん家の目立つところに置いておかなければならないので、見栄えもよくて、かもしだそうとしているアーバンビーチっぽい雰囲気に合う色の、立ち位置の目安になるように中央に縦縞が入っているものがよかった。

ショップの店先のウィンドウには、ビーチファッションを着せられた上半身だけの白いマネキンが三体飾られていた。店内にはさまざまな用具がところ狭しと並べられていた。ウェットスーツにボードショーツ、ビキニやTシャツのかけられたラックがあちこちに置かれ、壁ぎわには各種のボード——ブギーボード、サーフボード、スケートボード——が並べられ、リーシュコードにスケートボードのトラックと車輪、サーフワックス、日焼け止め、さらには謎のチューブやボトルがガラスのカウンターの下の棚をぎっしりと埋めていた。わたしはカウンターにいた若い男性にほしいものを伝えた。「それならスティーブに訊いたほうがいいよ。ぼくよりくわしく相談に乗ってくれるから。いま呼んでくる」

何分かして、ジーンズに白い長袖Tシャツを着た、ふさふさの白髪頭とは不釣りあいに若々しい容貌のスティーブという男性がカウンターにあらわれた。九・六を買おうと思ってるんだけど、ロッカウェイでも問題ないだろうかと彼に相談した。

「いいボードだよ、浮きやすくて丈夫で。とくに初心者にはいい。それにこのモデルはきみに合ってると思うよ、当面はね」彼が言った。「でも、九・六はつくられてない。九・二の次は一〇・二だ」

「九・六があるはずなんだけど」そう言ったものの、急に自信がなくなって胃がそわそわしてきた。「メーカーのサイトで見たのよ」
　スティーブがカウンターの下からカタログを取りだし、細いメタルフレームの老眼鏡をかけた。ぱらぱらとめくって手を止め、ページに目を走らせる。「ふーむ」彼が眼鏡ごしに上目づかいでわたしを見て言った。「きみの言うとおりだ。今年新しく出たんだな」スティーブがページに目を戻し、うなずきながら説明を読みあげた。「九・二と一〇・二のあいだをちょうどよく埋める新たな九・六。つねに期待を裏切らないモダンな性能のロングボード」彼が言葉を伸ばすようにゆっくり続けた。「大きなボトムターンから長いノーズライドでのクルーズまで、と」彼がカタログを閉じ、あいかわらずうなずきながら、ふたたび眼鏡ごしにこちらを見た。「すばらしいボードみたいだね。じゃあ注文を出そう。十日くらいで届くはずだ」

　五月のとあるうららかな週末、わたしはキッチン用品と食器棚を見に行ったモールから車で帰ってきた。リフォーム工事が始まり、もうすぐいろいろなものを注文しなければならないので、引っ越したあと姉からSUVを取りもどした。工事業者は間仕切り壁を撤去して、二階を支えるための巨大な梁と柱を取りつけ、白い塩化ビニルの床材を剝がした。新しい家具の一部も届いた。クッションのきいた白いイングリッシュ・ロールアーム・ソファ、イームズの黄緑とクリーム色のファイバーグラスの椅子、肘かけのない白の長椅子、そしてキツツキがあけたとおぼしき穴のある厚板でつくられた再生品の木と鉄のコーヒーテーブル。まだ暫定的な形とはいえ、だいぶ家らしく感じられるようになってきた。希望するフローリングの床材――長い幅広の板のホワイトオーク材――が遅れていたので、合板の下地の上に段ボールを敷いて、その上で生活していた。

ラジオから流れるゴティエの〈サムバディ・ザット・アイ・ユースト・トゥ・ノウ〉を口ずさみながら家のあるブロックの角を曲がると、あらゆる駐車スペースが埋まっていた。通りのこちら側の駐車してはいけないところまで。信じられない思いでブロックを進むと、ビーチチェアやパラソルやフラフープを手にぞろぞろと歩く海水浴客の群れが目に入った。薄い羽織りものが風になびき、つば広の麦わら帽子が上下に揺れていた。ぐるりと回り、ボブの家のそばの大きな駐車場なら空きが見つかるかもしれないと思ったが、だめだった。誰かが車を出したかもしれないと家のブロックまで引きかえしてみたが、それもあてがはずれた。まったく、この人たちみんなどこから来たわけ？　通りをぐるぐる走り、駐車スペースという駐車スペースが真昼の日ざしにぎらつく車で埋まっているのを見るうちに、だんだん腹が立ってきた。今日になって急に湧いてでてきたみたいな人たち。のほほんとやってきて、わたしたちの駐車スペースを奪うだけ奪って帰っていくなんて。ここに住む苦労も、通勤の大変さもあらゆる不便さも知らないで、いったい何様のつもりよ！

それから、はっとして思わず笑いだし、「こんなに早くこうなるものなのね」と口に出した。まだ引っ越してきて二カ月もたっていないし、ちゃんとした床さえできていないのに、わたしはもう昔からの地元民のようにいらいらしている。ボブの家で会ったジョシュから、ビーチ近くが全部埋まっていたときに行く場所のことを教わったのをようやく思いだし、そこにスペースを見つけた。あとからスティーブにもほかの場所を教えてもらった。それにしても、わたしを含めて海のそばに住む人たちが、夏に近所に押し寄せる人々に対して抱く複雑な感情にあらためて驚いた。

何週間かして、予想外に遅れていたわたしのボードがようやく届いた。わたしはわくわくして店に駆けつけた。カウンターの向こうにいた男性がボードの梱包を解き、輸送中に傷がついていないか確認して、パッドつきの木挽き台みたいな台に載せた。素敵、と思った。真っ白で、中心線の左右にオレンジから黄色のグラデーションのストライプが縦に入り、その外に鮮やかな青のラインが引かれている。彼がフィンをつけてみせてくれて——それはツー・プラス・ワンと呼ばれるもので、テール近くの中央の溝に大きなフィンが、その両側にサイドバイトと呼ばれる小ぶりなフィンがついていた——大きなフィンをノーズ側やテール側にずらして調整する方法を教えてくれた。「どの位置が自分に合うかは実際に乗ってたしかめるしかない。ノーズ側に寄ってると遊びがあって取りまわしやすい。テール側に寄ってると安定感が増す」

「じゃあ一番後ろまでさげたほうがいいかな」

「わかった。でもターンはしづらいかもしれないよ」

次に、彼がワックスを塗りはじめ、最初にベースコートを塗るやりかたを見せてくれて、水温に合ったワックスで足がすべらないように凹凸をつくるのだと説明してくれた。「ぼくに全部やってほしい？　それとも自分で仕上げをするかい？」

「自分でやりたい！　なんといってもわたしの最初のボードなんだし」

「いいよ、わかった」彼が低水温用のワックスをカウンターの下から取りだし、ベースコートと一緒に渡してくれた。

わたしはボードとワックスを家に持って帰った。どうしていいかわからないほど興奮していた。もうキヴァから水着を買い、かわいいショーティのウェットスーツもインターネットで買っていたから、これでいつでもジェッティに挑戦できる。

ボードを家に入れてみると、九・六がどれだけ大きいかに気づいた。壁に立てかける予定だったが、天井が二・五メートルしかなくて無理だとわかった。想定外の事態に、ボードを持ってリビングルームをうろうろし、それなりに安定した角度で置ける位置を探しまわったすえに、結局諦めて地下室への階段の踊り場に立てた。

どうにか置き場所が決まったことに満足し、ほとんどスキップして海まで行った。はじめての自分のボードではじめてサーフィンができるのを期待して。でも行ってみてがっかりした。一面に細かい白波が立っているばかりで、まともな波はほとんどなかった。男性がひとり海に入っているだけで、彼にしてもろくに乗っていなかった。魔法のように波が発生しないかと祈るような気持ちでしばらく見ていたら、ついにひとつ波が来た。男性がそれをキャッチして乗り、そのまま海からあがって、ビーチからの階段をのぼってきた。「どうだった？」わたしは彼に尋ねた。

「ざわついてるみたいだけど」

「ああ」彼がくすっと笑って白波の立つ海を振りかえったが、親切にも見ればわかるだろうとは言わないでくれた。「ざわついてるよ、すごく」

「はじめてのサーフボードが来たところで、すごく試したいんだけど、今日はどうかなと思って」

彼がまた海を振りかえり、わたしを見て笑みを浮かべた。「もっといい日まで待ったほうがいい。そのほうが楽しいよ」

翌週は毎朝、早く起きてコーヒーを淹れ、裸足でボードウォークまで歩き、チャンスをうかがったが、毎回いろいろな理由で断念した。ある日は波がなく、べつの日は荒れていて、その次の日は波が大きすぎた。またべつの日は人が多すぎた。

ある朝、ひとりの男性に会った。彼がわたしと同じことをしているのは何度か見かけていた。早朝、コーヒーカップを手にサーファーたちを見ているのを。黒っぽい髪で胸板の厚い、五十代とおぼしきその男性はトミーと名乗り、マンハッタンへ仕事に出かける前に海とサーファーたちを見にきてるんだと話した。トミーはここで育ち、若いときはサーフィンをしていたが、町を出てやめてしまった。戻ってきて、母親の家の近くの海を見おろす巨大な煉瓦の集合住宅に住むようになって、またサーフィンを始めたのだという。

「ほら、見ててごらん」水平線で波が盛りあがりはじめ、何人かのサーファーが向きを変えてパドリングを始めた。「こっちのあの男、あいつは波に乗れない」トミーが指さしたほうを見ていると、その男性にわたしにも何度も起こったのと同じことが起こるのが見えた。波が彼を追いこしてそのまま先に行ってしまったのだ。

「ああなるってどうしてわかったの？」わたしは尋ねた。

「だって、もう三回くらい同じことが起きてるからね。それなのにあいつは同じ場所で乗ろうとして波を逃し続けてる。とくに初心者には言いたいんだ。調整しろって。波を逃してばかりなら、少し岸側に移動したほうがいい。逆にパーリング――つまりノーズが刺さってばかりなら、少し沖側に移動したほうがいい。でもみんな決めた場所から動こうとしない」

トミーが観察を披露してくれてありがたいいっぽう、それこそわたしが海に入れない多くの理由のひとつでもあった。あまりにも見られている感じがしたのだ。いまやこの人たちと一緒に住んでいるのに、観察され、ジャッジされ、サーフィンのやりかたがわかってない女だ、立てない女だと永遠に思われたくはなかった。

でも、友人のジェイが話していたサーファーもどき――サーファーを名乗りながらサーフィンをしない人たち――にもなりたくなかった。だからその次の週末に車でアーヴァーンまで行くことにした。そっちにも見ている人はいるかもしれないが、そんなに多くはいないし、その人たちはわたしのご近所さんではない。ＳＵＶはボードを楽におさめられるほどの長さはなかったが、シートを倒してノーズが助手席のダッシュボードに来るように斜めに積めこめば、ぎりぎり運転席に乗りこみ、ドアと窓に身体を押しつけてなんとかハンドルを操作することができた。もちろん賢明ではないし、ひょっとしたら違法だったかもしれないが――ハンドルも満足に回せないし、右側がほぼ見えないのだから――短い距離だしゆっくり行けばいいと考えた。

どうにか無事に着き、ブレイクのまわりでフランクのスクールのインストラクターと生徒たちに近づきすぎないようにしながらも、なかなかいいサーフィンができた。陸では運ぶのが大変なボードも、ひとたび海に入ればすばらしかった。浮力があり、慣れるとパドリングもしやすかった。最初はホワイトウォーターで慣らし、それから沖に出て砕ける前の波をつかまえようとした。キャッチできないことのほうが多かったものの、それは明らかに自分のせいでボードのせいではなかった。乗りやすく安定していて、まさに望んだとおりのボードだった。ただ少し安定しすぎていた。フィンを一番後ろまでさげてと頼んだとき、サーフショップの男性が言っていたとおりで、ターンしたいなら調整する必要がありそうだった。

運転して帰るあいだ、無理な姿勢で首や腕や背中が痛んだ。馬鹿みたい。こんなのありえない。生活を変えて引っ越してきて、この半島のメインのサーフスポットからほんの数歩のところに住んでるっていうのに、こんなふうに車のなかでプレッツェルみたいに身体をねじって、自分も他人も不要な危険にさらしてるなんて。自意識過剰を克服して、ジェッティに挑まなければ。

次のサーフィンができそうな日には挑戦すると心に決めたが、その日は次の週末まで来なかった。その朝、わたしは地下室に通じる階段からボードを持ちだしてワックスを塗り、路地に出た。ボードのデッキを下に向けてかかえると、レールが腰に食いこんだ。バディが歩道にいて、たぶん鳥の餌として皿に残ったライスを道にまいていた。「一番運びやすいのは」彼がボードを指さして言った。「脇にかかえるんだよ。デッキを身体側にして、フィンを前にしてね。物理的にそうなんだ」

「わかった。そうしてみる」わたしはぎこちなくボードを回した。「まんなかの幅が広くて、しっかりつかみづらいけど」

ボードを何度も左右に持ちかえ、ノーズやテールを地面や階段にぶつけながら、ボードウォークまで行った。いずれはもっとうまく運べるようになるだろう。

ブレイクに目をやると、サーフィン専用エリアの東端の壁となっている石積みの突堤の周囲にたくさんのサーファーが集まっているのが見えた。そこは東海岸のサーフスポットの多くと同じで、ビーチブレイクと呼ばれる海岸線や浅瀬の砂州で波ができるポイントだった。ロッカウェイにあるような突堤や、浸食を防ぐために海岸線から突きでて設置されている防砂堤のような構造物があると、そこに砂がたまってピークができやすく、いい日にはバレルと呼ばれるトンネルのなかをすべっていけるようなチューブ状の波が生まれることさえあるが、その見こみは高くない。ビーチブレイクは底が砂のため、リーフブレイクやポイントブレイクと呼ばれるほかのタイプのポイントにくらべてやさしく思える。しかし、嵐や砂の補充によって海底の輪郭がまったく変わってしまい、波ができなくなったり、海岸線が変わったりすることがあって予測しづらい。また、波がフェイスに沿って一気にくずれやすく、乗るのが不可能ではないもののむずかしくなる。ビーチブレイクのいいところは、たいてい岸の近くで波が立ちあがるので、遠くまでパドリングしなくていいことだ。ポイントブレイクではとても長いライドが楽しめ、南太平洋岸のペルーのチカマ付近のスポットでは、ポイントから桟橋まで一・五キロ以上、足がつるほどのロングライドができる。そういう波は突きでた岬のまわりででき、隣接する海岸線の洞窟や湾で屈折して、岸近くでくずれる。いっぽうリーフブレイクでは、岸から遠く離れた深い海底のサンゴ礁や岩礁のまわりで波ができ、そこに行くためには長いパドリングや場合によってはボートに乗ることが必要になる。その見かえりとして、サーファーあこがれのバレルになるような波ができ、ほとんど機械じかけのようなはっきりした海水の循環のパターンがあるので、テイクオフのポイントが明確で、パドリングで戻るときも潮の流れが穏やかな部分を通れば戻りやすい。ただし、ミスをすると、するどいサンゴで大怪我をするリスクがある。

　だがブレイクの種類がなんであれ、海中の構造によって、波がどこでどうやって生まれてピークをつくり、くずれるかが決まるだけでなく、波の方向、つまり岸を向いたサーファーから見て右に進むか左に進むかも決まるのは同じだ。ロッカウェイではおもに東から西への波の動きによって石や砂が運ばれ、突堤にたまる。だからみんなそこで波をとらえようとするのだ。たまった堆積物によってより大きくはっきりした、予想しやすいピークが生まれ、それが構造物から西に向かって離れていくとともに、より大きくて形のいい、長く安定した波になる。そのほぼすべてが左向きだ。でもさらに西に行くと、一ブロックほど離れたところに朽ちかけた木の杭が並んでいるところがある。昔の木製の防砂堤の骨組だけが残ったもので、それが突堤と平行になっていて、そこにも砂や堆積物がたまっている。つまり、そこにもピークができるのだ。ジェッティほどいい波が多く来るわけではないが、少なくともサーファーの群れからは離れられる。

わたしは突堤に集まったサーファーがライドを終えるあたりのずっと先でピークができている場所を選んだ。何度か波に乗ろうとしたが乗れず、ボードの下を通過してそのまま行ってしまうのを感じた。トミーの言葉を思いだす――波を逃してばかりなら、少し岸側に移動したほうがいい。パーリングしてばかりなら、少し沖側に移動したほうがいい。岸のほうに移動してみたがやっぱりだめだった。そこで、砂州で立ちあがった波がこちらに向かってくる様子をしばらくすわって観察し、キャッチするにはどこにいればいいか、ほかの人の邪魔にならず、杭に突っこんでいかないためにはどうすればいいかを考えた。とりあえずまっすぐ乗れればいいと思って杭のほうへ移動して波を待ったが、水平線ばかり見ていて、べつのサーファーに近づきすぎてしまったことに声がするまで気づかなかった。

「おい」その男性がするどく言った。振りかえると、それはある朝ボードウォークで見かけた男性だった。彼は連れの男性に、ブレイクが地元の人間に敬意を払わないよそ者で埋めつくされていると言っていた。「なんとしてでもブレイクを守らないと。やつらに立ちむかうんだ。喧嘩になっても殴られてもかまわない」彼はそこで言葉を切った。「ただ健康保険がおりるのは待たないとな」

その彼が白いラッシュガードに黒っぽいトランクス姿でわたしのよりも小さなボードにまたがっている。「あんたはいい人そうだから、こっちも親切にするよ」

「それはどうも」

「いいか、おれみたいにもっと沖で待ったほうがいい。で、もっと早いタイミングでもっと強く搔かないとだめだ。そのでかいボードでスピードを出すのに時間がかかってるみたいだから」

「そうね、たぶんそうかも」

「それと、おれみたいにもっとピークに近づかないとだめだ」

「わかった、やってみるわ。だけどあなたの邪魔になっちゃ悪いから」

「おれのことは心配いらない。自分でうまいときに入るから。次のあの波に乗ってみな。強くパドリングするんだぞ」

「ありがとう」わたしはお礼を言ってボードの向きを変え、デッキに這いあがった。力をこめて搔きはじめたが、まったく進んでいる感じがしない。

「そのままパドリングしろ!」と彼が叫んだ。そのとおりにすると、急にテールが持ちあげられるのを感じ、ボードが前にすべりだした。立ちあがって岸に向かって進みながら、わたしの家のブロックが迫ってくるのが見えて、有頂天になった。

わたしはパドリングで男性のところまで戻ってお礼を言った。

「これで感じがつかめたか？」

「そうね、完全にではないけど、でも少しはつかめたわ」

「そうか、じゃあおれはこの次の波に乗るから。楽しみなよ」

一時間ほど海にいて、何度か波に乗り、何度か乗りそこね、リズムをつかもうとして多くを見のがした。海からあがるとトミーがボードウォークにいた。「やあ、ついに入ったんだね！」彼が笑顔で声をかけてきた。

「ええ、ついにね。でもあんまりうまくいかなかった。まだまだわからないことが多くて」

「きみはよくやってるよ。ただ、もっとたくさんの波に乗ろうとしないとね」

そう言われて、顎にアッパーカットを食らったように頭がくらくらした。ただし、気を失うのではなく目をさまさせられた。わたしは努力が足りない。そもそも海に入る回数が足りないし、海に入ってからも波に乗ろうとする回数も足りない。ひとつには用心深さのせいだった。よくない波でかぎられた体力とエネルギーを無駄にして、いい波が来たときにはもう力が残っていないなんてことになるのがいやだったから。でもそれ以上に、自信とやる気が足りていなかった。ロッカウェイには来たが、その先に踏みだしていなかった。想像してきたサーファーの自分を現実のものにするために必要な多くのことをやっていなかった。

わたしがどんなに早起きしても、いつも誰かがいた。なかには暗いうちに起きてマンハッタンやブルックリンから来た人さえいたかもしれない。朝、出勤するとき、ボードを脇にかかえて歩いてくる人とすれ違うと妬《ねた》ましくなり、寝坊したりぐずぐずしてばかりで、早く仕事を終わらせて帰ってこられない自分が情けなくなった。オフィスで天気予報や潮汐《ちょうせき》のデータをチェックし、ライブカメラで波をながめ、A系統の時刻表を見ては、家に帰ってウェットスーツを来て階段からボードを引っぱりだし、潮が引きすぎたり満ちすぎたり、日が暮れたりする前に海に出る時間があるかと考えた。もっとサーフィンをするには何が必要なの？　歯がゆい思いで自分に問いかけたが、答えはもうわかっていた。もっと早起きし、規則正しい生活に変えること。ようするに自分を律することだ。長い通勤時間中、揺れる電車のなかでいくらサーフィンの姿勢を練習したところで、海でボードに乗って繰りかえしチャレンジすることのかわりにはならない。フランクも言っていたように、それは単純なことなのに簡単ではないのだ。もっともっとたくさんの波に乗ろうとしなければ。

ある朝、わたしは家の外でバディと立ち話をしていた。彼はロッカウェイの人がよく行っていて、彼自身もしばらく住んでいたプエルトリコのことを聞かせてくれた。行ったあらゆるスポットや、目にしたあらゆる怪我について（「ある男のタマが切断されるのを見たよ。本当に――」彼がそこで言葉を切り、声をひそめた。「切断されたんだ。まっさかさまに落ちたところにボードが直撃した。ちょうど足のあいだに」）。さまざまなブレイクの名前も興味深かった。なんてことのない名前もあったが、ガス室なんていう恐ろしげな名前もあった。サーフスポットは場所の名前（Cストリート）や、目印になるもの（トレス・パルマス――三本の椰子の木）や、よく来る人（オールドマンズ）にちなんで名づけられることもあるが、世界の多くの恐ろしげな名前のブレイクが――オーストラリアのサイクロプス（ギリシャ神話に登場するひとつ目の巨人）から、北カリフォルニアのゴーストツリー、南カリフォルニアのボーンヤーズ（墓場）、南アフリカのダンジョンズ、マウイ島のジョーズ、タヒチのタウポ（〝首切り〟という意味）、地元でブローク・ネック・ビーチと呼ばれているオアフ島のボディサーフィン・スポットまで――どうやってその不吉なあだ名をつけられたのかは想像に難くない。

　こういう場所の大半は、ときには命にかかわることもあるほど危険な特大の波が立つところで、一流のサーファーにとっても技術とトレーニング、体力、敏捷《びんしょう》性、集中力、波への知識、気持ちの強さ、勘とセンスなどあらゆるものが試される。そのかわりに得られるのが、セックスを上まわると言われるほどの快感だ。大波のスペシャリストで、サーフィンのプロリーグにおける賞金の男女平等を訴えて勝ちとったキアラ・ケネリーは、それを自然の生のパワーに共鳴し、ほとんど超人的なまでに感覚が研ぎすまされることと表現した。「視覚はピンポイントの正確性で焦点が合い、触覚も増幅されて海水の一滴一滴まで感じられ、波がどう動くかがわかる」とマリブでのＴＥＤトークで彼女は語っている。「その瞬間は世界のあらゆるものとつながっている感じがして、波から出たあともしばらくは万物の主になったような気分なの」レアード・ハミルトンのあやつるジェットスキーに曳《ひ》かれてマウイ島のジョーズで波に乗った作家のスーザン・ケイシーは、著書『The Wave』のなかで〝人生でこれほど生きていると感じたことはない〟と記している。

わたし自身は、サーフィンでそこまで強烈な何かを感じられないだろうことはわかっている。始めたのが遅すぎたから、三十フィートや五十フィートや九十フィートに達する波に乗ろうなんて考えもしない。そういう波は莫大なエネルギーを持っていて、そのフェイスは液体というよりコンクリートのようになる。ボードから落ち、ほぼ垂直な波の表面に弾きとばされて波に呑まれるサーファーの映像を見たことがある。身体の部位ではなく、ビルの階数であらわされるような高さの波に乗ろうとは思わない。

でもそれでいいのだ。大波に乗る人を見てすごいと思い、少しだけうらやましくもなるが、そんな究極のサーフィンをめざすような性格でもない。もっと波に乗ろうとしなければならないが、膝から腰くらい、いずれは肩から頭くらいの高さの波で充分だった。

あるもやのかかった日曜日の日暮れ、青々としたツタの蔓が家の玄関の明かりに照らされ、虫の音が響く路地を歩いて帰ってくると、ダンとメアリーアンの家の前でパーティが繰りひろげられていた。十人以上の人が玄関前のテラスに立ったり、階段にすわったり、歩道にもはみだしていた。

「ああ、ごめん。気づいたらこんなことになってたんだ」ダンが立ちあがってやってきた。

「よかったら一緒にどう？」

「気にしないで。それと、せっかくだけど遠慮しておこうかな。明日は仕事で早いから」

「わかったよ。でも気が変わったらいつでも」

玄関の階段をのぼろうとしたところで、「ダイアーーーン！」とダンの友人のカートが声をあげ、ビールの缶を高く掲げてみせた。「おいでよ、一緒に飲もう！」

わたしは少し考えて誘いに応じることにした。明日はちょっとつらいかもしれないけど、むずかしい仕事や重要な仕事はないし。「わかったわ。ちょっと待ってて。荷物を置いてビールをとってくるから」

戻ってくると、カートとおしゃべりをした。彼はがっしりした体格で、サーフィンとセーリングが好きでよく笑う男性だった。何度か海でアドバイスをくれたこともあった。彼はハワイに住んでいたことがあり、向こうではサーフィンをしたり夜は友人とスピアフィッシングをしたりするほか、生活のためにサーフィンを教えていたという。「生徒が波に乗れたときはさ、みんなものすごく嬉しそうで、それを見るのが楽しかった。それで声をかけるんだ。すばらしいだろ？って」

階段のそばにすわっていた女性が、わたしたちの会話を聞いて笑顔になった。「実際、すばらしいものね」彼女が少しオーストラリア訛りで言った。わたしたちは自己紹介をした。ウェーブのかかったライトブラウンの髪に高い頬骨、大きな茶色の目のきれいな彼女はダヴィナと名乗った。メルボルン育ちで、イングランドやブルックリンに住んだあと、ロッカウェイのうちの角のアパートメントに引っ越してきたのだという。

「じゃあ、子供のころからサーフィンを？」

「ううん」ダヴィナが笑って言った。「サーフィンを始めたのはこっちに引っ越してきてから。ずっとサメが怖くてできなかったの」

「ほんとに？　オーストラリアではサーフィンをするのが義務みたいなものだと思ってたわ」

「そうね。そういう雰囲気はある。両親とセーリングはしてたけど、海に入るのはあんまり好きじゃなくて。毎年誰かが連れ去られてしまうから。でもここではそんな心配もなさそうだし」

どうしてロッカウェイに住むことになったのかと訊かれて離婚のことを口にすると、ダヴィナが手を伸ばしてわたしの腕に触れ、「あららら、そんなことが」と世界一驚くべきことであるかのように言った。

カートが呼びもどしてくれて助かった。ロッカウェイの夏は、ちょっとまた大学時代に戻ったみたいな感じがしてきた。ボブの家のポーチも、ボードウォークも、近所の路地も、キャンパスの中庭の延長のようだった。いつもどこかで何かやっていて、人と知りあうのも簡単だった。みんな同じような理由でそこにいたから――波に呼ばれ、海に引き寄せられ、この場所がくれる風変わりで無骨な安らぎに心を惹かれて。

夏まっさかりのある週末、わたしはボードウォークを歩きながら、カラフルで露出度の高いビーチウェアのオンパレード、あらわな上半身やお尻、はちきれそうな胸、タトゥー、ピアス、ありえないほど高いプラットフォームサンダル、下着みたいなショートパンツ、ポークパイハット、ピンクやグリーンや漆黒に染められた髪などが織りなす万華鏡のような景色に目を丸くしていた。ボブの家のそばの売店にロブスター・ロールとビールを買いに行くところだった。〈ロッカウェイ・タコ〉を開いたグルメなサーファーの手により、ロッカウェイ・ビーチからロッカウェイ・パークまでのあいだのボードウォークに間隔をあけて設置されていた戦前の煉瓦の掩蔽壕《えんぺいごう》三つが売店に変えられ、普通の海辺の売店とはひと味違う食べ物や飲み物が売られていた。

サイモンが大型のステレオラジカセから流れるジャズに合わせてコントラバスを弾いているところに通りかかった。彼とはアーヴァーンのフランクのスクールのインストラクターとして出会ったが（爪先をノーズに、と教えてくれた人だ）、じつはファンもたくさんいる才能豊かなミュージシャンだとのちに知った。何十年もダウンタウンで〈サイモン・アンド・ザ・バー・シニスターズ〉というパンク・ロカビリー・バンドの活動を率い、ロッカウェイではときどきジャズ・トリオやカルテットや〈ザ・スーパートーンズ〉というサーフロック・バンドで演奏していた。

彼はこの町の多くの人と同じく、あれこれやって生計を立てながら、ここに住んでサーフィンをする自由さを確保していた。だらだらした怠け者というお決まりのイメージとはまるで違って、サーファーほど実際は働き者で情熱と意欲に満ちた人たちはいない。ただ、その情熱と意欲がお金を追うことではなく、波を追うことに向けられているだけだ。

ロブスター・ロールとビールを手にオープンエアのテラスへ出ると、ピクニックテーブルのひとつにダヴィナがすわっていた。彼女とは多少の知りあいになっていた。より安い高速バスを通勤に使うようになってから、何度か顔を会わせていたからだ。そんなある朝、わたしたちは静かにするという朝の乗客の暗黙のルールをおかさないように、顔を寄せあって小声で話していた。彼女は数週間後にサンディエゴで開かれる結婚式に出席する予定で、コミュニティサイトの〈クレイグリスト〉で売りにだされている中古のサーフボードを見つけ、買って持ち帰ることを考えていると話した。使う予定の航空会社では比較的安い値段でサーフボードを運んでもらえるのだという。「いまの時期に向こうでサーフィンができるのかはわからないんだけど」ダヴィナが携帯電話をスクロールしてわたしにその広告を見せながら言った。「前回はすごく楽しかったの。いい波が立ってて。ただ、左の波があまりなくて」

「ああ、あなたはグーフィーだものね」

「そう。だからなるべく左の波がいいの」

右足が前のグーフィースタンスのサーファーは、自分から見て左に向かってくずれていく波を好み、左足が前のレギュラースタンスのサーファーは、右に向かってくずれていく波を好む。これは波を前にして（フロントサイドと呼ばれる）進むほうが、波を後ろにして（バックサイドと呼ばれる）進むよりいいとされるためで、前にある波のほうが、後ろの波を振りかえって見るよりも見やすく、行きたい方向を見さだめやすいことが少なくともそのひとつの理由だ。

でも、レギュラースタンスなのに、わたしも左の波のほうがいいの、とわたしは笑って言った。「たぶん左に行くのに慣れてるからだと思う。ロッカウェイは左の波ばっかりだから。それで左の波はあったの？」

「うん。駐車場にいた人たちに訊いたの。左の波がいいんだけど、どこなら左の波が来る？ って」ダヴィナが笑って言った。「それで教えてもらって、とっても楽しくサーフィンができたってわけ」

「そんなこと、わたしにはできないな。まだ恥ずかしくて」

「冒険が好きなのよ。求めるものを追いかけるのって楽しいじゃない？」

でしょうね、とそのとき思った。きっとあなたが美人でチャーミングだから、どんな男の人も喜んで左の波を見つけるのを手伝ってくれたんでしょうね。わたしにはそこまでの冒険心はなかったが、でもダヴィナは思いやりがあって一緒にいて楽しく、その人柄が好きだったので、売店近くの彼女がすわっている席に近づいていった。

「一緒にいい？」

「もちろん！　どうぞすわって」わたしは向かいのベンチに腰をおろし、ビールのカップを持ちあげた。

「乾杯」と言うと、彼女もロゼのカップを掲げた。

「今日はどうだった？　今朝サーフィンしたの？」彼女が尋ねた。

「したわ！」

「どうだった？」

「悪くなかった。二回、波にまるまる乗れたの。気持ちよかったわ」

「すっげえじゃん」ダヴィナが十代の男の子を真似たような口調で言った。

「うん、マジやばかった」わたしもそのノリに合わせ、ふたりで大笑いした。「でもほんとに楽しかったわ。一回いいライドができさえすれば、だいたいそれで満足だから。あなたは？　今日は行った？」

「うん、今朝早く、グレッグとブランドンとね」彼女がルームメイトとべつの近所のサーファーの名を口にした。「ふたりともすごくうまいから、わたしも引っぱられてうまくなるの。あなたも今度一緒にどう？」

「うーん、いまはまだ気おくれしちゃうから。でも、ジェッティでサーフィンする自信がもう少しついたらきっとね」

「じゃあいつでも言ってね。でもわたし、そのうちロッカウェイを出てみたいの。どこか秘密のすごいスポットを探して見つけだしたい」

「へえ、それは楽しそう。だけど、まだそんな場所があるものかしら」

「わからないわよ、あるかもしれない。リフォーム工事はどう？」

「もうすぐ終わるの！　とてもそうは見えないけどね。そこらじゅうに床板が積んであるから。取りつける前に環境に慣らす必要があるらしくて。でもそれが済んだら、たぶん来週か再来週には巾木《はばき》をつけて色を塗って完成。待ちどおしいわ！」

入口の間仕切り壁がなくなったら、広さが倍になったくらいの解放感がある、と彼女に話した。部屋全体をぶち抜きにはできなかったが、それがかえってよかった。リビングルームに入ると、奥の窓まで見通せて、階段と、自分でヴィンテージ風に白く塗った四人がけの丸テーブルが見えるが、キッチンの残りの部分は壁の後ろに隠れている。

およそ一カ月後、わたしはまたモントークにいた。職場の友人とビーチで長めの週末をすごそうと、ビーチコマー・ホテルに滞在することにしたのだ。木曜日に出て、次の日の午前中にサーフィンのレッスンを予約した。たった二年でずいぶん人生が変わったものだとあらためて思った。曲がりくねった道を走り、はじめてひとりでディッチ・プレーンズへ向かっているときは、ブレイクに着いたら何が待ち受けているのか想像もつかずにいた。いま、わたしには家と、夢中になれるものと、十代のころ以来のキレのある身体があり、日に日に増えていく新しい友人がいる。ロッカウェイは期待以上に充実した体験をもたらしてくれていて、次は何が起きるのか楽しみだった。

ビーチに着いて、はじめは怖じ気づいた。波が大きく、潮位も高そうだったからだ。長い距離をパドリングし、波が砕けているインパクトゾーンを越えて沖まで行かなければならない。それでも、前回ここへ来たときのように、ボード――ビッグ・グリーン・モンスターよりは幅の狭い十一フィートのソフトトップ――に乗って、インストラクターのブロンドの縮れ毛の後頭部を見ながらひたすらそのあとを追った。レッスンはうまくいった。波はふだん乗っているのより実際大きく、ほぼ胸の高さだったものの、ロッカウェイの波とは違っていた。厚みがあるくさびに近い形をしていて、フェイスがくずれはじめるまでの時間が長く、きれいに割れていく波だった。ロッカウェイでは、半分くらいの波は立ちあがったと思うと一気にくずれて、一緒に放りだされてしまうのだ。

インストラクターに、パドリングを始めるタイミングやボードの角度を指示してもらったおかげか、毎回のように波をキャッチして立つことができた。なんだ、わたしも意外とへたでもないじゃない。ある波をとらえて立ちあがったとき、フェイスをすべり落ちて加速していくのを感じたと思うと、いきなりいままでより先まで、波がくずれきるか勢いがなくなって落ちてしまう場所を越えて進んでいた。わたしの乗りかたのどこが違ったのか、この波の何が特別だったのかはわからないが、コスタリカのあの最高の体験のように長いライドだった。進んでいると、男性がわたしの進路を横切るようにパドリングして前に乗ろうとしているのが見えた。わたしのほうを見た彼をみつめかえし、やめときな、というように首を横にかしげてみせた。まともにおたがいの目が合った次の瞬間、彼がよけた。おかげでわたしは次のセクションもずっと乗り続けられた。べつの波にまるまる乗ったくらいの長さだった。

数日後、〈コーリーズ・ウェイブ〉のクリスティンからメールが来た。わたしがレッスンを受けた日、地元のカメラマンが来ていて、わたしの写真も何枚か撮ったという。そのカメラマンのウェブサイトを覗いてみたら、信じられなかった。サーフボードの上で波に乗っているわたしの姿が写っていたのだ。すごく優雅で美しいフォームとは言えなかったが、波に乗っていた。それは証しだった。自分がいつもてんでだめというわけでもなくて、ときにはちゃんとサーフィンらしいことができているという証し。わたしはその写真を何点か買い、フェイスブックにアップし、いつでも目につくように冷蔵庫にも貼った。それを見ては、わたしだってサーフィンができるときもある、と考えた。ロッカウェイでもっと波に乗ろうとし続けるためには、そういうちょっとした後押しが必要だった。

夏も終わりに近づいたころ、わたしは西のほうの売店のビーフとブラックビーンズとチーズのアレパ（ベネズエラの薄焼きパン）でおなかをいっぱいにして、帰り道のボードウォークを歩いていた。九十番ストリートに近づくと、何やら人が集まっていた。みんな携帯電話を高く掲げて海に向けている。そちらを見たが、とくに変わった様子はなかった。ただきらめく海原《うなばら》が広がり、水平線に何隻かのタンカーが浮かんでいるのと、端のほうにニュージャージーの海岸線が見えるだけだ。

向きを変えようとしたとき、何かが視界をとらえた。サファイアブルーの海から大きな水しぶきがあがり、一瞬ののちに巨大な濃いブルーグレーのうねのようなものが海面からぬっと出て、潜水艦みたいに海のなかに消えた。と思うと突然、とてつもなく大きな生き物が姿をあらわした。長いくちばしを持つ飛行船のようなその生き物が大きく口をあけ、その喉がふいごのようにふくれて、盛大に海水が噴きだされ、まわりの何もかもが小さく見えた。群衆からどよめきがあがり、その顎が閉じて深みに消え、黒い大きな波紋だけがあとに残った。「クジラだわ」わたしは甲高い声で言った。「びっくり。クジラがいた！」全身が震えていて、わたし自身の畏怖が口をついて出たみたいに思えた。ただただ驚きに打たれて頭がくらくらした。ここで、ニューヨークの五区のなかで、そしてこの建物が密集したところと何もないところの奇妙な緩衝地帯で、ジャンプするザトウクジラを見たのだ。

気をとり直して歩きだしてからも、ずっと海から目を離せなかった。市民菜園でキヴァとした会話を思いだした。ロッカウェイがどれほど奇跡のような場所で、ここに住むわたしたちがどれだけ幸運かということについての。

「これだけ自然の近くで暮らせて、自分がその一部みたいに感じられるのってすばらしいわよね」とわたしは言った。「ここでは自然とそのリズムに注意を向けなきゃいけないっていうか、ここでは――」

キヴァがその続きを言った。「天気がすごく大事なのよね」

8　嵐の夜に

二〇一二年十月

十月の第二週、家の契約が済んでから九カ月たってやっと、リフォーム工事が完了した。素敵なホワイトオークの床材も入り、巾木と壁はやわらかなクリーミーホワイトに塗られた。すべての家具も戸棚もカウンタートップも電化製品もそろい、落ち着いた淡い色をバックに、恐ろしく高かったビーチグラス色のボーホーシック（ボヘミアン風とニューヨークのソーホー風をミックスしたスタイル）なクッションやスローブランケットがよく映えた。まさに望んだとおりの開放的で清潔感があって海らしい雰囲気の家になり、濡れたウェットスーツですわれるところや、寝ころがって本を読んだりテレビを見たりうたた寝したりできるところもあった。寝室につけようと思っているクローゼットなど、あとの仕上げが残っていたので工事業者に電話すると、来週には来られるとのことだった。

わたしはまだ知らなかったのだが、そのころ五千六百キロ以上離れたアフリカ西海岸沖では、この季節に特徴的な気象現象が起きていた。まだ大西洋の嵐のシーズンの最中で、六月はじめから十一月終わりにかけてのこの季節には毎年平均六つのハリケーンが発生する。ただしアメリカ本土を襲うのはそのうちひとつかふたつ。つまりたいていの場合、アメリカ東海岸のサーファーは、待ち望む大きくパワフルな波を楽しめて、熱帯の嵐による深刻な破壊のダメージはこうむらずに済んでいる。ハリケーンは一連のサイクルのなかで発生する。まずサハラ砂漠の熱く乾燥した空気が、南のギニア湾を囲む森林地帯の涼しく湿った空気とぶつかり、その結果生まれた不安定な対流が赤道偏東風ジェット気流と呼ばれる東風を発生させる。これが蛇行しながら進むと、熱帯波と呼ばれる南北方向に長い湿った低気圧帯が生じ、にわか雨や雷雨、さらには中心に向かって渦を巻くのが特徴の低気圧を生む。これらが発達すると、熱帯低気圧や嵐やハリケーンとなる（これらは風速や被害の大きさによって定義が分けられている）。カーボベルデの近くではこうした低気圧――アメリカ大陸に被害を与えるハリケーンのおもな発生源――が年間を通じてほぼ数日おきに発生しているが、ハリケーンにまで発達する条件が整うのは、一般に大西洋とカリブ海の深海の海水温が充分に高くなってあたたかく湿った空気をつくりだす夏から秋にかけてだけだ。

これまでのところは比較的低気圧の活動が活発な年で、いくつもの熱帯低気圧がカリブ海沿岸と北アメリカの東海岸を襲っていた。その木曜日、十月十一日に一般的な熱帯波がサハラ西岸から大西洋を進みはじめた。それは翌日ごろには上空の気圧の谷と呼ばれるもの（冷たい上層の大気のなかでもさらに気圧が低いところ）とぶつかって上昇し、にわか雨や雷雨を発生させた。しかしこの低気圧はまだ弱くてまとまりがなく、風その他の影響で発達が妨げられていたため、とくに心配するようなものではなかった。一週間以上、気象の世界では誰ひとりこの低気圧を気にもとめていなかった。

問題の熱帯波がアフリカからの旅を始めて三日めに入った日曜日の午後四時ごろ、わたしは〈ロッカウェイ・ビーチ・サーフ・クラブ〉に急いで行った。広いコンクリートのスペースにテーブルやベンチが置かれ、片側の広く囲われた部分の壁には、メキシコの死者の日を思わせる色とりどりの骸骨の絵が描かれ、〈LIVE SURF DIE〉という言葉が躍《おど》っていた。囲われた部分にはバーがあり、スケートボードやバッグをつくったりクリエイティブな活動をする人たちのスタジオも併設されていた。裏には屋外シャワーとサーフボード用のレンタルロッカーが並んでいた。

さわやかに晴れた完璧な秋の日で、そこはすでにダヴィナがやっている女性向けのサーフィン・ワークショップの参加者でごったがえしていた。数カ月前からわたしもちょくちょくそこに顔を出し、メンバーとはいかないまでもみんなと顔なじみになっていた。

サーフィン・スクールで黒っぽいカーリーヘアに輝く緑の目の、小柄でかわいらしいのに積極果敢なリヴァという女性と親しくなった。彼女は海外に住んでいたジャーナリストで、東海岸で育った子供時代はダンスとセーリングを、大人になってからはヨガと格闘技をやっていた。サーフィンにはずっと興味があったものの、数年前にパナマに旅行したときはじめてやって、それ以来続けていた。彼女は最近別れを経験していたこともあり、サーフィン仲間として、ロッカウェイやニューヨークのサーフシーンに入りこむパートナーとして、わたしたちはどんどん仲よくなっていった。リヴァはブルックリンに住んでいて、ボードを買って〈ボーダーズ〉に置いていたので、週末や仕事のあと一緒にサーフィンをし、終わったあとは近所でよくビールを飲んだ。彼女の誘いでニューヨークのサーフィン関係のイベントにも行くようになり、数週間前にはブルックリンで開かれたサーフィンの映画祭に行った。楽しい夜だった。ロッカウェイの外で、仕事の服装で会うのはめずらしい機会で、ニューヨークのサーフシーンにこんなに活気があることや、達人が派手に大波に乗る様子だけではない映画がたくさんつくられていることに驚いた。映画の合い間に、ブランドンという長いカーリーヘアの男性と出会った。もともとロングアイランド出身の彼は〈ロッカウェイ・ビーチ・サーフ・クラブ〉の創設者のひとりだった。リヴァとわたしは何度かジェッティでブランドンを見かけたことがあった。あるとき、彼が何もないように見えるところで方向転換してパドリングを始めた。すると、その背後にいきなりピークがあらわれ、彼がぱっと立ちあがって、しなやかに、軽くしゃがむようなリラックスした姿勢で――腕はおろして肘を曲げ、手は世界のパワーを導く魔法使いのように前に向けて――なんとも優雅に海岸線に沿って進んでいった。

「わあ。すごいわね、あの人。あのポップアップ見た?」わたしは言った。

「ほんと、猫みたい」

いま、ブランドンとダヴィナは女性向けの教育・ライフスタイルの会社〈ラヴァ・ガール・サーフ〉の立ちあげに携わっていて、その日のワークショップは最初の大規模なイベントだった。

コンクリートのスペースを囲むように設けられた発表エリアには、気象データの読みかた、フィットネス・トレーニング、ボードとフィンのデザイン、サーフボードの修理法などの講演のためのチャートやグラフや機材が並んでいた。隅のスタンドにはスープやサンドイッチやベジボウルが用意され、囲いのなかのバーもオープンしていた。もっと早く来るつもりだったが、家にうっとりして時間を忘れてしまっていた。完璧に居心地のいい隠れ家——サーフィンのあと疲れを癒やしたり、友人と集まったり、絵を描いたり、カウチでくつろいでそのままうたた寝したりできる場所——ができた喜びがまださめやらなかった。胸躍る新たなフェーズのとば口にいること、それをすべて自分の力で実現したことをしみじみと感じていた。

わたしは受付で入場料を払った。「はい、あなたは第三グループよ」ダヴィナが笑顔で言って、番号の書かれた紙とドリンク券を差しだした。「これでドリンクが無料になるから。それと、発表はグループごとに聞くようになってるから。いま第三グループは誰だったかしら」とダヴィナがあたりを見まわした。「まあいいわ、好きなところで聞いて。リヴァももう来てどこかにいるはずだから。グループのことも気にしなくていいし。じゃあまたあとでね。わたしは撮影があるから！」

バーで無料のビールを受けとって外に出ると、サーフィンの気象予測のエリアにいるリヴァを見つけたので小さく手を振って挨拶した。町一番の女性サーファーのショバーンが、発達中や接近中の低気圧がロッカウェイの波にどう影響するかを、色分けされた地図やチャートを解読して理解する方法についての発表を終えようとしているところだった。ホットピンクのビキニトップの上に白い星の散った透けるネイビーのセーターを着て、ぴったりしたブラックジーンズを穿いたショバーンが、長いベニヤのボードに貼った何枚ものプリントの前を行ったり来たりしながら、ヒートマップのように見える図の説明をしていた。

「本当にいい波が来るのかどうかを自分で判断できるといいでしょ。とくに何日か前の段階で」とショバーンが言った。まっすぐなブロンドのロングヘアが風になびき、目は大きな黒いサングラスで隠されていた。「海のコンディションは変わりやすいけど、今週はすごくいい波が来るってあらかじめわかれば、職場に言っておけるでしょ。何日か来ませんって」ショバーンがにやっとした。「探しても無駄だって向こうもわかるし」

ブランドンがメガホンを口にあて、次の発表に移動する時間だと告げた。わたしとリヴァは次はサーフボードの修理について学ぶことになっていた。コンクリートの広場を横切る途中で、ダヴィナがソフトシュー（底に金具のついていない靴で踊るタップダンス）を踊るブランドンの様子を撮影しているのを見かけた。彼は道を歩いているとき、よくいきなりそれを踊りだすのだ。

「ごめんね、気象予測の発表をほとんど聞きのがしちゃった」わたしはリヴァに言った。「全部わかった？」

「完全にではないけど、だいたいはね。セーリングで多少は理解してたけど、はじめて聞くこともたくさんあったわ。もっともそこまでくわしくなる必要もないんじゃない？〈サーフライン〉や〈スウェルインフォ〉で予報を見ればいいんだから」

「うん、それでいいかもね。ただもう少し自分でもわかるようになりたいけど」

さらにいくつかの発表を聞いて日が暮れてきたころ、わたしはプレゼンターのひとりのブリジットという女性と話していた。サンドブラウンのシャギーヘアに整った顔だちで、痩せて筋張った身体つきの彼女に、サーフィンを始めたきっかけを訊いてみた。昔からスポーツは好きだったものの、サーフィンを始めたのは大人になってからだと彼女が答えた。夫ともサーフィンを通じて出会い、いまはふたりでベイサイドの家に四匹の猫とともに住んでいるという。「ずっとずっと信じてきたの」ブリジットが顔を近づけ、まっすぐわたしの目を見て言った。「好きなことをしていれば、正しい人を人生に引き寄せられる、何もかもおさまるべきところにおさまるって」


それからの二週間、その熱帯波が西サハラから旅をする途中、いろいろなことがあった。大西洋上で数日間勢力を弱めたあと、ふたつに分かれて、ひとつは北のアゾレス諸島へ、もうひとつは西のカリブ海へ進み、そこで深海のあたたかい水温によってふたたび勢力を強めた。十月二十一日の日曜日ごろには、それはっきりとした渦巻き状の低気圧に発達していたが、それでもアメリカ国立気象局の予報官は、それが巨大化し、大西洋の冷たい海水に触れたあとも（通常ならここで低気圧の勢力が衰えたのちに海上に出るのだが）アメリカ中部大西洋岸の内陸に向かって進み続けるとしたヨーロッパのモデルにもとづく予報を軽視した。しかし、その低気圧はやがて熱帯低気圧十八号からトロピカルストーム・サンディとなり、さらに発達してカテゴリー1のハリケーンとなって、ジャマイカからキューバを2から3へとより勢力を強めて移動したあと停滞し、断続的に発達しながらバハマを通過してフロリダへ向かった。これには多くの異常が関係していた。通常は東海岸に近づく低気圧を押しもどす働きをしているバミューダ高気圧と呼ばれる半恒常的な高気圧が場所を移動し、中部大西洋岸付近のものをなんでも引き寄せる真空地帯をつくりだしていた。地球上空を蛇行しながら周回するように吹いている強い風であるジェット気流が、通常はバミューダ高気圧を越えてきた低気圧も岸から押しやるが、このときはふだんと違って東ではなく北に向かって吹いていた。さらに、一部の海域では海面水温が平年より三度以上高く、それもサンディが発達を続ける原因となった。

十月二十五日の木曜日までに、このハリケーンでジャマイカでは数千人が避難を強いられ、プエルトリコとドミニカでも多くの人が家を失い、数人が死亡した。まだ二〇一〇年の地震と一連の嵐の被害からの復興途上だったハイチでは、数十万人が被災し、さらにコレラの流行にも見舞われた。いまやゆっくりと進む災厄と化したサンディは大きなニュースとなって新聞やテレビをにぎわせ、フロリダやバハマではハリケーン注意報や警報が出された。北東部にも接近し、場合によっては中西部から来る北極寒波とぶつかるというのがおおかたの予想となっていた。ニューヨーク市では沿岸部の緊急避難計画が発動されたものの、いつまでも様子見のままで実際の避難指示は出されなかった。「東海岸全体にかなりの降雨が見こまれ、フロリダ南部から雨雲が北上してくるだろう」とブルームバーグ市長は記者会見で述べた。「この嵐がオハイオ渓谷から来るもうひとつの嵐と合体すると、大雨や強風のほか、場合によっては雪が降る可能性もある。または海に抜けるかもしれない。まだわからない」同じ日、ある政府の気象予報官がサンディに〝フランケンストーム〟という新たな名前をつけ、メディアはこぞってそれに飛びついた。誰かが@TheFrankenstormというツイッター・アカウントをつくり、〝生きてるぞ〟とツイートした。

翌日ごろにかけて、サンディは勢力を強めたり弱めたりしながらバハマを通過し、その間も強風域を広げていった。ニュースは相反するメッセージを伝えていた――破壊的なことが近づいてきているのはたしかだが、正確にどこに何が起きるのかはまだ不明であると。結局のところ、さほどひどいことにはならなそうだった。

ロッカウェイでは、袋に砂を詰めて土嚢《どのう》を準備したり、大事なものを地下室から移したり、窓に板を打ちつけたりはしなかった。わたしは毎年恒例のハロウィンのサーフコンテスト〈ナイトメア・オン・ナインティーンス〉とそのアフターパーティに行こうと、リヴァとビーチで待ちあわせていた。それはウェットスーツに何かつけたり上から何か着たりして仮装姿でサーフィンをするというイベントで、わたしはその秋に買ったウェットスーツがグレーだったので、バッグス・バニーの仮装をしようと考えていた。白い毛皮っぽいものを胸に貼りつけ、ブーツの上から白いふわふわしたスリッパを履き、グローブの上に白いミトンをつけて、口にニンジンをくわえればいいかと思った。ゴムのウサギの鼻まで買ったが、最終的にそれなりの仮装でかっちゃんとサーフィンができる格好にする自信がなく、尻ごみしてしまった。

ビーチへ向かって歩いていると、白いひげをつけて王冠をかぶり、ターコイズブルーの毛布を巻いた姿でポーチに立つブランドンに出くわした。

「ポセイドン？」わたしは訊いた。

「ネプチューン王さ！　きみもコンテストに出るの？　みんなもう行ってるよ」

「ううん、考えてた仮装はあったんだけど、準備が間にあわなくて」

「そんなの気にするなよ。そこまで真剣なものじゃない。ダヴィナなんて、ぼくに毛布を巻きつけてベルトを締めただけだよ。それで〝はい、仮装のできあがり！〟ってね。正直、この格好じゃまともにサーフィンできないだろうけど、でも出るだけで楽しいよ」

「来年ね。今年は見るだけにしておく」

「わかったよ。でもクラブでのアフターパーティには絶対おいで」

「行くわ！」

さらに歩いていくと、ジェッティ近くのボードウォークにリヴァの姿があった。そこでコンテストの参加者の受付がおこなわれていて、ブリキの木こりにイエス・キリスト、ゴリラに『時計じかけのオレンジ』のアレックスなどの姿があった。

「わあ、すごい。ほんとにこの人たちがみんな参加するの？」

「そうよ、すごいでしょ。イエス・キリストなんて何人もいるみたい」リヴァが笑って言った。

わたしたちはもっと近くで見ようとビーチにおりた。海は灰色で白波が立っていたが、そこに仮装した十人以上のサーファーがいて、ウェットスーツの上に着たケープや上着やジャンプスーツで動きにくそうにしながらもみんな笑っていた。急に、自分も参加しなかったことが悔やまれた。ブランドンが言っていたとおり、決して真剣なものではないが、真剣に楽しそうだった。

そこへジュールズ――ジョンが数ブロック離れた海沿いのアパートメントを買ってから、かわりにボブのところへ引っ越してきた黒っぽい髪の背の高い痩せた女性――が駆け寄ってきて、「すごいわね」と興奮した様子で言った。

みんなでしばらく海をながめた。そこには見たこともないような大胆な創造性と、楽しもうという姿勢があふれていた。朝、ボードウォークで会うトミーがいて、よくサーフィンのときかぶっている赤いヘルメットにヴァンパイアの仮装をして、黒いマントをなびかせながら波に乗っていた。ダンのポーチのパーティに誘ってくれたカートもいて、濡れたぼろぼろの超人ハルクのシャツを身体にまとわりつかせ、脚に塗った緑のメーキャップも剝げかけた姿で笑い声をあげていた。女性向けサーフィン・ワークショップのプレゼンターだったブリジットは、ドロシーの格好で黄色い煉瓦の模様のボードに乗っていて、まさにジェッティの魔法使いに会いに黄色い煉瓦の道を走っているようだった。さらには、顎ひげをつけて燕尾服にシルクハット姿で、ゲティスバーグ演説を読むように巻物を広げている男性までいた。

「エイブラハム・リンカーン！」ジュールズが歓声をあげた。

「うわあ」リヴァが言った。「あの人、すごくサーフィンができるのね」たしかにそのとおりだった。その男性は完璧な安定を保って立ち、巻物を開いて自分の前に掲げ、その姿勢でゆうゆうとラインに乗っていた。どうしたらあんなふうに、動くサーフボードの上で必死に踏んばるのではなく、リラックスしていられるのか皆目わからなかったが、自分もできるようになりたかった。

数時間後、リヴァとわたしはまだ興奮さめやらず、すごかったとか信じられないほど楽しかったと口々に言いあいながら、〈ロッカウェイ・ビーチ・サーフ・クラブ〉でビールを飲んでいた。外のコンクリートのスペースで、リヴァに嵐は心配かと訊かれた。「ひどいことになるかもしれないみたいだけど」

「そうね、でもそうならないかもしれない。どう考えたらいいのかよくわからなくて。地下室の浸水と停電くらいは覚悟しておいたほうがいいのかもね。だけどそのまま沖にそれるって言う人もいるし」

わたしたちは翌日、ブルックリンで『マーヴェリックス　波に魅せられた男たち』という映画を見る予定だった。カリフォルニア州サンタクルーズの海岸に数年に一度やってくるマーヴェリックスと呼ばれる大波に乗ろうとする十代の少年の実話をもとにした映画だった。

「明日、ほんとにブルックリンに来る？」リヴァが訊いた。「せめて車を高台に移しておいたら？」

「そうね、そうしたほうがいいのかも。だけどできるかどうか」わたしも明日は嵐に備えたほうがいいかもしれないと思いはじめていた。

でもその場にいると、恐ろしい嵐が発達しながらもうすぐそこまで来ていることに気づくのはむずかしかった。まわりは浮かれたにぎやかな人たちでいっぱいだった。ロッカウェイ在住者やブルックリンから来た数十人のコンテスト参加者とその他のサーファーたち——みんなが夕暮れのピンク色の光に包まれていた。わたしたちはひげのついた鼻眼鏡をかけたマイクという男性から、彼がいまプロスペクト公園でアルティメット・フリスビーをするのにはまっているという話を聞いていた。うちのブロックの広いサーフハウスを共同で借りている彼はすごくいい人で、いつも波をゆずってくれたり、わたしが乗れるよう後押ししてくれた。自宅と市民菜園でホップを育てて、ご近所さんとガレージで自家製ビールを醸造しようとしているライアンもいた。わたしはみんなが好きだった——まだよく知らない人たちでも、わたしが知っている彼らのことが好きだった。みんなが何をして生活している人なのかは関係なかった。マンハッタンやブルックリンではそれがつねに大きな社会的重みを持っていたのに。それって素敵、とバーへ向かいながら思った。家賃を払うために何をしているかより、ひとつのことへの情熱と人のふるまいだけでつながるなんて。

暗くなって外の通りに街灯がともり、列車が轟音とともに頭上を通過していった。〈デッド・エックスス〉というオルタナティブ・ブルース・パンク・バンドの演奏が始まろうとしていて、ジーンズに角《つの》のついたヴァイキングの兜《かぶと》をかぶって素肌に緑の毛皮のベストを着たブランドンが、バーの入っている建物の屋根にのぼり、ふたつのジャック・オ・ランタンに明かりをともした。やがてそのひとつに、ホラー映画風の長いギザギザの字体で刻まれた〝サンディ〟の文字が浮かびあがった。

パーティが終わって数時間もしないうちに、嵐の目はノースカロライナ州のハッテラス岬の南東の沖合い数百キロまで近づき、半径九百五十キロの範囲で強風が吹き荒れ、波の高さは二十九フィートに達していた。日曜日の朝、わたしが目をさましたときには、もう嵐が来るかどうかの問題ではなく、正確にどこに来て、それがどれほどの被害をもたらすのかという問題になっていた。天気予報ではさかんに高潮への警鐘が鳴らされるようになっていた。強風や雨の被害も心配されるが、それ以上に、通常より潮位がきわめて高くなって海岸に押し寄せる高潮が心配だと。さらに悪いことに、ちょうど満潮時の潮位がふだんより二十パーセントほどあがる満月ともぶつかっていた。そしてサンディは月曜日の夜の満潮時に接近しそうだということだった。

日曜日、ブルックリンのダウンタウンの災害対策本部で会見を開いた市長は、ロッカウェイを含む低地の区域からの避難指示を出し、その夜は橋やトンネルが閉鎖されて交通機関も運休になると警告した。週末は自家用機で市外に出かけるのを好むブルームバーグ市長が日曜日に対策本部にいるというだけでも事態の深刻さを物語っていたが、わたしはそれでもとどまるつもりでいた。前年のハリケーン・アイリーンのことが頭にあったからだ。当時、市は交通機関を運休にし、三十五万人を超える市民に避難指示を出し、予想される強風や浸水による被害を避けるためにロウアー・マンハッタンで電気を止める可能性について警告した。わたしはベッドフォード＝スタイベサントのアパートメントにひとりで、窓ガラスが割れるのを心配し、廊下に（ガラスが飛んでこないと思われる場所がそこしかなかった）くっつけて置いたふたつのラブシートの上でまんじりともしない不安な夜をすごした。アイリーンはたしかにいくつかの州で深刻かつ多大な被害をもたらしたものの、ニューヨークはほぼ無傷で、市当局は過剰反応したように見えた。

「アイリーンなんてなんでもなかった」日曜日の午前中、バディが庭のゴミ箱を地下室にしまい、外に出ていた鉢植えを家のなかに入れながら言った。「ドナは嵐だったがね。あのときは大西洋からも湾からも水が来た。ドナが来たときおれは五、六歳だったけどおぼえてるよ」バディがにやっとして平泳ぎの真似をした。「このあたりの家のあいだを泳いだもんさ。サンディごときで避難はしないよ」

そういうふうに感じているのはバディだけではなかった。ご近所さんのほとんどがとどまるようだった。隣のダンとメアリーアンも、路地の突きあたりの家の家族も、通りの向かいのティムとキヴァも、角を曲がった先のボブも。ボブはハリケーンの中継リポートのために〈ニューヨーク・ワン〉から持ってきた機材の小ささに驚いていた。「映画の『ゲットスマート』みたいだよ。スーツケース一個だけなんてさ。スタジオ全部がスーツケース一個におさまるんだ」

わたしはまだ何も備えをしていなかったので、車でモールに買い物に出かけた。ろうそくや水や調理のいらない食料を手に入れるのに出遅れていないことを願いながら。でも、店への道を曲がらずに、気づくと海沿いを走っていた。まるで宇宙船のトラクタービームに海へと引き寄せられるように、路肩に寄せてとめられるところを探していた。

こんなことをしてる場合じゃない、まだなんの準備もできてないのに油を売ってちゃいけない。父の声が聞こえた。声の言うことももっともだったが、それでも聞くことはできなかった。海がどうなっているのか見たかった。いや見なくてはならなかった。まるで嵐が来るのが実際に見えて、それが何をもたらすのか、空や波や風向きから正確に予測できるかのように。わたしはもうすでに天気の気まぐれに人生を捧げているのだ、いまこのドラマを見のがすわけにはいかない。

六十九番ストリートで車をとめた。そこも西のほうと景色は変わらなかった。突堤を小さく見せるほどの大きく獰猛《どうもう》な波が絶え間なく岸に押し寄せ、そのダークグレーの稜線は冷たくて硬く、液体というより個体のようで、そこが海ではなく山のように見えた。ほぼ重なるようにして次々に立ちあがっては砕ける波が岩にぶつかり、その禍々《まがまが》しい緑色のふちが白い泡となって水しぶきをあげ、それが濃い霧となって立ちこめ、沸きたつ海の上を覆っていた。

さらに東へ向かって走り、雑草の生い茂る空き地のなかのゴミが散らばる穴だらけの細い道を進んだ。その空き地には、七〇年代や八〇年代には野犬や小動物がいて、ドキュメンタリー『アワー・ハワイ』に登場する古顔の住民によれば、昔はショットガンでウサギやキジを狩る人もいたという。わたしは何台かが駐車されているくたびれたアスファルト舗装の場所に車をとめて、ボードウォークへと歩いた。ここはバディが友人とサーフィンをしにきていた知る人ぞ知る場所で、ひとりがかならず車の見張りに残らなければならず、ブレイクでも落ちているガラスの破片や使用済みの注射器を踏まないように気をつけなければならなかったという。

そこには何人かのサーファーがいたが、西のほうよりいっそう暗く禍々しい海に黒いウェットスーツがまぎれて見分けがつきづらかった。ここは長い突堤が南西に向かってより急角度で突きだして、ちょっとした入り江のようになっているため、圧縮されてより高く切り立ったパワフルな波が立っていて、それが岸近くでくずれて白く泡立ち、ビーチに打ち寄せては引いていた。みんなパドリングし、やってくる白波をかわしているだけで、乗れている人は誰もいなかった。ボードウォークから引きかえして間にあわせの駐車場を歩いていると、足もとにショートボードを置いて車からタオルを出しているウェットスーツ姿の男性に出くわした。

「ねえ」わたしは近づいていって声をかけた。「どうだった?」

「まあまあだよ」彼がよそよそしい目つきでちらっとこちらを見て言った。

「最近引っ越してきて、これがはじめての嵐なの。こんな波に乗れるほどうまくはないんだけど、違うブレイクの感じも見ておきたくて。わたしは九十番ストリートのそばに住んでるから、ふだんはあっちかアーヴァーンでサーフィンしてるの」

「へえ」男性の表情が変わり、青い目が見ひらかれて頬がふくらみ、笑顔になった。わたしがここに住むほどサーフィンに熱を入れている人物だとわかって、急に世界が一変したかのように。

彼がフードをぬいで短いダークブロンドの髪をあらわにした。「いつもなら、ここはそれなりのサイズのうねりが入ってて、風が北か北西から吹いてる上げ潮のときじゃないとだめなんだけどね。でもいまは東からでかいうねりが入ってるからいける。風が強いからガタガタしてるけど、いいライドが何回かできたよ。でもだいたいはもっと西に行くけどね。とくに家がそっちのほうなら。ここはふだんはあんまりよくないから」

「なるほど、わかったわ。どうもありがとう。お邪魔しちゃったわね。その濡れたウェットスーツ、早くぬぎたいでしょ」

「ああ、うん。じゃあ気をつけて」

もう午後二時近くになっていて、本当にそろそろ行かなければと思った。店も早く閉まるかもしれない。帰り道、アーヴァーンの〈ストップ＆ショップ〉に向かいながらラジオのニュースで天気予報を聞いていると、不安で胸がざわざわしてきた。ラジオ〈一〇一〇ウィンズ〉に出ている気象学者のジョー・ソーベルによれば、嵐のピークは明日の午後から夜で、風速は秒速二十五メートルから三十五メートルに達するという。その風と雨だけでも、相当な木へのダメージと広範な停電および一部地域への浸水が予想された。しかしそれ以上に心配されるのは、風の向きと強さによって大西洋とロングアイランド湾から沿岸に水があがってくることだった。

「広範囲にわたる大規模かつ深刻な沿岸の浸水が懸念されます」ソーベルが言った。「ロングアイランドの南岸、ロッカウェイ、コニー・アイランド、ジャージー・ショア、スタテン・アイランド、ロウアー・マンハッタン、さらにハドソン川流域などの地域では、今回の嵐でハリケーン・アイリーンを上回る浸水被害がもたらされるものと考えられます」

スーパーマーケットでは、非常用の物資は少なくなっていたが、なんとか水とツナ缶、マッチ、ろうそくなどを手に入れ、帰ってそれを家に運びこんだ。荷ほどきをしていると、玄関のドアがノックされた。出てみるとキヴァだった。

「どうも」階段に立つキヴァは帽子に厚い上着を着こんでいた。「明日、よかったら遠慮なくうちに来てねって言いにきたの。うちのほうが高台にあるし、娘はブルックリンの父親のところへ行くから、その部屋で寝ればいいし」

「まあ、ありがとう。でもだいじょうぶ」

「わかった。でも気が変わったらいつでも来てね」キヴァが笑顔で言い、きびすを返して路地を去っていった。

親切な申し出に心を打たれると同時に、怖くなってきた。そんなに大変なことになるの？　ひょっとしたら本当にアイリーンよりひどいことになるのかもしれない。

不安を振りはらって荷ほどきを終え、カメラを持って近所を歩いてみた。九十番ストリートでは、何人かのサーファーが岸からだいぶ離れたところでサーフボードにすわっていた。とどろく波の谷間と頂点のあいだを黒い豆粒みたいな姿が上下しながら消えたりあらわれたりしている様子は、まるでジェットコースターで水平線をめざしているようだった。わたしはボードウォークにいた人たちとともに、パドリングで沖をめざすひとりの男性を見守った。からし色を帯びた海の泡で覆われたビーチから、彼は沸きたつ大鍋のなかを、ふだんは沖に向かう離岸流の力を借りられる突堤沿いに進もうとしていた。でも波が絶え間なく押し寄せては、砂を巻きあげながら、おさえきれないエネルギーで痙攣する筋肉のように震えたと思うと、すごい勢いで下向きに打ちつけ、轟音とともにそのサーファーを大量の白い泡に埋もれさせた。海面にあらわれるごとに、彼はまったく沖に進んでいないかわりに、嵐の前後によく生じる強い沿岸流で横に流されて突堤からどんどん遠ざかっていた。

「とても海には出られないよ」隣にいた男性が言った。「あの流れは尋常じゃない」

「そうね」わたしも言った。「こんなに荒れてちゃね。それにあんまり楽しそうじゃないわ。よっぽどうまいならべつだけど」

そのサーファーが、少なくともいったんは諦めたようで岸に引きかえしてきたとき、かなり沖のほうで波の頂点にいる黒っぽい姿が目についた。誰かがパドリングしていた。立ちあがった彼の姿は棒人間のようで、十五フィートはある波でよけいに小さく見えた。一瞬、地球の一時停止ボタンが押されたように、すべての動きが止まった。盛りあがった波も、くずれる直前の何分の一秒かのあいだ、その頂上にいるサーファーとともに静止した。わたしは息を呑んだ。突然、また動きだすと波が砕け、彼がそのフェイスをすべり落ち、激しく泡立つ道を見つけて、二ブロック先の杭のところまで疾走していった。

彼がライドを終えて岸に向かうと、見物していたわたしを含む数人がいっせいに歓声をあげた。緊張から解きはなたれ、目にしたライドに興奮して。すごい光景だった。あの人はお化けみたいな波をすごいスピードで横切っていった。わたし自身はどんなにうまくなったとしても、こんなコンディションの日にサーフィンをやりたいとは思わなかったが、それでもあんなことをするにはどれだけのものが必要かわかったいま、畏敬の念を抱かずにいられなかった。

さらに数ブロック歩いてビーチの入口まで行くと、駐車場にはもうテレビの中継車がとまっていて、海の前からリポートする記者たちがいた。ボードウォークには警察の車がいて、警察官がサーファーたちを海からあがらせていた。ちょうど日が沈んだところで、逆光が曇り空を不気味な青に染め、巨大なLEDのコンピュータ・スクリーンの下にいるみたいだった。市営バスがボブの家の前の通りにずらりと並んでいた。全部で十台か十五台はあっただろうか。ボブの家へ行くと、彼はポーチに出て、カメラマンやリポーターを迎える準備をしながら外を見ていた。

「あんなにたくさんのバスに誰が乗るのかしら」わたしは言った。「知りあいで避難するって言ってる人はいないんだけど」

「精神障害者用のホームに入ってる人たちを避難させるのかもしれないね。どこへ連れていくつもりか知らないが」

わたしはビールを買いに酒屋へ行った。「やあ、どんな調子?」店主のフィルが訊いた。「嵐への備えはできたかい」

「どうかしら。できてるといいんだけど」店の奥に行ってお気にいりのIPAを見つけ、カウンターに持っていくと、フィルはがっしりとした男性客と話していた。

「ああ、わからないね。ここがどれくらいひどいことになるのか」フィルが言った。

「ここはな。ここはわからない」男性客が言った。「たいしたことにはならないかもしれない。だがブロード・チャネルはそうはいかない」彼がバド・ライトの箱を脇にかかえながら、ロッカウェイと本土のあいだにある低い島の名を口にした。「ブロード・チャネルは海に沈むよ」


その夜から朝にかけて、その時点でカテゴリー1のハリケーンだったサンディは、メキシコ湾流（メキシコ湾とカリブ海から出て北アメリカの東海岸沿いを北東に進んだあとヨーロッパのほうへ向かう強い海流）のあたたかな水流をたどるように進んだ。約八百キロ沖合いを岸と平行に移動したあと、サンディはヴァージニア州に接近し、カテゴリー2のハリケーンに成長した。中心付近の風速はおよそ秒速四十五メートルに達し、直径千六百キロの範囲で十七から二十二メートルの強風が吹いていた。サンディはその後、左に折れてニュージャージー州とニューヨークに向かってきた。悪夢のシナリオが現実になろうとしていた。サンディは中西部から吹いてきた寒気の帯とぶつかって、衰えつつある熱帯低気圧から温帯低気圧に変わり、寒気によって新たに勢力を強めようとしていた。

わたしは朝起きると、サーフショップのスティーブが教えてくれた、夏に行楽客で駐車スペースが埋まっているときのための秘密の場所に車をとめようと考えたが、行ってみたらもういっぱいだったので、ブロックのなかでは一番高いとされているティムとキヴァの家の前に車をとめた。帰ってくると、隣のダンが表のテラスにいた。キャスターつきのスーツケースを手にした彼は、決まりが悪そうな顔で、とどまるつもりでいたが、やっぱり妻と幼い娘を連れて避難することにしたと告げた。「ほんとはここにいたいんだけど、家族への責任があるから」

わたしは彼に気をつけてねと言って家に入った。なんだかじっとしていられなくて、カメラを持ってボードウォークへ向かった。あたりの光景はとくに不吉そうでもなかった。強くなってきた風がセーターとレインジャケットに吹きつけ、髪が頭の上まであおられた。小雨が降っていて、厚い灰色の雲が垂れこめていたが、北東部の秋にはさほどめずらしいことでもない。ボードウォークに着いてビーチに目をやると、胃がきゅっと締めつけられた。ハリケーン・アイリーンで流された砂を陸軍の工兵隊が最近ようやく補充したところなのに、それがほぼすっかりなくなっていた。あいかわらず禍々しいチャコールグレーの波が高々と盛りあがっては岸に打ち寄せ、ボードウォークのすぐ下まで水が来ていた。いまは潮が引いているところなのに。サンディが夜の満潮時にやってきたらどうなるのだろう。振りかえると、ロッカウェイ・ビーチを訪れる人々を迎える陶器のタイルで飾られたクジラの像、ホエールルミナが水につかっていた。ここが浸水の最前線ね。少なくともホエールルミナにとっては自然の生息環境に戻ったことになるけれど。

駐車場を突っ切り、ボブの家の前を通ると、彼はポーチでカメラの前に立ち、嵐のリポートをしていた。家に帰ると、どうにか掻き集めた乏しい非常用物資について考えた。本当にこれでだいじょうぶだろうか。ディスカウントショップで残っていた最後の電池式LEDキャンドルを手に入れ、アイリーンのときに停電に備えて買った高い懐中電灯とごつい短波ラジオを引っぱりだしてきた。水とビールとツナ缶、ろうそくのほかに、ピーナッツバターとクラッカー、コーヒーとクリーム、それにウィスキーがある。べつの人生で開いたかもしれない夜を徹してのホームパーティ用の準備みたいだと思った。アメリカの複数の州とカナダのオンタリオ州で数千万戸に影響が出た二〇〇三年の東海岸の大規模停電の経験から、冷蔵庫は頻繁に開け閉めしなければ一日くらいは中身を冷やしておけるはずだった。それ以上たったら全部出すしかないが。

しばらくニュースを見た。湾をはさんだジョン・F・ケネディ空港の周辺はもう浸水していて、アトランティック・シティの一部地域は二・五メートルの水につかっているという。ブルームバーグ市長は、状況が〝急激に悪化しつつある〟と述べていた。気象予報士は、その夜の高潮がアイリーンのときをはるかに超える三・三メートルに達すると予想していた。もういまから逃げたくても、橋が閉鎖されているので逃げられない。「みなさんは身動きがとれない状態です」会見でブルームバーグ市長は、わたしのような浸水区域の住民に向けて言った。「避難するべきでしたが、いまからではもうそれも非常に危険です」

とくにできることもないので、わたしはテレビを消し、気をまぎらわそうと家のかたづけをして、最近始めたフェイスブックのアルバムに〈ハリケーン・サンディ――バンガローでの最初の嵐〉と題して写真をアップした。夕方には、心配のもとの満月も雲に隠れ、早くも暗くなってきた。満潮は数時間後で、サンディもちょうどそのころに上陸すると予想されていた。

わたしは二階の仕事部屋に行ってネットで大判カメラ用の4×5フィルムを買っていた。蛇腹《じゃばら》がついていて、シートフィルムを使ってフードの下でピントを合わせる昔ながらの機械で、離婚後にはじめて楽しさを感じることのできた趣味だったので、またそれで写真を撮りたいと思っていた。その日、地下室のものをチェックし、カメラとそのレンズをお気にいりのヒールブーツとともに、砂止め用の腰の高さのコンクリートの擁壁《ようへき》の上に置いていた。注文し終えたとき、鈍い轟音が聞こえてきて、さらに叫び声と市民菜園のフェンスのチェーンが鳴る音が響いた。窓から外を見ると、街灯の黄色っぽい光の下で水がこのブロックにまで来ていて、誰かが車を菜園に入れようとしていた。

車をとめた通りの向こうに目をやると、水がわたしのSUVのホイールキャップを洗っていた。「いよいよ来たのね」声に出してそう言うと、急にそわそわしてきた。棚からデジタルカメラをとって窓から何枚か写真を撮った。水位がみるみるあがっていくのが見えた。もうタイヤの半分が水につかり、轟音も大きくなってきた。何か大きな音がして、遠くから水がぽたぽたしたたる音が、次いでほとばしるような音が耳に届いた。

地下室が浸水したのだ。そう思ってカメラを置くと下に飛んでいった。水が滝のように壁からボイラーに向かって流れ落ち、コンクリートの基礎にあいた穴から流れこんで配管用の狭い空間の砂を洗い、大きな反響音とともに擁壁からコンクリートの床に降りそそいでいた。わたしは階段でぴょんぴょん跳ね、その瞬間を記録しようと上にカメラをとりに走った。戻ってきたときには水位が倍になり、見る間にどんどんあがり続けていた。頭がくらくらするとともに、ニュースで見た洪水の被災者の「あっという間に水があがってきた」という言葉がよぎった。いまならその意味がよくわかった。

その場に立ちつくしているあいだにも、水位はあがり続け、水の音が耳を満たした。「何が起きてるの？」わたしはつぶやいた。満潮はまだ何時間も先なのに。水位はどこまであがるの？　二階まで完全につかってしまうの？　めまいが去り、恐怖で口に鉄の味が広がった。屋根の上に逃げたハリケーン・カトリーナの被災者の姿が浮かんだ。わたしはそもそも屋根にあがれるだろうか。それにカトリーナは八月だったが、いまは十月の終わりだ。凍死するんじゃないだろうか。

ここから逃げなければ。ボブの家へ行こう。あそこのほうが家の高さもあるし、高い土地に建っている。それに何人も人がいて、食べ物も水も発電機もある。真っ暗ななかで水が地下室からあがってくるのにおびえながら夜を明かすなんて無理だ。何枚か写真を撮ったあと、電気とガスを切っていくべきだと思ったが、その前に荷物を詰めなくては。あわてて二階に駆けあがり、バッグを見つけて、ノートPC、LEDキャンドル、携帯電話、歯ブラシ、懐中電灯を入れた。防水の服や靴は準備していなかったので、持っているなかで一番嵐に耐えられそうな格好を選んだ。膝下までのフラットソールの黒革のブーツにフードつきの薄いダウンコート。バッグを玄関に置き、ほかにも何か持っていくべきかとあたりを見まわした。積まれたDVDが目に入った。サーフィン映画！　何枚かのDVDをバッグに放りこんだ。嵐が過ぎるのを待つあいだ、ノートPCでそれを見ていればいい。

懐中電灯を手に地下室に戻ってみると、もう階段の下の数段が水につかっていた。天井にうねうねと走るパイプや線やレバーを見て、どれがガスの管なのか見分ける時間はなかったので、諦めて電気だけ切ることにし、メインのブレーカーのスイッチを落とした。それから懐中電灯をつけ、階段をのぼって玄関へ向かった。

ドアをあけてはじめて、思っていたよりずっと大変なことになっているのに気づいた。風が音を立てて木々を揺らし、水が渦を巻きながらうちの階段を洗っている。本当に行くべきだろうか。外に出て鍵をかけ、寒さと暗さと水の様子をたしかめながら思った。行くべきではないかもしれないが、なかにも戻れない。ひとりで閉じこめられるなんて考えただけで耐えられない。ゆっくり片足を持ちあげ、まわりを見て電線が落ちたり切れたりしていないのを確認し、深く息を吸い、目をつぶって水に足をおろした。冷たい水がまたたく間にブーツを満たしてジーンズを濡らし、わたしははっと目をあけて息を呑んだが、少なくとも感電はしていなかった。路地におり、通りをめざして歩いた。膝までの水が歩道に着くころには腿までになり、進むごとに荒れくるう水の音が大きくなった。嵐が放出するエネルギーのせいか、何もかもが電気を帯びているように感じられ、いままでにないほど神経が過敏になった。パチパチとはじけるような音、ぱっと光る何かの輪郭――観測と想像とが火のついた矢のように頭のなかを飛びかった。

電柱のそばで泡立つ渦と、うちのブロックからボブの家のほうまで流れる水、〈駐車禁止〉の看板と近所の家の庭の白いポリ塩化ビニルのフェンスをひしゃげさせている風を見て、道のまんなかのほうが安全そうだと考えた。でも縁石から踏みだしたとたん、立っていられないほどの強い力に押され、その瞬間にはっと悟った。ここで死んでもおかしくない。この流れのなかでは、足をすくわれて転んで電柱に頭を打ちつけるかもしれないし、水に巻かれて揉みくちゃになって溺れるかもしれない。あとずさってとめられた車の陰に退避し、そのまま恐怖に茫然と立ちつくした。足がすくんでその場から動けない。ずぶ濡れで打ちひしがれて家に帰り、ひとりで嵐が過ぎ去るのを待つのはいやだが、ボブの家までたどりつけそうにもない。どうしたらいいんだろう。

嵐のうなりにまじって、わたしの名前を呼ぶ女性の声が細くかすかに聞こえてきた。ポーチからキヴァが呼んでいた。「ダイアン、ダイアン、つかまって」騒音に掻き消されそうなその声がかろうじて耳に届いた。

キヴァがポーチの裏に回り、腰をかがめてあたりを探りだした。ふたたび立ちあがったとき、その手には長いポールが握られていた。キヴァが階段を何段かおり、手すりにつかまって身を乗りだし、わたしのほうにポールを差しだした。

わたしは車の陰から踏みだしたが、とたんに腿までの深さの流れに押されてバランスを失いそうになった。道のなかばで足を止め、踏んばって力を呼びおこそうとした。あと二、三歩。二、三歩であのポールに届く。体幹を使うんだ。トレーナーのロブに何度もかけられた声が脳裏に響き、わたしは息を吸って腹筋に力をこめ、ふたたびキヴァのほうへ進みだした。こちらに向かってくるゴミ容器を視界の隅にとらえたが、その茶色のプラスチックは逆巻く水になかばまぎれていた。「気をつけて！」キヴァが叫び、わたしはぎりぎりでそれをよけた。さらに一歩、二歩と進み、手を伸ばしてついにポールの先をつかみ、階段にたどりついた。

「助かったわ、ありがとう」ほとんど倒れかかるようにしてキヴァに抱きつきながら、ほっとして言った。

二十分後、わたしはキヴァのヨガパンツと靴下を身につけ、あたたかいブロッコリーのパスタの皿をかかえてリビングのカウチにすわっていた。

「キヴァ、ほんとにあなたがあそこにいてくれなかったらどうなってたことか。はじめて人に救助されたわ」

「よかったわ、うまくいって」彼女がにっこりして言った。「ああいうときどうするかニュースで見たから。それでどこかにポールがあったはずだと思って」

キヴァのボーイフレンドのティムが地下室から出てきた。その青い目はいつも以上に丸く見ひらかれていた。「地下の水は七、八センチくらいしかない」彼が首を振った。「信じられないよ」そのとき電気が消えた。

わたしたちはろうそくをともしておしゃべりを続けた。これからどれくらいひどくなるのだろう。ティムとキヴァはさほど嵐を恐れてはいないようだった。それに石油ストーブも懐中電灯もろうそくもそろっていて、災害への備えは万全だった。たくましい人たちなのだ。いろいろなものを自分でつくり、キャンプやサーフィンをし、何が起きても対処できそうだ。ふたりのそういうところをわたしも見習いたいものだと思った。

これからどうなるのかも、まして自分がどうすればいいのかもわからなかったが、海のそばで暮らすことの厳しい現実を突きつけられているのを実感した。深い喜びと興奮と安らぎをもたらしてくれる水が、わたしの家の基礎に穴をあけ、わたしを押し倒そうとした。何もかもが無事でいられるとは思えない。

チェリーレッドの壁を照らす琥珀色のろうそくの明かりのなかで、わたしは不吉な想像を必死に頭から振りはらった。家が全部水につかったり、倒壊したり、流されたりして、新しい床や家具も、大事にしてきたこだわりのものたちも全部水でだめになってしまい、電気も暖房も温水もなくて、それを直すお金もない——快適なブルックリンでの生活を捨て、この災害に弱い半島に引っ越してきて、小さなバンガローを家にするためになけなしのお金をつぎこむなんて、うっかりとんでもない過ちをおかしてしまったのではないか。そうくよくよ悩みだす前に、外で明かりがチカチカとまたたき、アスファルトに金属がこすれる音と車のクラクションが響いた。わたしたちがあわててポーチに出ると、二階に住む〝ひげのマイク〟と呼ばれているサーフィン・スクールのインストラクターも出てきた。家の前の通りがいまや川になって白波が立っているのと、わたしのSUVも含む数台の車がライトを点滅させ、クラクションを鳴り響かせながらひとかたまりになっているのがかろうじて見えた。

「あれ、バディの車じゃないか?」後ろで誰かが言った。

「そう」わたしは不思議と冷静に言った。「わたしの車に突っこんでる」

「えっ、あれはきみの車?」ティムが訊いた。

「ええ。でもさほどのダメージじゃなさそう」意外にも車はほぼ無傷に見えた。朝にはだいじょうぶになっているかもしれない。いずれにせよいま心配してもしかたないし、明らかにもっと大きな目先の問題がある。

しばらく無言で立っていると、ひげのマイクが後ろから声をあげた。「おおい、あれ。ボードウォークが」

振り向いて彼を見て、その視線の先のビーチのほうに目をやった。暗さに目が慣れるのに少しかかったが、やっと彼の言っているものが見えたとき、思わず声が漏れた。半ブロックぶんのボードウォークが——数トンの木とコンクリートと鉄でできた、半島全部をつなぐ地域の物理的・社会的背骨が——はずれて流されていた。その上の街灯やベンチや看板はねじ曲がってはいるがまだついている。

「ブランドンはドアをサーフボードで押さえてるそうだ」マイクが言った。耳にあてた携帯電話の青い光がその頬と黒い顎ひげを照らしていた。角にあるブランドンのアパートメントには海を見おろす大きなガラスの引き戸があり、そこから三十フィートに達する波が三キロ先の家に襲いかかるのが見えたという。マイクが首を振った。「こりゃすごいな」

わたしたちは外の光景に恐れをなして家に入った。「満潮まであとどれくらい？」わたしは尋ねた。

「もうすぐだと思うよ。というか、いまがまさに満潮なんじゃないかな」ティムが答えた。

「そう。じゃあ、これ以上ひどくはならないってことよね？」

「ええ、だいじょうぶよ」キヴァが言った。「そろそろ寝たほうがいいかもね。いまできることは何もないし、明日は体力が必要になるから」

「たしかに」わたしはバッグを手にとった。

「娘の部屋に案内するわね」夏のあいだ、十代のキヴァの娘にティムがサーフィンを教えているのを何度か海で見かけたことがあった。

キヴァに連れられて部屋に入ると、急にどっと疲れに襲われた。水はまだ海から通りに流れこんでいて、空気が重く湿っているのを感じた。バッグから携帯電話を出し、ベッドにもぐりこんだ。最悪の時間は過ぎたはずだ。朝になるまで被害の全容はわからないが、いずれにしても朝は来るのだし、わたしはひとりじゃない。無事だし、助けてくれる仲間に囲まれている。みんな、命すら脅《おびや》かされるほどの破壊的な嵐を前にしてもここに残るほど、この海に翻弄されるさいはての半島での暮らしに愛着を持つ人たちだ。携帯電話の充電が切れる寸前に、わたしは安全なアッパーウェストサイドにいる姉に無事だとメッセージを送り、椅子の上に電話を置いた。その隣にあった紫色のラメ入りのマニキュアのボトルが、とぎれとぎれの眠りにつく前に最後に見たものだった。

第三部　仲間とともに

いい波があって、ハイになれれば、それだけでハッピーなのさ。

――ジェフ・スピコーリ（映画『初体験 リッジモント・ハイ』）

9　砂と瓦礫《がれき》の町で

二〇一二年十月三十日

朝が来た。目を閉じたまま眠りと覚醒のあいだのどろっとした糖蜜のなかを泳いでいても、明るさでわかった。どこにいるのか、どうしてこんなに身体が重いのかわからなかった。鉄板がかぶさっているのかと思うほどだった。目をあけると、焦点が合ってくるとともに見慣れない部屋の景色が目に入った。曇った窓の外に灰色の筋状の雲が並んだ空が見えた。ゆうべ、本当にあんなことがあったのか。そう思いながら、湿った空気のなか、じっとりした寝具から起きあがった。あれは夢じゃなかったんだ。

椅子の上に置いた携帯電話に目をやると、隣の場違いにキラキラしたラメ入りのマニキュアが目に入った。電話を手にとってみると電波が入っていない。それをバッグにしまってリビングルームへおりた。そこには赤の紗《しゃ》のカーテンごしにやわらかな朝の光が射していた。静かだった。ようやくすべての怒りを吐きだした大地が疲れて眠りについたかのようだった。

バスルームへ行き、まだ湿ったジーンズとぐっしょり濡れたブーツをバスタブからとった。誰の姿も見あたらず、出かけたのかまだ寝ているのかわからないが、家の様子を見に行きたかった。キヴァが貸してくれたスニーカーを履いて上着を見つけ、廊下に出た。歩きながら不安と恐怖とアドレナリンで胃がざわざわした。ドアをあけてポーチに出た。もやがかかり、薄日が射している妙に美しい朝だった。通りの向こうを見て、全身が安堵に包まれた。家はまだ両隣の家とともにちゃんと建っていた。目を閉じてゆっくり息を吐くと、緊張がほぐれて肩に入っていた力が抜けた。ふたたび目をあけたとき、他のことにも気がついた。水はほぼ引いていて、あとに残された厚い砂の層が道路と歩道を覆って傾いた坂や小山をつくり、あちこちに水たまりや小川ができていた。押し流された車が道路のまんなかにひとかたまりになっていて、ぶつかりあっている車もあれば、一台などブロックの端まで流されてきた長いボードウォークの一部の下に突っこんでいる。目に入ってくるすべてが、うまく頭に入ってこない。甚大すぎる被害も、回復にどれだけかかるのかも、とても理解が追いつかない。階段をおりて自分の車に目をやると、お尻が砂の積もった歩道に押しつけられていた。意外にもさほど傷ついてはいないようだったが、一度完全に水につかったのはたしかで、フロントシートのカップホルダーになみなみと水がたまっていた。

階段をのぼり、玄関ドアに鍵を差しこんで回し、息を止めてドアを押した。が、何かが内側で邪魔をしているのか動かない。どうしよう、家具がドアまで押し流されてきてしまったんだろうか。覚悟を決め、体重をかけて押すと、ドアがゆっくりあいた。覗きこんだわたしはまた安堵に包まれた。すべて家を出たときのままで、入口の床に黒いしみができているのをのぞいて水は見あたらない。なかに入り、そうっとバッグを置いて、地下室への扉に向かった。ドアをあけて階段を見おろした。

ああやっぱり。一階からおりていく階段の下の数段が黒っぽい水の下に沈み、その上の石膏ボードの壁も数十センチが水につかっている。この水、どうやって抜いたらいいんだろう。パニックが喉もとまでせりあがってきたが、無理やり呑みこんで押しもどした。なんとか方法を見つけるしかないが、それはいまではない。数段おりて、鼻につく金属臭を感じながらしゃがんで地下室を見まわした。黒い池は天井近くにまで達し、壁の断熱材がほぼ上まで水につかっていた。あとはすべて水の下だった。配管スペースも、配電盤も、ボイラーも、給湯器も、敷物も、ランプも、服も、寝具も、カメラも、そのほか地下室にあった何もかもが。ただひとつの例外がサーフボードで、置き場所から流されて階段近くに浮いていた。少なくともサーフボードだけは濡れても問題ないわね、と思った。それから、やけに地下室内がよく見えることに気づいた。どこかから光が入っている。穴があいてるんだろうか。階段をのぼり、外に出て家の横手に回ると、あった。基礎に直径一メートルの穴があいていて、コンクリートの破片がすぐ内側に山になっている。浸水が始まったときに聞こえた音はこれだったのだろう。地下室はいまや雨風も虫や小動物も入り放題だ。

家に入り、何かで穴をふさげないかと考えた。このままではすぐに野良猫やアライグマやネズミと一緒に暮らすはめになる。蛇口をひねってみると水が出た。つまりトイレは流れる。せめてもの救いだった。

自分の服に着がえて家を何度も歩きまわり、リビングルームとキッチンと二階の寝室と仕事部屋を見てまわって、家がだいたい無事なのが妄想でも白昼夢でも幻覚でもないのをつねってたしかめた。ようやく目の前の光景が現実だと確信すると、カメラを持って外に出た。ボブと彼の家がどうなったか見に行きたかったのと、海の様子や近所の被害の状況もたしかめたかったからだ。

海に向かってゆっくり通りを歩いていく途中、傾いたボードウォークを信じられない思いで凝視せずにはいられなかった。板が折れてギザギザの端が剝きだしになり、〈ビーチにゴミを捨てないで〉とステンシルの文字で書かれた看板や街灯の柱が倒れ、九・一一で命を落としたサーファーの消防士リッチー・アレンをしのんでビーチの入口につけられた標識がねじ曲がっている。角ではボードウォークのさらにべつの部分が横断歩道に横倒しになっていて、片側が空に突きだしていた。引きかえしてはずれたボードウォークを回りこんでよけたとき、それがなぜ上に向かって斜めになっているのかわかった。消防車のように真っ赤なミニクーパーがその下にはまりこんでいた。

さほど寒くはなかったがまだ風が強く、雲が切れて青空が覗きはじめていた。パークウェイにあがってあたりを見まわすと、あまりの被害の大きさに頭がぼうっとなった。見わたすかぎりのボードウォークがなくなっていた。押し寄せた水が歩道部分を支柱からもぎとり、残ったコンクリートの柱だけがストーンヘンジのように海岸に並んでいた。歩道の一部は道沿いの家の横腹に突っこみ、パークウェイに面した一軒の家の基礎を街灯の柱がつらぬいていた。前方にはいくつもの砂山ができ、信号が斜めにぶらさがって風に揺れていた。スケートボード場は瓦礫の山と化していた。「こんなのどうかしてる」わたしはつぶやいた。ビーチにおりると、海はまだ激しく泡立ち、波があらゆる方向から押し寄せては引いていた。満潮がもうすぐだというのに、嵐でなぎはらわれたように砂浜が広く顔を出していて、そこにこぶのある太い木の枝やゆがんだ金網フェンス、ビニール袋、コンクリートの破片、ねじれた鉄筋などが散乱していた。階段とコンクリートの台だけが残ってジッグラトの遺跡のように見えるビーチの入口に足を向けた。誰かがポールにつけて瓦礫に立てたアメリカ国旗が、かろうじてまっすぐな状態で風にはためいていた。その瞬間のロッカウェイを何よりも象徴していると思った——ぼろぼろだが打ち倒されてはいない。階段をのぼって半島を見やると、八十七番ストリート近くでボードウォークがぽっきり折れているのが見えたが、その先——石積みの突堤より先——は残っていて、あまりダメージも受けていなそうだった。ここ以外はそこまでひどくないのかもしれない。

階段をおりてボブの家へ向かいながら、潮に押し流されたコンクリートのかたまりがぶつかってくるところを想像し、このあたりに出てこなかったことを神に感謝した。足の下の地面すら砂で埋もれてよく見えず、コンクリートの歩道にはあちこちひびが入り、下から何か巨大なものが出てこようとしたかのように盛りあがっていた。ボブの家の通りと広い駐車場に近づいていったとき、何かがないと気づいたが、それが何かわかるまでに少しかかった。ホエールルミナだ。セントラルパークの動物園でわたしを含む子供たちが何世代にもわたってなかに入って遊び、その後タイルをまとった姿で生まれ変わってビーチへの歓迎役となってきたクジラの像が消えていた。残っているのは像を丸く囲んでいた赤茶色に塗られた丸太の柵の柱だけで、それも水流に押されて斜めに傾いていた。

駐車場もひどいありさまだった。ここにもボードウォークの残骸と金属の手すりが重なりあい、車がそのあいだにはさまってつぶれていた。まさに大惨事というべき光景だった。

でもボブの家は違った。地下室の割れた窓が浸水したことをうかがわせたが、それ以外は何も変わらず堂々と建っていて、ポーチもとくにダメージを受けた様子はなかった。ドアをノックしたが返事がなかったので、なかに入って階段をのぼった。

「やあ、どうしてた?」一番上の階にいたボブがわたしを見てハグしながら言った。「家はだいじょうぶだったかい」

「ええ。地下室は水びたしで基礎に穴があいたけど、それ以外は平気。本当にラッキーだった。ここは?　なかはだいじょうぶそうに見えるけど」

「ああ、うちも同じさ。地下室が浸水しただけでほかは何も。ゆうべはひどかった。駐車場が湖になってうちの階段まで水が来たんだ。全部映像に残ってる。まったくこの家がよくもってくれたよ。でもここは本当に運がよかった。ブリージーのことは聞いたかい」

「ううん、まだほとんど何も聞いてないわ」

「大きな火事があったんだよ。たくさんの家が焼け落ちたそうだが、何軒かはまだよくわかってない。それにロッカウェイ・パークでも火事があったらしい」

「火事？　ほんと？　そこらじゅう水びたしなのに火事なんてどうやって起きるの？」

「それはまだ誰にもわかってない。でも悲惨だったらしい。水のせいで消防車が家まで行けなくて」

「まあ、本当に悲惨ね」

「ああ。想像を絶するよ。ところで腹はへってない？　食料が山ほどあるんだ」

「いいえ、いまはだいじょうぶ。アドレナリンが出続けてる感じで」

ボブが笑った。「わかるよ。みんないまは取材に出てるんだがそのうち帰ってくる。ぼくも仕事に戻らなきゃいけないんだけど、よかったら夜はここに泊まったらどうだい。発電機があるから少なくとも電気はつく」

「それはいいわね、ありがとう。寝袋を持ってあとでまた来る」

それからもしばらく近所を歩き、被害の状況をたしかめた。ロッカウェイ・ビーチ・ブールバードとモールの駐車場は倒木とねじ曲がった電柱が散らばる湖と化していた。うちの隣のブロックでは、電信柱がなかほどでぽっきり折れ、上半分が頭上の電線から危なっかしく吊りさがっていた。電気は当分復旧しそうもないとわかった。

数時間後、わたしは家の前の通りに戻っていた。ティムとキヴァが市民菜園の入口に炉をつくり、家のポーチを物資置き場にして、共同の炊事場を設置しようと話していた。「みんなまだ家に傷《いた》んでない食材があるでしょ。それでチリとかスープとかシチューとかをつくったらいいんじゃないかと思って」キヴァが言った。「火を絶やさないようにすれば暖もとれるし」

「いい考えね」わたしは言った。うちには持ち寄れそうなものはあまりなかったが――ツナ缶やトマト缶くらいで、肉や野菜はなかった。「日もちしそうなものがないか探しておたくのポーチに持っていくわね」

うちのブロックの道に面したバンガローに住んでいる黒っぽい髪の若い女性が、うつろな目で中空を見ているのに気づいた。わたしは近づいていって様子を尋ねた。

「よくない。全然よくない」

「どのくらい浸水の被害が？」

「もう完全に」彼女が言い、うつむいて首を振った。「何もかもだめになっちゃった」彼女が顔をあげて肩をすくめ、身につけているグレーのスウェットシャツとスウェットパンツと白いキャンバス地のスニーカーを示した。「残ったのはこれだけ」

「えっ。大変ね、本当に。何か必要なものはない？　もっとあたたかい服とか」

「ううん、だいじょうぶ。今夜はお父さんのところに行くから。そのあとは……」彼女が言葉を切ってまたうつむき、首を振った。もうここには戻らないつもりなのは明らかだった。

まわりでは会話が続いていた。ティムは清掃用具を手に入れる話をしていた。数ブロック先の湾側の下水処理施設が浸水したので、わたしたちがつかった水のなかに何が入っていたのかわからない。誰かに発電機とポンプを持っている知りあいがいるから、地下室の水はもうすぐ抜けるだろう。わたしは木の切り株に腰をおろし、火にあたりながらぼんやり通りを見た。これって本物の災害よね。砂と瓦礫が目に映った。赤十字が来て水や毛布を配ってもいいんじゃないの？

明日には来るのかもしれない。立ちあがり、家に帰った。もうすぐ暗くなる。出かけなければ。寝袋とナップザックと懐中電灯を持って家を出た。

「気をつけて。無事でね」火のそばを通りすぎるとき、誰かに声をかけられた。

「ありがとう、あなたもね」自分はだいじょうぶだと根拠もなく思いながらそう返事をした。

10　海へ

二〇一二年十一月〜二〇一三年一月

嵐から数日たった日、キッチンにいたわたしは、家の裏へ歩いていく蛍光グリーンのベストにヘルメットを身につけた男性に気づいた。外に出てみると、男性は嵐のあといつのまにかガスメーターにつけられていたラッチをはずしているところだった。彼は地元のガス会社や電気会社の復旧作業の応援のために全米から駆けつけた作業員のひとりで、西部から来たと話した。彼いわく、ガスの供給網は問題ないが、一軒一軒ガス管が破損していないかチェックして回っているのだという。「もうだいじょうぶ」彼が言った。「二、三分でまたガスが使えるよ」

「すごい」わたしは彼に抱きつきたい衝動をこらえた。「ありがとう、それだけで全然違うわ」

エスプレッソ。エスプレッソを淹れられる。そう思うと興奮と感謝で涙がこみあげてきた。わたしは家に戻ってポットに水とコーヒー粉を入れた。コンロをつけてみて、ぱっと青い炎の輪があらわれたときは嬉しくて飛び跳ねそうになった。普通の生活の一端が、以前の状態につながる細い綱がそこにはあった。ポットを火にかけ、冷蔵庫のなかのものを入れて外に置いておいた木箱からクリームをとってきて、においを嗅いで傷んでいないかたしかめた。まだ地下室には数十センチの水がたまっているし、電気も暖房もお湯もないが、それも関係なかった。わたしはいつもの朝の湯気の立つコーヒーを淹れようとしていて、その慣れ親しんだ手順と味とにおいがつかの間でも正常に戻った感じをもたらしてくれた。

コーヒーを手に外に出て、火を囲むご近所さんたちの輪に加わった。ここへ来ておたがいの様子をたしかめ、前日に何があったか話し、支援などについての情報交換をするのが毎朝の習慣になっていた。バディが今夜ブロックのみんなに夕食をふるまうつもりだと話した。「悪くなる前に料理してしまわなくちゃいけない食材がたくさんあるんだよ。ポークチョップにソーセージにハンバーガーにいろいろ。畑の最後のトマトもあるからそれも使うつもりだ」

「ティムとキヴァの家のポーチにトマト缶を置いておいたから、必要なら使って」

「いや、だいじょうぶ。トマトはたくさんあるんだ。こんなにあってどうしようかと思うくらい」

その日は午後から市内に行く予定だったので、バディの夕食は食べられない。公共交通機関は運行が停止されていてろくになかったが、ご近所さんが姉の住むアッパーウェストサイドまで車で送ってくれるというので、二、三日泊まってくる予定にしていた。買いたいものがいくつかあった。長靴や電池もだが、とくにあたたかい服がほしかった。まだそこまで寒くはなかったが、来週には気温がさがり、北東の風の影響で雪になるかもしれないという噂だったので、暖房なしで耐えられるよう備えておきたかった。ブランドンがやってくるのが見えた。〈ロッカウェイ・ビーチ・サーフ・クラブ〉へ行くのだろう。彼とダヴィナは、ほかの何人かとともにそこを救援センターにし、非常用の物資を集めて配っていた。ジュールズがそこでボランティアをしていて、ブランドンとダヴィナが付きあっているのではないかという彼女とボブとわたしの疑いを裏づけた。「お尻をぽんと叩いてるのを見たんだから」とジュールズが言った。

わたしは立ちあがってブランドンに挨拶し、何かマンハッタンで手に入れてきたほうがいいものはあるかと尋ねた。

「あたたかい服や毛布だね。フリースとか。もうすぐ寒くなるから」

「わかった、探してみるわ。ほかには？　あなたが必要なものはない？」

彼が少し考えてからぱっと目を見ひらいた。「靴下！　乾いた靴下」

「了解。まかせて！」

「ありがとう」ブランドンが行こうとして、振り向いて顔を横に傾けてみせた。「また笑ってるね」彼がにやっとして言った。「きみはまた笑ってる」

そのとおりだった。ハリケーン・サンディの被害の全容が明らかになってきて、もっともっとひどいことになっていた可能性もあるとわかり、運がよかったという思いはいっそう強くなっていた。ブリージーでは百戸以上、ベルハーバーでも十軒以上の家が焼け落ちた（奇跡的に死者は出なかったが）。半島の先端のほうはボードウォークがなく、家が海岸に面して建っているため、嵐で壁面を吹き飛ばされたり、支柱や壁が流されたり、家がつぶれたり傾いたりしていた。高層の公営団地でも暖房もつかずお湯も出ないのは同じだったが、停電でエレベーターが動かないうえに水道も止まり、障害者や高齢者の住民がトイレも流せず、新鮮な食べ物や生活必需品も手に入れられずに家に閉じこめられてしまっていた。

被害を受けたのはロッカウェイだけではなかった。ニューヨーク市のほかの地域や周辺でも、浸水で人が家に閉じこめられたり、外に流されたりしていた。スタテン・アイランドのある家では、おたがいにしがみついて溺死している父親と息子が見つかった。母親と一緒に歩いていた二歳と四歳の男の子が通りで水に流され、数日後に遺体で発見された。うちの先の家の男性が心臓発作で亡くなったと聞いたが、それ以外、近所の人はみな無事のようだった。そして赤十字こそまだ来ていなかったが、〈オキュパイ・サンディ〉や〈チーム・ルビコン〉といった支援団体が組織されて半島の各所に物資や食料の配給所がつくられていた。シーク教徒のグループがあちこちの通りで折りたたみテーブルに山盛りのサンドイッチを配っていた。ロングアイランド・シティにある現代美術館〈ＭｏＭＡ　ＰＳ１〉の当時の館長クラウス・ビーゼンバックはロッカウェイ半島の湾側に週末のセカンドハウスを持っていて、ニューヨークのほかの地域の多くが被害から立ち直って前に進もうとしているなか、ロッカウェイが放置されているのを見て立ちあがった。彼は美術館をサンディの被災者のための避難所として提供し、怒濤のツイートでたくさんのフォロワーに向けて呼びかけ、アート界の知人に協力を求め、ボランティアを組織した。そのなかにはマイケル・スタイプやマドンナといったセレブもいた。リヴァもこの活動に協力し、車を借りて人を運んだり、グループを連れてきたりしていた。ブランドンによれば、〈ロッカウェイ・ビーチ・サーフ・クラブ〉は支援にやってきた人々の調整で大わらわだという。「夏じゅう海やクラブで見てたやつらばかりだよ。ブルックリンやマンハッタンから来てたサーファーたちさ」そういう人々はもうヒップスターとディスられてはいなかった。いまや〝ヘルプスター〟だった。

だから笑顔になる理由は充分にあった。わたしは夜はボブの家ですごしていて、そこにはご近所さんや友人や記者やカメラマンがひっきりなしに出入りし、食べ物も電気もあって、あれこれ心配してくれる人がたくさんいた。そのうえ、いまやエスプレッソまである。

数日後、わたしは道に立って自分の車をみつめていた。晴れた朝で、完全に疲れがとれたとは言わないまでも、だいぶ回復した気分だった。アッパーウェストサイドの姉の家ですごしたことが短いながらもすばらしい息抜きになった。姉は突然サーフィンに目ざめてロッカウェイに引っ越したわたしを理解し、応援してくれていた。ときには危険な目に遭うこともあるスポーツをすることへの心配もあったかもしれないが、押し隠していた。わたしたちはまったく違う人生を送っていたが、ケープコッドの夏を同じく楽しんできた姉も海に惹かれる気持ちは持っていた。子供のころ、わたしたち姉妹は母に連れられてケープコッドの近くに住む親戚のところへ行き、そこで夏休みをすごしたものだった。マンハッタンへの避難中は、姉の親切と心配りに甘え、熱いシャワーやレストランでの食事、家での手料理という贅沢にふけった。被災地から離れて、気遣ってくれる家族のそばにいると、嵐のあいだ避難せずにとどまるという選択がどんなに愚かだったかわかってきた。どうにか無事だったが、今後の修理のために家のどこが壊れているかを現場で見ている必要なんてなかったのだし、浸水が始まってしまったらそこにいたところでできることは何もなかった。無謀で自分勝手な行為だった。ただただ気にかけてくれる人たちを心配させただけだった。

ロッカウェイの家の近所に戻ってくると、被災地の景色はあいかわらずだったが、市の衛生局と陸軍工兵隊がだいぶ仕事を進めていた。通りの砂がほぼなくなって、ブロックの端の大きな砂山に集められ、車もそれなりにきちんと縁石に並べられていた。わたしの車は保険会社によって廃車と判断された。完全に水につかってしまった車を修理しようとするのは危険なので、車から回収したいものがあれば回収して、あとは誰かが引きとりに行くのを待つようにとのことだった。寄付するつもりの本を入れた箱以外、車には何も積んでいなかったが、車内をたしかめようと近づいていくと、リアウィンドウが割れていた。前は割れていなかったような気がしたが、気づいていなかっただけかもしれない。

箱のなかの本は案の定ぐしょ濡れで、回収してもどうにもならなそうだった。前に回って窓から覗きこみ、前と後ろの座席とドアポケットをたしかめ、最後に助手席のグローブボックスをチェックした。そこには、カリフォルニアでのフェローシップを終えてニューヨークまで運転して帰る道中に聴くようにと、音楽好きの友人がつくってくれたCDが何枚か入っていた。何時間でも流していられるように、R&Bからディスコ、ロック、カントリーまでさまざまなジャンルの曲が入ったCDだった。

それを見ていると、その旅でとくに奇妙で孤独だったときのことを思いだした。ネヴァダ州の砂漠でたまたまゴーストタウンを見つけて、ビューカメラを手に何時間もそこですごし、乾いた荒野のそこここにある打ち捨てられた鉱山設備や倒壊しかかった家、錆びたスクールバスが織りなす願望と失意が奇妙にいりまじった景色を写しとろうとした。風が砂と雑草を巻きあげるなか、藪《やぶ》のなかに三脚を立てたとき、一匹のサソリを驚かせてしまった。その小さな怒った生き物が針のある尻尾を振りながら砂の上を逃げていくのを見て、もう少し手を近づけていたら簡単に刺されていたなと思い、よく知らない環境に入りこんだ自分がいかに脆弱かにあらためて気づかされた。わたしはそのサソリやメッシュの靴にたかってきたヒアリに対して、よからぬことをたくらんで近づいてくる流れ者に対してと同じくらい無防備だった。

それなのに、怖くはなかった。その探求には意義があった。その場所ではようやく「やめなさい！　だめ！　あなたはそんなことに向いてない」という小さな、人生にずっとつきまとってきた声を無視できていると感じたから。そのゴーストタウンでは自分のまわりにクリエイティブな力場《りきば》が、想像力を掻きたて、悦びをもたらしてくれるものを追いかけているときに安全を守ってくれる保護膜のようなものがある気がした。その荒野のまっただなかで、わたしに害をなそうという考えを持っている者など誰もいないと確信している自分に気づいた。ケープコッドの家で、ぶらさがっている蜘蛛《くも》が怖くて外に出られないでいたわたしに父がにべもなく言ったことを思いだした。「その蜘蛛はおまえのことを気にしてもいないぞ」

茶色のベタベタしたもの――水にまじっていた未処理の下水だか、ガソリンだか、薬品だか、その他の毒だかの残滓――に覆われたCDを見ながら、ロッカウェイでも同じような安心感があることに気づいた。ひたすら嵐が過ぎ去るのを待つことで混沌とした子供時代を生きのびてきた生い立ちのおかげだろうか。ここでならどんなこともなんとかなると思わせてくれるのは、ほかの何かのおかげなのか。いずれにせよ、CDはそのまま車に残しておくことにした。

ご近所さんのひとりで、ここに何十年も前から家族で住んでいる年配の男性が、道を渡ったわたしに近づいてきた。

「きみの車の後ろ、見たかい」

「ええ。嵐の翌朝にガラスが割れてたかどうか思いだそうとしてるんだけど」

「割れてないよ。陸軍がやったんだ。ハンヴィーがバックで突っこんだのさ」

「ハンヴィーが？　ほんとに？」

「ああ。そこにハンヴィーが何台かで入ってきた。何かの作業のために。で、その一台がきみの車のガラスを割ったんだ」

「そうなの？　撤去作業が終わるまでみんな無事でいられるといいけど」わたしは笑って言った。

「でもとくに問題ないわ。保険がおりるからだいじょうぶ」

「そうかい、そりゃよかった」

「ええ、ほんとに助かる。だけどあの車がなくなるのは寂しいわ。思い出のある車だから」

わたしは家に入って地下室の掃除の準備に取りかかった。留守にしていた数日のあいだに水はほとんどなくなり、そこにあったものが何もかも泥まみれで残されていた。基礎にあいた穴もまだふさいでいなかったが、寒いからカビの心配はいらないと聞かされた。カビが繁殖するには温度が低すぎるのだという。穴から光が射すとはいえ、あちこちの泥の山の正体を判別するには暗すぎ、懐中電灯でも足りなかったので、カリフォルニアで使っていたクリップ式の自転車のライトを五、六個引っぱりだしてきて地下室にぐるっと取りつけた。完璧ではなかったが、どうにかなりそうだった。部屋を見まわして急に圧倒された。ものが多すぎる。どこから手をつけていいのかもわからないし、何をとっておくか捨てるかをどうやって決めればいいのかもわからない。環境にやさしい業務用サイズの洗剤とタイベックのつなぎとゴム手袋はティムとキヴァの家のポーチから持ってきたが、それ以外はなんの用意もなく、わたしは途方にくれた。

上にあがり、新鮮な空気を吸えば作業に必要な集中力とエネルギーが湧いてくるかもしれないと期待して外に出た。すると十人以上の若者が歩いてきた。みなこぎれいで目がキラキラしていて地元の子ではなさそうだった。そのうちの短髪の白人と黒人の若者ふたりが近づいてきた。

「何か手伝いましょうか」とひとりが言った。

「地下室の掃除をしようと思ってるんだけど、いろんなものがあって。家具とか服とか敷物とか建築資材の余りとかね。水はもう抜けたんだけど、全部泥だらけなのよ」

「じゃあ手伝いますよ」ひとりが笑顔で言った。

「ほんと？　でも掃除用具もシャベルも何もなくて」

「なら、ものを上に運びましょうか。ＭｏＭＡのグループで来たんです。何か力になりたくて」

「まあ、ありがとう。本当に親切ね。どうぞ入って」わたしはふたりを家へ案内した。「でも本当にいいの？　ドロドロで汚いわよ」

「だいじょうぶです」ひとりが元気よく言った。

「そう？　じゃあお願いするわ」泥だらけの地下室にふたりを連れていった。「ほとんど捨てなきゃいけないと思うから、全部外の通りに出してもらえるかしら」

「わかりました。じゃあこのあたりから順番に行きましょう」

わたしたちは泥にまみれたぐしょ濡れの山を次々に運びだしては通りに出した。いらないランプやタオルや毛布、何年も着ていないジャケット、交換が必要になったときのためにとっておいた予備の床板、前の住人が敷いていたラグ、使い道が見つからなかった祖母のマホガニー材のマガジンラック……。わたしはつまずいてビニール袋のなかの何かぐしゃっとしたものを踏んだ。下を見ると白いペンキの容器で、それが足にかかり、床にも広がっていた。ほんの数週間前に塗装工の人が使った残りだった。その袋を拾いあげ、ペンキをぽたぽたとたらしながら通りの大きくなっていく山に運んだ。まわりを見るとみんな同じことをしていて、水がしみて汚れたマットレス、濡れた断熱材や壁板、パイプ、塗料、椅子、割れた食器などが山と積まれていた。

地下室に戻ると、手伝ってくれている若者のひとりが、お気にいりの二足のブーツを持ちあげていた。どちらもわたしが履くと身長が百八十八センチになる高いチャンキーヒールつきで、膝下まである革のロングブーツだった。「これはどうします？　捨ててもいいんですか？」

少し考えこんだ。一足はおしゃれなウェスタン風のブラウングレーのつやのあるスムースレザー。もう一足は黒で筒が太く、横にシルバーの大きなジッパーがついたごついタイプで、レザーのバイカーハットをかぶって鋲《びょう》つきのチョーカーを首に巻いたほうがいいような感じのものだった。二足ともすごく高かったし、離婚後の自分がなりたかった大胆でかっこいい女のイメージが投影されていた。それらに合わせて服をコーディネートし、履いて家のなかを歩きまわり、一足はソーシャルメディアのプロフィール写真にも使った。でも、どちらも履いて出かける度胸がなかった。寝室の鏡に映る平凡な自分の姿を見ているとどうしても勇気が出せなかった。いま、それらが必要とはとても思えなかった。

結局、とっておくのはサーフボードとビューカメラだけにした。過去の人生にまつわるあれこれが一掃され、ある種嵐のおかげで身軽になれてすっきりした。手伝ってくれたふたりが泥だらけで外に出てきた。もうできることはすべてやってくれたのは明らかだったが、まだ何かやることはあるかと笑顔でわたしに訊いた。

「いいえ、もうだいじょうぶ。すごく助かったわ。信じられないくらい」

家に入り、現状を確認した。リビングルームの床にはだいぶ泥のあとがついている。あそこをきれいにして、次に地下室の掃除をする前に布か何かで養生しなければ。すると突然、裏から興奮した子供の声が聞こえてきた。「見て、レニー！　あれ、まだある！」
キッチンの窓から覗くと、隣の家の九歳の娘ヴィヴィアンだった。七歳上の兄と一緒に木から木へ、植えこみから植えこみへと走りまわって残っている植物を確認している。家が吹き飛ばされていないと娘に言い聞かせるのは大変だったと母親のスーザンが言っていたが、ヴィヴィアンははじめてそれを自分の目でたしかめているようだった。

数日後、わたしはボブの家の前の駐車場にいた。そこは救援活動と復旧作業の拠点になっていた。誰かが道に携帯電話の充電ステーションを設け、いつも空きポートを求めて人だかりができていた。電気やガスの会社も、復旧の状況について顧客に情報を提供するためのトレーラーをそこに置いていた。テントの下には市の担当者が告知や発表をおこなう即席のステージがつくられ、長い折りたたみテーブルにあちこちから善意で寄付された毛布やスウェットシャツ、パン、缶詰などが雑然と積まれていた。

当時、わたしはニューヨーク・タイムズのビジネス面で代替エネルギーの記事を担当していて、太陽光発電が災害時にどう役立つかにまつわる記事を書こうと、ベルハーバーまで三、四キロも歩いて太陽光パネルを家の屋根につけている人に話を聞きに行った。ときどきはマンハッタンへ行って、オフィスで一日すごし、物資や食料を買いこんで、混雑した列車やバスやスケジュールのはっきりしない特別シャトルで帰った。長い時間かかる大変な道のりで、夜、寒さに震えながら空港の駐車場や高架駅の下で、同じく家路を急ぐ人たちとともに一時間も待ったことも一度や二度ではなかった。が、地域情報部門も手伝っていたので、住民が受けられる支援措置についての最新情報を提供すべく、電力会社がその駐車場で開いた記者会見に出ていた。

ハリケーンの被災者はファックスかオンラインで復旧工事の申しこみができると担当者が説明しているとき、突然堪忍袋の緒が切れてしまった。「電気もないのにどうやって?」わたしは怒りをぶちまけるように大声で言った。集まったほかの人たちも口々に叫びだした。疲れていたし、動揺していたし、動揺することに疲れていて、もう限界だった。ニューヨーク・タイムズの看板を背負う者としてつねに保とうとしてきたプロ意識も礼節もどこかへ行ってしまった。「だってそうでしょ。いったい何を言ってるの? 電気もないのに、どうやってファックスを送ったり、インターネットを使えたりするわけ?」担当者はただ自分の仕事をしようとしているだけだとわかっていたが、自分を止められず、かっとなって爆発しそうな怒りをおさえられなかった。ここには責任者がいないし、まるで連携がとれていない。みんなこの危機に対処できていない。

感情を爆発させたあとのぐったりした気分でボブの家へ戻り、二階の部屋にこもって、かっかしたまま原稿を書いてデスクに送った。一階におりると、サーフ・クラブでのボランディアから帰ったジュールズがいて、ユニクロの長袖の肌着とレギンスの束をかかえていた。「たくさんあったから持ってきたの。みんないると思って各種サイズをね」ジュールズはさらに、手袋や靴に入れると何時間もあたたかさが続くという手足用のカイロも持ってきてくれていた。

身体から怒りが流れでていった。彼女の思いやりが栓を抜いてくれたみたいに。わたしはまたも誰かの心の広さの恩恵を受けていた。いつも自分に言い聞かせなければならなかった。わたしは運がいいほうだったのだと。

それから少しして、わたしはオフィスからフェリーに乗って帰路についていた。ウォール・ストリートとボブの家から十ブロックのところにできた即席の埠頭とのあいだで航行が始まったそのフェリーは、すごく便利というわけではなかったが、船上は気持ちがいいし、まだ半島までは来ていないA系統に代わる交通手段としては悪くなかった。朝はボブやダヴィナやたまたま会った誰かと埠頭まで歩き、夜はあいかわらず不安定な地下鉄とバスで帰ってきた。暗くなってからの埠頭周辺は人気《ひとけ》がなく荒廃した雰囲気で、ひとりで歩くのは不安だったからだ。でもその日はまだ早く、明るかったので、ビールを飲みながら、フェリーがマンハッタンを出てブルックリンを過ぎ、コニー・アイランドの遊園地のそばを通るのをながめ、明かりのついたビルの数が進むごとに減っていくのを感じていた。

ロッカウェイに着いたのは夕暮れで、かなりの人がわたしと同じく東へ向けて歩いていたので、危険はなさそうだと考えた。およそ十五分後、わたしはいまも〈ニューヨーク・ワン〉のスタッフらと一緒に夜をすごしているボブの家のそばの駐車場に差しかかった。顔をあげたところで思わず立ちどまった。ラベンダーブルーの空をバックに、魚のうろこ状の白いこけら板の屋根が夕陽でバラ色に染まった家——そのすべての窓からやわらかな黄色の光が漏れていた。電気だ！　ボブの家の全部の部屋に電気がついてる！　わたしは胸がいっぱいになってその場に立ちつくした。その光景がこれまで見た何より美しく思えた。家の一番上で何かが回っているのが見えた。天井ファンの影だろうか。

家に入り、二階でボブを見つけた。「電気が復旧したのね！」わたしはボブに抱きついた。「おめでとう」

「ああ、最高だよ」ボブが顔を輝かせて言った。「こんなに嬉しいことはない。それに、忘れてたんだけどきみの部屋には電気のサーモスタットがあるんだ。暖房が使えるんだよ！」

「うそ、ほんと？　すごい。だけど、あなたがそこに寝たいんじゃない？　あなたの家なのよ」

「いや、いいんだ。きみが使ってくれ」

「ほんとに？」

「ああ。あたたかくしてくれ」

「まあ、どうもありがとう。ところで、寝室に天井ファンがあったっけ？　外から影らしきものが見えたんだけど」

ボブが笑い声をあげ、「いや」と言って首を振った。「ぼくだよ。嬉しくて飛び跳ねてたのさ」

「ほんと？」わたしも笑いだした。「まあそれだけ興奮するのも無理ないわ。うちの電気ももうすぐ復旧するかもしれない。やっと電気工事の人と連絡がついて、今月中には来てもらえることになったの。みんな手がいっぱいでなかなか大変だったけど」

「ああ、それにみんな現金払いでって言うんだ」

「そうそう。ミッドタウンの銀行でわたし、ギャンブラーかドラッグの常用者か売人に思われてきてる気がする。一度に何千ドルも引きだすから。それも、かさばらないようにいつも高額紙幣で。しかも、ほとんどいつも同じ人が窓口にいるの。こないだとうとう言われたわ。できれば何日か前に連絡をくださいって。百ドル札がいつもたくさんあるとはかぎらないから」

「そりゃ愉快だね」

「でしょ？　もちろん、家に空き巣や強盗が入らないかってびくびくしどおしよ。このあたりの家はみんな、ＦＥＭＡ（連邦緊急事態管理庁）からもらった支援金があるのがわかってるから」

このころには復旧作業も本格化し、ボブの家のそばの駐車場は収拾のつかなくなったテールゲート・パーティ（駐車場で車の後ろをあけておこなうパーティ）の様相を呈していた。暖房つきのテントでは全米各地からやってきた支援団体や非営利団体や大学生のグループが入れかわり立ちかわり食事を配っていた。サンドイッチのこともあれば、あたたかいできたての料理のこともあった。誰かが何か——食べ物、あたたかい服、毛布、水、電池など——を配っているところに出くわさずには数ブロックも歩けなかった。電力会社がトレーラーを百十六番ストリートのそばに移動させたので、わたしはそこまで歩いて書類をもらいにいった。資格を持った電気技師が回路に線をつなぎ直して配電盤を交換したら、その書類にサインしてくれる。それをまたトレーラーまで持っていけば、その日か次の日には電気が復旧するということだった。

最終的にそのしくみがうまくいき、感謝祭の翌日、ようやく電気がついた。一カ月近く電気が来ていなかったので、本当に嬉しかった。またいろいろな機能がもとに戻るからというだけでなく、これでやっと必要な作業が進められるからだ。除湿機を動かすとか、清掃会社に地下室の防カビ処理を頼むとか。わたしは市の〈ラピッド・リペアーズ〉という窓口で壊れたボイラーと給湯器の交換を申しこんだが、さしあたって寝室用に電気ヒーターを買えば、ありったけの毛布をかけてコートを着て寝なくてすむ。

それから何日かした夜、菜園で残り火にあたっていると、男性の声がした。「おおい」何度もささやくような声が聞こえてくるものの、姿が見えない。「おおい、おおい——サーフボード、いらないか?」

立ちあがってきょろきょろとあたりを見まわし、ようやく声の主がわかった。通りの向かいに住んでいる、真っ黒な髪の背の高い痩せた男性で、このブロックでバディと育ったという人だった。わたしは彼の意図をはかりかねて近づいていった。

「ありがとう。でもボードはもう持ってるから」

「そうか。でももうひとつほしいなら、ビーチにたくさん転がってるよ。今日ライフガードの詰所が撤去されたから、そこにあったものだろう。どうせ誰かに拾われるんだ」

「そうね。じゃなければただゴミとして捨てられるか。見に行ってみるわ」

少しして、わたしはビーチに行ってみた。暗い砂浜をしばらく歩きまわったすえに、ほかのゴミや瓦礫と一緒に散らばっているボードを見つけた。かなりぼろぼろのショートボードふたつとともに、薄い色のロングボードがあった。わたしのボードよりは短くて細くて薄く、したがって取りまわしやすい。今後もう少しうまくなったらちょうど合いそうなボードだった。それを家に持って帰り、リビングルームの床に置いた。色はオフホワイトで、細い褐色のストリンガー（伝統的には木でできたボードの中心部に入っている補強材）の線が中心に走り、半円形に重なった五頭のイルカの青と黒のロゴがノーズに入っている。裏返してみると、透明のコーティングの下に鉛筆でシリアルナンバーと寸法――長さ九フィート、幅二十二と四分の一インチ、厚さ二と四分の三インチ――それにジェシー・フェルナンデスというシェイパーの名前が記されていた。ノーズとテールのレール部分がえぐれてなかの芯材が覗いていた。そこをふさがないと海には持っていけない。ボードに水がしみこんで重くなり、徐々に芯が腐っていってしまうからだ。

その傷を見ながら、自分で直せると思った。嵐の直前にクラブで開かれた女性向けワークショップで、パテを使って手っとり早く修理する方法を習っていたからだ。見た目はよくないが、それでも用ははたせる。ただ、適切なパテを買うためにボードの素材を知る必要があった。ポリエステルのボードとポリスチレンのボードに使われている材料はおたがいに相性が悪く、傷をふさぐのに間違った素材を使うとボードの中身が溶けてしまう。

そのボードは〈ウェイブ・ライディング・ヴィークルズ〉またはＷＲＶと呼ばれる、一九六〇年代創業の有名なヴァージニア・ビーチのブランドのポリエステル製のボードだとわかった。それで金物店で正しい種類のパテを買ってくると、ある晩、ぼろぼろになった芯材と裂けたガラス繊維と砂を取りのぞいて傷口をきれいにし、パテをチューインガムくらいの硬さになるまで練りあわせ、それで穴をふさいで、はみだした部分を削り、できるかぎりなめらかにした。修理のできばえはひどいもので、誰かがテールとノーズに石膏のかたまりを塗りつけたみたいだったが、それでも嬉しかった。いずれはシェイパーの仕事に見あったきちんとした傷の修復方法を学ぶにしても、とりあえずこれでボードに水がしみこまず乗れるようになったのだ。

十二月はじめの誕生日の日の午前中、キヴァのつくったネオプレーンのワンピース水着に袖なしのフードベスト、ウェットスーツ、ブーツ、グローブを身につけ、そのボードを持ってビーチへ行った。嵐以来、海に入るのははじめてで、防寒着で着ぶくれた子供のような気分になった。晴れて驚くほどあたたかい日で、気温は十四、五度あったが、海水は冷たく、十度ほどしかなかったので、わたしの新しい秋冬用ウェットスーツ一枚では寒そうだと思った。

海に入ると、冷たい海水が足からすね、膝、腿を包んだが、すぐにあたたまるはずだった。ボードに乗り、イルカのロゴとノーズのパテのかたまりを見ながらパドリングを開始した。進むごとに軽く動きやすくなってきたが、それでもバランスを保ってボードを前に進めるにはいつも以上にがんばらなければいけなかった。六インチ長く、少し幅が広く、二分の一インチ以上厚いふだんのボードにくらべて体積が小さいからだ。数字上はわずかな差でも、パフォーマンス上は大違いで、しばらく慣れが必要そうだった。

ボードにまたがって待っているあいだも、サーフィンを始めたころのようにまっすぐすわっているのに苦労した。太陽に輝く海を見ながら、誕生日にこんなに穏やかな天候だったことがあっただろうかと思った。腿の高さの波がいくつか盛りあがっては岸に向かっていくのを見送ったあと、方向転換して波をつかまえようとした。その部分はさほどむずかしくなかった。いつもより強くパドリングする必要はあったが、ボードは波に吸い寄せられた。ただし、立つのは話がべつだった。このボードはミスが許される余地がずっと少なく、何度も海に投げだされた。が、ついに正しい位置に立てたときは天啓に打たれたようだった。ボードが飛びたがっていた。さらに何度か波に乗ったあと、空腹と心地よい疲れとともに家に帰った。

ウェットスーツをぬいでシャワーですすぎ、震えながら、これで最後になってくれるはずの水浴びで塩を落とした。〈ラピッド・リペアーズ〉の人がこの日、新しいボイラーと給湯器を持ってきて取りつけてくれることになっていたので、来たときにすぐ気づけるよう、キッチンのテーブルで仕事をすることにした。たくさんの業者の作業員が、さほどおたがいの連携もなくフリーランスの集まりのように動いていて、電話が来て作業予定があらかじめ知らされることもあれば、チームがいきなり来てドアを叩き、留守なら次の困っている家に行ってしまうこともあった。一週間ほど前に会って、その作業をやってくれるはずだった作業員は、べつの地域に回されてうちには来なかった。昨日、べつの人たちが突然やってきて古い機器を取りはずしていき、今日の午後にまた来ると約束してくれていた。

ブルックリンで、わたしともうひとりの友人のための合同の誕生会をしようと、何人かで集まる約束をしていたのだが、日が暮れてきて行けそうもないとわかった。暗くなったころ、〈ラピッド・リペアーズ〉の人たちが来て設置を完了し、十月末以来はじめて、家で熱いシャワーを浴びることができた。友人に会えなかったのは残念だが、それでもすばらしい四十八歳のスタートが切れたと思った。

新しい年を迎えるころには、ロッカウェイはまだふだんどおりにはほど遠かったが、かなり前には進んでいた。衛生局と陸軍の工兵隊とＦＥＭＡが、ジェイコブ・リース・パークとスタテン・アイランドのフレッシュ・キルズから数十万トンの瓦礫の撤去を終えた。地域のほとんどの家に電気やガスや水道が戻り、近所のスーパーマーケットはまだ営業を再開していなかったものの、半島を行き来するＨ系統のシャトル路線ができたので、アーヴァーンの〈ストップ＆ショップ〉に行けるようになった。サーフ・クラブも緊急支援の活動を終了することになり、ブランドンとパートナーたちは囲い部分を取りこわしてクラブを生まれ変わらせようとしていた。コミュニティ・センターであり集会所のような機能は保たれるが、ものづくりのスタジオはなくなり、バーとイベントスペースとしての運営が中心となって、サーフボードの保管ロッカーが拡充され、食べ物も常時提供されるようになるということだった。

このころ、ボブとジョンとジュールズとわたしで、ムービー・ナイトを復活させることにした。

嵐の前、ボブの家で開いていた定例に近い集まりで、まだみんなが感じているストレスの解消が目的だった。ムービー・ナイトでは、まずドラマを一、二話見て、それから映画を見る。ロッカウェイに関係するテーマや舞台設定のものを見ることもあったが、ただたんに誰かの手もとにあったものを見ることもあった。

その日、集まったのはボブとジョンとわたしだけで、エドワード・バーンズ監督の『ノー・ルッキング・バック』を見た。ブルーカラーの海辺の町が舞台で、うちのブロックを含むこの周辺で撮影されていた。それは嵐以前のロッカウェイの姿をもっともすばらしく記録した映像に思えた。雨あがりや夜明けの人気《ひとけ》のない近所の景色、黒や灰色に沈む通り、紅色に染まるボードウォークのヘリンボーン柄の板……胸が詰まって涙がこみあげてきた。ボブがまさにわたしと同じ思いを口にした。

「ああ、ロッカウェイがなんてきれいなんだろう」

「そうね」わたしは涙声で言った。それ以上言葉が出てこなかった。

「本当にきれいだ」ボブがまた言った。わたしたちはそれきり黙ったまま、雨に濡れる通りに並ぶ家々や海の映像をみつめ続けた。誰もわかりきった質問を口にはできなかったし、しなかった。いつかまたこんな景色が戻ってくるんだろうか？

11　波に乗る

二〇一三年三月〜九月

よく晴れた涼しい土曜日の午前中で、エメラルドグリーンの草原が見わたすかぎりどこまでも広がっていた。わたしはソノマにいて、元夫のエリックと道路沿いのダイナーの外のピクニックテーブルで朝食をとっていた。カリフォルニアではどこでもそうであるように、その店もくたびれたたたずまいから想像するよりずっと料理はおいしかった。わたしは前日の夜に飛行機に乗り、代替エネルギー関連の取材のため一週間ベイエリアに滞在する予定で、翌日は海沿いでサーフィンをするつもりだった。エリックは何年かバンクーバーで働いたあと、サンフランシスコの非営利団体の仕事につき、ソノマに週末のセカンドハウスを買っていた。別れたあと、半年間はいっさい連絡をとらなかったが、その後はメールや電話でちょくちょく近況報告をしあい、エリックがニューヨークに来たときは会ってもいた。この何年かで、わたしたちは本物の友情を取りもどし、それを維持し、楽しんでさえいた。

その朝はエリックがホテルまで迎えにきて、町の郊外の道路沿いにひっそりとたたずむこのダイナーへ連れてきてくれた。近くには青々とした丘に抱かれるブドウ園やスパ・リゾートもあった。エリックは地元産のおいしい食べ物とワイン、美しい自然の景色とサイクリングロード、ハイキングコースに囲まれ、望んでいた暮らしにもっとも近い暮らしが送れていると話した。彼は幸せそうで、一緒にいたころよりリラックスしていて、iPhoneからも目を離せるようになっていた。そしてビーチサンダルにジーンズに極薄のダウンという格好で顎ひげをはやした、完全な北カリフォルニア人になっていた。

「ずっと言ってたものね、もっと自然の近くで暮らしたいって。面白いわ、あなたもあなたのバッファローの友人も結局ほとんどが西部に行きついた」

「うん。ぼくには自明の流れだったんだけど、でもなんだか不思議だよ」彼の丸い大きな目がまわりの草原に負けないほど緑に輝いていた。「ロッカウェイのほうはどう?」

「もう大変」わたしは言った。「あ、うちはだいじょうぶよ」基礎にあいた穴をふさいで、清掃会社に地下室の防カビ処理をしてもらった話をした。「五月末のメモリアル・デーまでに、できるだけボードウォークを修理して売店が開けるようにしようとしてて、ずっと工事してるのよ、昼も夜も。クリーグ灯と掘削機と杭打機で」

「そりゃ大変だね」

「ええ。売店が再開するのは嬉しいんだけどね。ひと晩じゅうガタガタしてるのよ。ほぼ毎朝、起きると壁にかけた絵が全部傾いてるの」

それから何日かして、わたしは霧のなかを出たり入ったりしながらパシフィック・コースト・ハイウェイを走っていた。ときどき、険しい断崖絶壁とその向こうに広がるスチールグレーの海がちらっと見えた。サンフランシスコから南に車で三十分ほどのパシフィカというサーフスポットにレッスンを受けに向かうところだった。数日前にも、ミュア・ウッズ国定公園とポイント・レイズ国立海浜公園のあいだのボリナスという、サンフランシスコから北西に一時間ほどのところでサーフィンを楽しんでいた。その町は知らなかったが、その地域にはなじみがあった。裕福な美食家で、おいしい食事とワインを気前よくごちそうしてくれたエリックの義理のおばが、ボリナスから数キロのスティンソン・ビーチに別荘を持っていたからだ。いつもサンフランシスコのアパートメントからその別荘へと至る、ヘアピンカーブや、先の見えない丘から一気に海までくだる急坂だらけの曲がりくねった二車線の道路を運転する彼女の腕に感心していた。その道中、わたしはびくびくしっぱなしで、険しく美しい景色も目をつぶりそうになりながら見ているありさまだったが、彼女は落ち着いてハンドルを握りながら、平然と近所の野良猫の話や、指導している若いオペラ歌手の話をしていた。

わたしはその道を自分で運転してボリナスまで行って帰ってこようとしていた。恐怖を呑みこみ、自分の運転技術にはなんの問題もないし、ずっとやりたいことを諦めて生きていくわけにはいかないと言い聞かせた。後ろに車の列ができているのに気がついて何度か退避スペースによけながら、どうにかやりとげた。それは結婚しているときならきっとしなかったであろうことだった。

ソノマではエリックと楽しくすごした——彼の暮らしを垣間見て、彼の感じのいいガールフレンドとも会い、おたがいへの気どらない愛情を好ましく思った。もうエリックとのことは過去になったのだとしみじみ実感したが、親密な相手がいない寂しさも感じずにはいられなかった。でもそれと同時に、自分が変わったこと、それにはサーフィンが大きくかかわっていることも実感した。いきなり世界を相手に自分の運命をつかみとる勇敢さと大胆さを手に入れたなんて言うつもりはない。いまでも内気で引っこみ思案で臆病なところは変わらない。変わったのは、サーフィンへの情熱によって、うまくなろうと努力し続けるいっぽうで、できなくても自分を責めずに、とにかくやろうとする気持ちが生まれたことだ。そこに行って、自分でその場所や人を探求し、体験すること。そういう道を最初に示してくれたのは写真だったが、写真を撮るのは外から記録することであり、その場所の一部となってほかの人たちと何かを分かちあうこととは違った。

わたしは、自分がようやくサーファーになってきたのだと感じていた。波を求めて、舗装もされていない穴だらけで怖い道を運転し、そうでなければ行かなかったようなところをめざしている。恐怖心と闘いながら、冒険心があることと無謀とのあいだのちょうどいいバランスを見つけようとしていた。

つい一カ月前、ロッカウェイで出会った友人のブランドン、ダヴィナ、リヴァと行ったプエルトリコでは、そのラインをうっかり踏み越えてしまうことが何度かあった。ある朝、ブランドンと波待ちをしていると、彼が急に沖に向かってパドリングを始めた。数秒してその理由がわかった。輝くターコイズブルーの壁がみるみる水平線に盛りあがりだしたのだ。そのピークはこれまでに来たどの波よりもずっと大きかった。わたしもボードに腹ばいになってそちらへ向かったが、乗り越えられるか怪しかった。近づくにつれ、どうしていいかわからなくなった。タートルロールするか。方向転換して波の前に出て砕けたところに乗るか。方向転換してボードのテールのほうに腰を落として波をやりすごすか。このまま進み続けるか。いくつもの方向に引っぱられたあげく、わたしはおそらく最悪のことをした。凍りついたのだ。大きくなって迫りくる壁を見あげると、そのてっぺんから白いしぶきが降ってきて、そのまま頭上でふっと静止した。頂点にブランドンの姿があらわれた。彼がフェイスをすべりおりてこようとしたところで、わたしを見てやめた。その口が「うわっ」という形に開かれ、「気をつけろ」と表情が言っていた。彼が後ろに落ちると、波のリップが巻いてくずれはじめた。わたしはどうにかやりすごそうとまたパドリングを始めた。ロールしてボードの下に入ると、沸騰する大釜のなかで揉みくちゃにされたが、やがて解放された。起きあがり、ボードをつかんだまま前かがみになると、脳サンゴに囲まれた深さ一メートルほどのところにいて、ふたたび透明な青い壁がこちらに向かってきつつあるのに気づいた。沖に出なきゃ、と思ったが、リーシュコードが海中で何かにからまってとれない。焦って波を見て、リーシュコードを見て、また波を見た。もうそこまで来ているのに動けない。それで深く息を吸い、片手でボードをつかみ、もう片方の手で頭をかばって背中を丸めた。波をまともにかぶって振りまわされ、ボードが持っていかれた。海中で目をあけると、ボードが近くに浮いているのを感じたが、どこだかわからない。太陽の光と泡と掻きまわされた白いあぶくが見えて、胸に圧迫感をおぼえた。焦りはなかったし、本気で溺れる恐怖を感じたわけではないが、波の力で押さえつけられて沈められる、ときに死をもたらすほどの大波の威力をまざまざと感じた。

突然圧迫感が消え、浮かびあがって海面に浮かぶボードが見えたと思うと、さらにべつの波が向かってきた。今度はリーシュコードも引っかからず、パドリングでそのモンスターに先んじることができた。背後でその波が砕け、くずれたホワイトウォーターの力で岸まで押し流された。

海で波にどう対処するかについては、まだまだ学ばなければならないことがある、と思い知らされた。砕ける波の下で背を丸めるのはロッカウェイではよくやっていて、波が小さければ首の後ろにぴしゃっとあたるだけだが、大きな波になるとたやすく骨を砕くような威力を持つのだ。ほかの条件が同じなら、波は大きくなるごとに指数関数的に、基本的には高さの二乗でその力を増していく。つまり、わたしが乗ろうとする最大級の六フィートの波は、三フィートの波の二倍ではなく四倍のパワーを持ち、九フィートの波は三倍ではなく九倍のパワーを持つ。

だからこそ、大波に乗った人が手足を骨折したり、サンゴが刺さったり、麻痺したり、ときには命を落としたりするのだ。波がそれだけの力でぶつかってきて、サンゴ礁や岩礁に打ちつけられたり、海のなかに押しこまれたまま長いこと押さえつけられたりするから。わたしは自分の頭を超えるような波に乗るつもりはないとはいえ、根本の力学は同じであり、もっと波への対処を磨く必要があった。

プエルトリコのときとは違い、カリフォルニアでのサーフィンはこれまでのところ何ごともなく来ていて、ボリナスまで怖い思いをして運転してきたかいがあったと感じていた。ボリナスでは地元の番人が厳しく町を守っていて、当局が道路の重要な分岐点に標識を立てるたびにせっせとそれを抜いていた。そこはごつごつした岩山に囲まれた湾沿いの美しいブレイクで、長くゆっくりとくずれる、ロッカウェイよりも乗りやすい波が立っていた。ボリナスでは、立ちあがってから足の位置を直し、姿勢を微調整してからでも長いライドができた。それは海岸が南向きで、海岸線の引っこんだところに位置しているため風や大きなうねりから守られているからというのも理由のひとつだった。しかし一般に、北アメリカの太平洋岸は、ボリナスのような初心者にやさしいブレイクであれ、初心者からプロまで楽しめるサン・オノフレのトレッスルズのようなところであれ、大西洋岸にくらべてより安定した大きな波が来る。

その理由は第一に、たいていの非熱帯性の低気圧や前線が西から東に移動し、太平洋岸により安定したうねりをもたらすからだ。それに加えて、そのうねりはより長い距離を旅して、東海岸よりも幅の狭い西海岸の大陸棚に到達する。つまり、西海岸の波は一般により大きなエネルギーをたたえていて、それが深海からより急にあがってくるため、より大きさとパワーが生まれるのだ。さらに、西海岸の波のほうが形も質もいいことが多いのは、海に向かって突きだした岬のような地形が多いためで、それが長く安定したライドをもたらしてくれる。

そういうライドをたっぷり楽しめたので、旅の終盤、滞在しているサンフランシスコにより近いパシフィカで、最後にもう一度サーフィンをすることにした。ボリナスとは対照的に、パシフィカは行くのも見つけるのも簡単だった。ブレイクの南端は〈タコベル〉の真下で、その店は世界一ながめのいい〈タコベル〉なのではないかと思われた。北西に面した三日月形の入り江が一・五キロほどにわたって続き、両側の崖で風から守られたそのポイントは、浅瀬がごつごつした岩場になっているビーチブレイクだった。小さくマッシーな波と長くグラッシーな波が両方やってくるので、初心者にもそれよりうまい人にも適していた。わたしは例の〈タコベル〉と食料品店、コーヒースタンド、それにサーフショップが並ぶ小さなモール近くの駐車場に車をとめ、ウェットスーツをぬいだり、車の屋根にボードを積んだり、ボードを脇にかかえてビーチに走っていく男女や若者の群れを縫うように進んだ。

インストラクターの黒っぽい髪の若い男性に会ってわたしのサーフィン歴について話し、ビーチでお決まりのポップアップの練習をやってから、銀色の空の下、深いティールブルーの冷たい海に入った。

左を見ると、ふもとに家が建っている木に覆われた高台が、入り江に対する高い壁のようになっていて、ほぼ岬に近い役割をはたしていた。サーファーたちがその先端部分や少し手前にたくさんいて、そこで盛りあがる波をとらえ、入り江を横切るように乗っていっていた。でももっと沖のほうにも波が盛りあがってくずれているところがあり、岸に近いほうにも海底の構造で波が立っているところがあった。わたしたちはそっちへ向かった。「とりあえずここで様子を見てみよう」インストラクターが言って、海底が岩場のところへ先導した。「その必要がなさそうなら押さないから。でもボードからおりるときは下の岩に気をつけて。昨日、友人がボードからおりるときに足首を骨折したんだ。二カ月は海に入れない」

「わかったわ。平らに落ちるのは得意なの。いまのところそうする以外に止まれないから」

「そう。でも本当に平らにね」

いくつかの波を試してみた。ほぼガタガタで、くさびというよりホワイトウォーターだったが、なかなかうまく立てなかった。「これなのよね」ボードをかかえ、注意して彼のところへ戻りながら言った。「ビーチではうまくできるのに、海に入るとまだまだポップアップが不安定で」

「まあ、いつだって海のなかのほうがむずかしいよ」彼が笑って言った。「でもぼくがいつも言ってるのは、自分の顎に膝蹴りするようなイメージでってことだ」

それは聞いたことのないアプローチだったので、次の波でやってみたらうまくいった。立って波に乗り、例の〈タコベル〉と、ビーチで休む色とりどりのウェットスーツ姿のサーファーたちや犬の散歩をしている人たちがだんだん近づいてくるのが見えた。岸のほうで足首を折る黒い岩が近づいてきたので、後ろ向きに落ちてボードをリーシュコードでたぐり寄せ、歩いて戻った。

「できたわ、すごい。ありがとう！」

「みんな、なぜかこれで足を引きつけるのがうまくいくんだよ」

実際、レッスンのあいだそれでうまくいった。爪先をノーズに、膝を顎に、と思うとおかしくなって、くすっと笑いながら、濡れて砂だらけなのも気にせず車に乗りこんだ。もうすでに軽い筋肉痛になっていた。ポップアップに対する考えかたはいろいろあって、アプローチのしかたも本当にいろいろある。腕で押してジャンプするように一瞬の動作でぱっと立つ方法、腕で押して前の足を突きだし、後ろの足を前にずらす方法、腕で押してまず後ろの足を置き、それから前の足を踏みだす方法……どれかひとつに決めて、もうこれ以上ポップアップのことを考えずにすむようにしたかった。そして、もっと大きくて速い波にもチャレンジできるくらい、すばやく安定して立てるようになりたかったが、ロッカウェイのインストラクターのケヴィンの言葉がよみがえった。彼はある年配の男性の話をしてくれた。その男性はこれまでに見た誰よりも複雑でぎこちないポップアップをしていたが、膝を使って何段階かで立ちあがるそのやりかたが彼にはうまくいっていたのだという。「結局」とケヴィンは言っていた。「自分がどうやって立つかが自分の立ちかたなのさ」

ひと月後、わたしはまた仕事でサンフランシスコに来ていた。わたしにとってはラッキーなことに、カリフォルニアは代替エネルギー産業の事実上の中枢であり、業界をリードする企業が集まるイノベーションの一大中心地だった。太陽エネルギーだけを動力に超軽量の飛行機でアメリカを横断しようとする試みを取材しにきたわたしは、前日に記事を書き終えてその晩の夜行便で帰る予定で、ホテルをチェックアウトしたあと、パシフィカに向かい、ボードをレンタルしてひとりでサーフィンをしてみることにした。

「かわいい水着ね」駐車場でウェットスーツを着ていると、ひとりの女性に声をかけられた。

「それ、ずれないの?」

「どうかしら。ウェットスーツの下にしか着たことないから。でもサーフィン用だからずれないんじゃないかな。カラヴェラの水着よ」

「へえ、いいわね。そこの水着、インターネットでは見たことあったけど店では見かけなくて、素敵だなと思ってたの。今度試してみようかな。じゃあ海でね」彼女はそう言ってビーチへ向かった。


海に入ると、彼女が高台のそばでべつの女性と波待ちをしているのが見えた。かなり沖の、入り江を囲む崖の角に近いあたりだった。わたしはもっと岸側のレッスンを受けていたあたりで待った。そこのほうが波をつかまえられる可能性が高そうだったからだ。いくつか小さい波をとらえ、乗れたことだけでなく、正しく読めたことに嬉しくなった。すると、より大きな波が沖のほうで盛りあがるのが見えた。それは崖のそばで切り立ってピークができ、ショルダーと呼ばれるなだらかで長いスロープがそこからこっちに向かってくる。立ちあがりかたと岸に向かう角度を見て、いまいる場所でその波をキャッチしてもそこそこの距離を乗れると判断した。パドリングしてボードのテールが持ちあげられるのを感じた。いけそう! だが、ちらっと右を見ると、あの駐車場の女性がすでにその波に乗っていて、みるみるこちらに近づいてきていた。退くしかなかった。それからいくつか小波に乗ったあと、また大きな波のショルダーに向かいかけてふたたびゆずった。でも三度めは、波に乗ってやってきた彼女が、わたしがどく前に乗っていいと手ぶりで合図して向きを変え、波の後ろ側に消えた。わたしはその波をとらえ、立ちあがり、どうにかターンもして、海岸線と平行に疾走した。その波の一番速いところに乗ってはいなかったが、それでも岸側で盛りあがる小さな波よりはるかにパワーとスピードがあった。

ボードから落ちてライドを終えると、ボードをたぐり寄せてパドリングでまたもとの場所に戻った。あの女性とその友人は同じ場所にいた。感謝を伝えたくて、彼女がこちらを見ないかと何度も視線をやった。でもその日は、ひとりで海に入って自分のリズムを見つけたし、もう充分やったという気分だった。

サンフランシスコに戻る道中、せっかくのチャンスだったのにと悔やんだ。あの女性とその友人に声をかければ、少なくとも波待ちのポイントくらいはアドバイスしてくれただろうし、ひょっとしたら波に乗るのを助けてくれて、うまく乗れたら声援さえ送ってくれたかもしれない。女性はそういうところがある。海でおたがい助けあう親切さと心の広さがある。それは女性にかぎったことではない。ロッカウェイでは多くの男性も、本来自分のものである波をわたしにゆずってくれるし、どこで波待ちをするのがいいか、どのタイミングでどれだけ強くパドリングすればいいか、アドバイスしてくれる。でもわたしの限られた経験では、男性がたくさんいて競いあったりポジションを奪いあったりしている海にはそういう雰囲気はない。女性が多くいる海では、おたがいをあたたかく迎えて励ましあうような、より遊び心があって楽しい雰囲気がある。「サーフスポットの縄張り意識が強いっていうとき、縄張り意識が強いのは男なんだよね」と二〇〇九年のドキュメンタリー『ザ・ウィメン・アンド・ザ・ウェイブス』に登場するサンタバーバラのティーンエイジャー、レイチェル・ハリスは笑いながら言っている。「よそ者は帰れなんて言う女はいないよ」

数時間後、わたしは心地よい疲れとともに、まだ足の指に砂をつけたまま、ミッション地区のビストロの外のテーブルで、クリーン・エネルギー・ファイナンスの仕事をしている友人のムラートと遅いランチをとっていた。サーフィンはどんな調子かと訊かれたので、いつものように答えた。少しずつうまくなってはいるんだけど、上達が遅くて心もとないの、と。「レッスンのほうがうまくいく感じ。またはロッカウェイ以外のほうが。まあまあちゃんと乗れることもあるんだけど、安定しないのよね」

「どれくらいの頻度で海に入ってるんだい」

「週二回くらいかな。うまくいけば三回」

「じゃあ、よくても半分しか入ってないってことだ。その倍入れるのに」

彼が何を言おうとしているのかはなんとなくわかった。ムラートは金融マンだから、パーセンテージに注目している。でもそれと同時に、二年近く前にカーライル・ホテルでジェイが言ったのと同じことをほのめかしてもいるのだ。〝ボードを買って毎日やらないと、決してサーフィンはうまくならないよ〟

まあそのとおりだけど、と思いながら、プロセッコをひと口飲んで、通りに立ちならぶ赤煉瓦や石灰岩や明るい色合いのヴィクトリア様式のアパートメントやテラスハウスに目をやり、それからまた彼を見た。

彼は月に一度マーリンでやっているダンス瞑想で知りあったという友人の話をした。彼女はボリナスに住んでいて、一年間毎日サーフィンをすることにしたのだという。「やれるかどうか、それでサーフィンとの関係がどう変わるか見てみたくて、ってね」ムラートがそこで言葉を切って、パンをオリーブオイルにつけて食べ、赤ワインを飲んだ。「で、その一年が終わったところで、もう一年やってみることにした。それからもう一年。いまは三年めの途中じゃなかったかな。彼女はそれをブログに書いてるんだ。あとでリンクを送るよ」

「すごい。びっくりね！　だけど、わたしにはそこまでできるかどうか」

「じゃあ、一カ月間毎日サーフィンをするってことなら？」

「ふーん。それならできるかもしれない」

「ぼくも手伝えるかもしれない。というか、おたがいに手伝えるかもしれない。ぼくも何か毎日やりたいことを考えなきゃいけないけど、それで報告しあうんだよ。毎日それをやったか、いつやったかって。べつにくわしい報告じゃなくていい。ただ〝今日は朝サーフィンしたよ〟くらいでいいんだ」

「本当にできるかは考えなきゃいけないけど、でもそれいいわね。あなたにも何かあるの？　やりたいのにやってないこと」

しばらく黙って待っていると、通りに目をやって考えていた彼がぱっとこちらを見た。「書くこと！　ずっと何か書きたかったんだ。とくにこれっていうんじゃないけど、考えてることとかちょっとしたエピソードとか、そういうのを書きとめたかった。でもなかなか時間を見つけられなくてさ」

「いいじゃない、それ！　でも少しだけ考えさせて。すぐ返事するから。いつから始めるか、とかもね」

数時間後、わたしはニューヨークに帰る夜行便の搭乗を待ちながら、あと一、二週間で始まる五月の一カ月間、ムラートとの実験をやってみようと決意を固めつつあった。その日の夕食はフィルモア地区のエリックおすすめの小さなレストランに行った。小皿料理専門のその店はとても混んでいて、オープンキッチンに面したバーの立ち席でも四十分待ちと言われた。ニューヨークなら絶対に避けただろうが、ここでは不思議と平気だった。近くの気楽なバーで待つよう案内され、あいたら電話で呼んでくれた。デート中の若いカップルや、しきりに写真を撮ったりメモしたりインスタグラムに投稿したりしているフードブロガーらしきほかのお客と狭いスペースで肩を寄せ合い、おしゃべりをして、カクテルパーティで昔からの友人とするみたいに小皿料理を分け合いさえした。知らない人とそんなに親しくするなんていつものわたしらしくなかったが、とても楽しかった。サーフィンでも、たまには違うことをやってみるのもいいかもしれないと思った。それに少なくともひとつたしかなことがある。一カ月後、サーフィンがへたになっていることはない。

その一カ月間も終わろうとしていた。家にいなかった週末の何日かと雷の一日をのぞいて、わたしは毎日サーフボードに乗った。ムラートに報告しなければならないことで勤勉さが増したのは間違いない。約束を撤回したり、途中で脱落したりするのはいやだった。報告はひと言だけのメール――〝サーフィンした！〟〝書いた！〟――のこともあれば、もっと長いこともあった。毎日やると決めて努力するという単純な誓いを立てることが驚くような深い効用をもたらしてくれるという気づきだったり、今日はサーフィンできなかった、書けなかったと認めることだったり（その場合は明日こそやると誓うことも忘れなかった）。誰かに約束するという行為で責任感が生まれた。ムラートに対する責任もだが、それ以上に自分に対する責任だ。やると言ったことを自分にちゃんとやらせ、やらなかったときは言いわけしたり、今日はやめておいたほうがいい理由を並べて正当化したりせずに正直に認めさせる効果があった。仕事や人づきあいの予定も、海に入るかどうかではなく、いつ海に入るかをもとにして立てるようになり、その小さいようで大きな変化の結果、残りの生活がより計画的で規律正しいものに変わった。

わたしにとってちょうどいい腿くらいの高さでクリーンで乗りやすい波が立っていて、うまく角度をつけてキャッチし、立ちあがってラインに乗っていける日もあった。波がガタガタでざわついている日は、まとまりのないなかから乗れる波を見分ける練習をした。波がない日はパドリングを繰りかえし、いまだにポジションにつくのが遅くて波を逃すことがあったので、すばやく方向転換する練習をした。海に出てみたら波が自分の能力を超えている日も何日かあったが、そういうときは誰かの邪魔にならないホワイトウォーターのところでポップアップの練習をした。

一度、ほとんど誰もいないブレイクで沖を見て波を待っていたら、ディープブルーの海面に暗い影があらわれて盛りあがってきたが、乗れそうなピークにはならなそうだった。するともっと沖で、数ヤードの間隔でふたつの波が盛りあがるのが見えた。そのふたつをじっと見て、どちらのほうがいいか、どちらが先にピークが立つかを見きわめようとした。ふたつが近づいてきてもまだ見くらべていた。こっち？　それともあっち？　こっちのピークのほうが近いけど、あっちのほうがよさそう。待って、あそこにもピークができかけてる。とそのとき、突然、存在に気づいてもいなかった、ピークの形もいい完璧な波が目の前にあらわれた。わたしはあわてて方向転換し、フランクの檄《げき》──全力で！──を脳内で聞きながら必死にパドリングした。が、遅すぎてその波を逃してしまった。迷っていたふたつの波も、結局あまりいい波にはならなかった。遠くの波がどうなるかに夢中になりすぎ、考えすぎ、完璧を期そうとしすぎて、すぐそばのことに目がいかず、全部ふいにしてしまった。

一カ月が進むにつれ、うまくなってきた気がしていた。でもある週末の午後、リヴァとブランドンとダヴィナと一緒に海に入っていたら、みんな波をキャッチしてすいすいと乗り、その合い間にしゃべったり笑ったりしているのに、わたしはいっこうに波をキャッチできなかった。いらいらして海からあがり、ビーチにすわってよくよ考えた。歯がゆさと恥ずかしさでいっぱいだった。どうしてみんなには簡単なのに、わたしにだけこんなにむずかしいの？　できるはずなのに、どうしていままできないの？　まるで、毎週の作文の授業の前夜にかならず不安で癇癪を起こしていた小学二年生のときに戻ったみたいだった。「でも木曜日に何も浮かばなかったらどうするの？」そう母に訴え、部屋を歩きまわり、人形を振りまわしながら、創作の能力がいつでも出てくるわけではないと文句を言った。「火曜日にいいアイデアが浮かぶかもしれないでしょ」「ほんとに心配性ね」母が落ち着いて言った。「静かにすわって、焦らず辛抱強く待っていれば、何か浮かんでくるわ」

いつも母が正しかった。いつだって何か浮かんできた。それなのに毎回、何も浮かばないのではないかと不安がっていた。

その日、わたしは母のアドバイスを思いだし、静かにビーチにすわって、自分への辛抱強さを呼びおこそうとした。海を見ていると、やがて波が何かおかしなことをしているのに気がついた。突堤の先端近くのラインに沿ってピークが立ち、途中で一度くずれたあと、ふたたび新しいピークが立って、岸近くでまたくずれていた。ホワイトウォーターならキャッチしやすい——ちょうどくずれるところで波をとらえてそのまま乗っていれば、浅瀬で新しくできる波に乗れるのではないか。それがうまくいき、わたしはまもなく波打ちぎわで砕ける小さな波にゆったりと乗って、左右にターンさえしながら岸へと進んでいた。

「おお、スタイルがあるね」海からあがろうとしたブランドンにすれ違いざまに声をかけられた。

べつの日の朝は、波がなかったのでサーフィンには期待せず、いつもの基礎練習をしようと思っていた。パドリングを百回、ボードにまたがった姿勢になる、ボードに腹ばいになる、ふたたびボードにまたがった姿勢になる、逆方向に方向転換、方向転換、ボードに腹ばいになる、の繰りかえし。何回かそれをやったところで、水平線の手前あたりで濃いブルーの海面に紺色の影ができているのが見えた。それはこちらに向かってくるとくさび形に盛りあがり、そして上部がえぐれていった。波だ。ピークを探してパドリングで近づき、起きあがり、方向転換してまた腹ばいになると、ほんの何搔きかですっと立ちあがって岸に向かって加速していた。最高の気分だった。ひとりでブレイクにいたら、突然波が立って、何度か誰にも気がねなく簡単に乗ることができたのだ。

何かの目標に向かっているとき、ときには姿勢を変えて、できないことにこだわるより、できることに目を向けることが結果を変える第一歩なのだとわたしは学びつつあった。海にたくさん入ることで、どうせ入るならそのとき何が得られるかに注意を向けざるをえなくなり、その結果、気づくとうまくなっていた。そして、どうやら自分のスタイルらしきものも出てきていた。

月末までに三十一日のうち二十一日は海に入った。いつもよりは多かったが、まだ物足りなかった。それでムラートとの約束を延長し、六月は毎日海に入った。ときには一日二回入ることもあった。人生最高に体力がつき、この何十年かで一番痩せ、そんな自分自身に心から満足していた。サーフィンでは半分以上立てるようになり、立ったときのポジションが悪ければ足をずらして調整できるようになった。多少かっこよくなかったかもしれないが、気分はよかった。

ロッカウェイもだんだんよくなってきていた。A系統がようやく全線復旧して、満員のシャトルバスでの長い通勤から解放された。家がガタガタ揺れて落ち着かなかった二十四時間ぶっとおしの突貫工事もやっと終わった。ボードウォークはなかったが、海岸に並ぶハイテク土嚢の列を見おろすコンクリート部分に食べ物や飲み物の売店が復活した。土嚢は新たにかさあげする砂浜を補強するもので、ボードウォークとビーチを再建して今後の嵐にも耐えられるよう強化する複数年計画の第一段階にすぎなかった。ただし科学者や活動家や一部の議員らは、海面上昇や気象災害の激化によって海に呑みこまれてしまうかもしれない沿岸部を再建することが賢明なのかと疑問を呈していた。

それでもわたしの気分は上々だった。ビーチの暫定的な設備に加えて、ボブの家のそばの駐車場に白いジオデシック・ドームができたのだ。仮のコミュニティ・センター兼アートやパフォーマンス用のスペースとして、〈MoMA PS1〉のクラウス・ビーゼンバックがフォルクスワーゲン社の協力でつくったものだった。さらに、目抜き通りには〈セイラズ〉というワイン&タパス・バーもできた。ロッカウェイ・ビーチで育った女性が共同オーナーのその店では、スパークリングワインとミートボールがメニューにあった。

そのころのある土曜の夕方、わたしはボブとジュールズとポーチで合流して、そのドームで開かれるダンスパーティへ行った。晴れているが暑すぎない完璧なロッカウェイの一日で、わたしは二回サーフィンをしていた。夜明けのパトロールと呼ばれる早朝の一回と、屋台のフィッシュタコスをお昼に食べたあとの一回だ。そのあと、ボブの家のポーチでのんびりしているとき、ジュールズの友人で数ブロック先のアパートメントをシェアしているというイタリア人たちと知りあった。そのなかのひとりのジョルジオという男性がわたしに興味を持ったらしく、自分もそのパーティに行くと言った。ハンサムで軽薄そうな、ウェーブのかかった赤っぽいブロンドの髪のサーファーだった。

着いたのは日暮れの一時間ほど前で、もうドームのなかも、外のテラスのピクニックテーブルも人でいっぱいだった。ジーンズに白いTシャツと白いブレザー姿のジョルジオがわたしを見てやってきた。年代もののライカの三十五ミリっぽい小さな黒いカメラを白いコットンの紐で首からかけていた。

笑顔で近づいてきた彼に「いいカメラね」とわたしは言った。

「ありがとう。祖父のカメラなんだ」

「素敵だわ。あなた、カメラマン?」

「いや、ただ写真を撮るのが好きなんだ。〈ヴェジー・アイランド〉の人と話してて」彼が〈ロッカウェイ・タコ〉のそばの小さな食料品店兼カフェの名を口にした。「ぼくが撮った嵐のあとの写真を飾ってもらえそうなんだ。よかったらそのうち見に行ってよ」

「ええ、ぜひ行きたい。嵐の直後は少しだけ写真を撮ったんだけど、そのあとはもう撮れなくて。あまりにひどいありさまだったから。でもだいぶよくなったわよね。ここも素敵だし」

しばらくおしゃべりしていると、知りあいがわたしに声をかけてきて、ジョルジオは写真を撮りに離れていった。わたしはダヴィナとそのルームメイトのグレッグ、ボブとジュールズ、そのほかたくさんの知りあいとわいわい楽しんだ。高校の同窓会みたいだった。ミラーボールのキラキラしたピンクと紫のライトに照らされ、みんなが笑顔で再会を喜びあっていた。嵐のあと垂れこめていた霧がようやく晴れたようだった。そのあとまた、レゲエの曲に合わせてゆったり身体を揺らしているジョルジオに再会した。彼は北イタリアの小さな町の出身で、数年前にニューヨークに移ってくる前はヨーロッパでスノーボードをしていたと話した。こっちではロウアーイーストサイドに住んで、サーファーのグループと仲よくなったのがきっかけでサーフィンを始めた。いまもときどき州北部でスノーボードをしているが、サーフィンにすっかりはまってロッカウェイに引っ越してきたのだという。

「どっちのほうが好き?」わたしは尋ねた。

「それが面白いんだけど、まだスノーボードのほうがサーフィンよりうまいのに、サーフィンのほうが好きかもしれない。より大事なものに感じるっていうか」

「スノーボードはやったことないんだけど、スキーなら少しやったわ。もちろんうまくないけど」わたしは笑った。「まあサーフィンもあんまりうまくないいんだけどね」

「スノーボードをやってみるといいよ。楽しいし、いまはサーフィンをやってるからきっとおぼえやすい。ところで、いま誰かと付きあってる？」

「ううん、シングルよ」

「ほんとに？　ありえないな」彼が一歩さがって目を丸く見ひらいてみせた。

わたしは笑いだした。「でもそうなのよ、なぜか」

彼が身体を近づけ、わたしの腕をそっとなでた。そして、ドームのまんなかで、回るミラーボールの下、わたしにキスをした。ティーンエイジャーに戻ったみたいに、どきどきしてうっとりして期待に胸がふくらんだ。

その一時間ほどあと、わたしはダヴィナと外のテラスにいて、すごく楽しいパーティだけど、アルコールがあればもっと楽しいのにと話していた。「じゃあ買ってくる？」とダヴィナが言った。

駐車場の向かいのバーが目に入った。「フローズン」わたしは言った。「フローズンを持てるだけ買ってきてみんなに配るのはどう？」

「いいアイデア！　行きましょ！」

テラスも人でいっぱいだったが、バーの店内もごったがえしていた。「何杯買えばいいと思う？」人ごみを掻きわけつつ、わたしは喧騒に負けじと声を張りあげた。

「うーん、八杯？　片手に二杯ずつなら持てるんじゃない？」

ドリンクを買い、小さな発泡スチロールのコップを危なっかしく口で押さえ、「すみません！」と叫びながらどうにか混みあうバーの外に出た。

テラスに戻り、やれやれと見まわすと、さっきよりも人の密度が増していた。「ちょっと、どうする？」ダヴィナが笑って言った。「これ全部わたしたちで飲まなくちゃいけないかも」

バーテンダーをしていて、スケートボードに乗って大きな太った茶色の犬に引っぱられている姿をときどき見かけるミック・ジャガーにやけに似たサーファーが、わたしたちを見て笑みを浮かべた。「道をあけてほしいかい？」

「ええ、そうしてくれるとすごく助かる」ダヴィナが言った。

すると彼が振りかえり、口に手をあてて叫んだ。「道をあけろ！　フローズンを運んでるふたりのゴージャスな女の子のために道をあけろ！」奇跡のようにテラスの人々が左右に分かれ、道ができた。そして突然、わたしはフローズンを運ぶゴージャスな女の子になっていた。実際にゴージャスかどうかは関係なく、とにかくそういう気がした。

彼が振り向き、白い歯を見せた。「さあどうぞ」わたしたちはお礼を言ってドームに向かい、ドリンクを揺らしながらくすくす笑った。「ボブを探してくる」なかに入るとき、わたしは言った。「これを全部こぼさないで踊りながら彼のところまで行けるかやってみるわ！」ダンスフロアでみんなと合流し、ドリンクを配って乾杯し、音楽に合わせて一緒に身体を揺すった。ひと息入れようとしたところで、その夏のお気にいりだったダフト・パンクの〈ゲット・ラッキー〉がかかり、そこで帰るわけにはいかなくなった。満員のダンスフロアで、ロッカウェイで会ったすべての人と踊っている気分になった。誰もが誰かのまわりを回っては、グループやパートナーと合流し、分かれ、またべつのグループになり、ダンスフロアで繰りひろげられる祝祭の一部となっていた。

曲が終わり、汗だくでテラスに出たところでジョルジオに出くわした。ボブとジュールズが帰ろうとしていたので、わたしたちも一緒にボブの家へ行った。ビールをとりに家に入り、冷蔵庫から振り向くと、ジョルジオがわたしの背中に腕を回してキスをし、それからいきなりわたしのシャツをまくりあげてブラをおろし、乳首に舌を這わせた。身体に電流が流れ、彼の行動の早さとダイレクトさに面食らいながら、同時に興奮もおぼえた。

「ちょっと待って」彼の顔を手で持ちあげ、服を直しながらその目を見て訊いた。「あなたは？いま誰かと付きあってないの？」

「ガールフレンドはいるけど、でも心配しなくていいよ。明日別れるから」

「そう。じゃあそれまでは先に進むのはやめておきましょ」

それから二カ月近くあと、わたしは夕暮れの海でジョルジオとサーフィンをしていた。もうすぐ一時間がたとうとしていたが、波がよくてなかなか帰る気になれなかった。彼は本当にガールフレンドと別れ、わたしたちは何度か寝たものの、友達以上恋人未満の関係に落ち着いていた。一緒に夜明けのパトロールで海に出たり、ときどきA系統に乗ってマンハッタンへ行ったり、夕方のサーフィンのあとうちで夕食を食べたり、元気で食べ物にうるさい彼のヨーロッパの友人たちとわいわいやったりした。ジョルジオは面白くて愛らしくて毎日を楽しんで生きていた。わたしも一緒にいて楽しかったが、少なくとも十五歳は年下で、はじめから真剣な恋愛にならないのはおたがいわかっていた。

日が暮れて海が淡い翡翠色からピンクがかった青、スチールグレー、そして漆黒に色を変え、波頭が満月に近い月に照らされていた。暗いなかで波に乗るのは神秘的で魅了されたが、まもなくあがる時間が来た。わたしは疲れておなかがすいていたし、ジョルジオは翌日メキシコへ発つので荷づくりをしなければならなかった。ふたりで一緒に海からあがり、肩を並べてボードウォークを歩いた。街灯の明かりがすべてを古いセピア色の写真のようなざらっとした琥珀色に染めていた。わたしたちは別れのハグをし、濡れた頰と頰を合わせ、べつべつの方向を向いて歩きだした。

夏も終わりに近づいたある晴れた日、わたしはまたモントークのディッチ・プレーンズにいた。ブレイクは人でいっぱいで、波に乗ろうにも空いたスペースがほとんどなかった。ここがこんなに混んでいるのは見たことがなかったので、サーフィン・エリアの端ぎりぎりの、ライフガードが守っている海水浴客用の海域のそばまで移動することにした。

わたしはブレイクを横切るように進んでいった。行き先に目を向けて五頭のイルカのロゴの上で胸をしっかりあげ、強くたしかなストロークで、ほかのサーファーが見ているのも意識しながら。もうすぐ人ごみが切れるというあたりで、視界の隅に影が映った。見ると波だった。岸に向かって斜めにスピードをあげて進むと、ちょうどのタイミングで波をとらえられた。素敵なアクアマリンのくさびがわたしをすーっと運んでいき、急に深くなるところで小さくなって消えた。ついに、ぼうっとすわって見ているほかのみんなの目の前で、波に乗るのがわたしになったのだ。

戻ったときには少なくとも十人のサーファーがその場所に来ていて、もう一度波に乗る道はもうなくなっていた。でも、わたしはもう波を見分けて乗れるし、ほかのサーファーと互角に競える、パドリングで競争して勝てると思うと、もっと乗ろうとする自信が出てきた。

こういう人生もいい。海からあがり、ビーチを出て、わたしのサーフィンの冒険が始まった場所であり、いままた滞在している黄色いコテージへと道を渡りながら思った。町の反対側のロブスターを生け簀で売っている店に夕食の材料を買いに行き、農産物直売所で時季の終わりのトウモロコシがないか探してこようか。そのときふと思った。最初はぼんやりとだったが、どんどんはっきりと強く。このままでいいのではないか、自分の子供を持つことでそれをひっくりかえさなくてもいいのではないかと。もう何年も、はたされない誓いにずっと苦しめられ、自分は願いをかなえられなかった、すべきだったことをなしとげられなかったという思いにつきまとわれてきた。でももうあまりそういうふうに感じなくなったし、離婚後に精子提供を受けて試みた三回の体外受精が失敗に終わったときに襲われた敗北感さえ克服できた。自分の卵子で妊娠することは諦めざるをえず、その後母親になろうとする計画は棚あげにした。嵐のあとも日々を乗りきるのに必死で、長期的に何かを考えることはできなかった。

そして嵐の痛手から立ち直り、自分の将来と向きあう余裕が戻ってきたいま、わたしは卵子提供というオプションは捨て、養子をもらうことを考えていた。いつごろからか、母親になることこそが自分の望みであり、パズルの足りないピースであり、幸せの基準であり、朝起きる理由であり、目的意識と充実感をもたらしてくれるものだと信じこんできた。

でもわかってきた。たぶん知らず知らずのうちに、確実に意図してのことではなかったが、わたしには失いたくない何かが生まれている。わたしは願いを諦め、努力をやめる決断をしようとしている。子供を持つ親にしか経験できない強い愛情や結びつきを知ることができないのを、母がわたしを育ててくれたように誰かを育てることができないのを後悔するかもしれない。でも、望みの一部はべつの形でかなえられるかもしれないし、それで充分なのかもしれない。

12 引き寄せられて

二〇一三年九月〜二〇一五年四月

レッスンの最中だというのに、わたしはサーフボードに乗って浮かんで見ていた。ケープコッドの海岸の冷たいサファイアブルーの海には腰の高さの波が立ち、穏やかに砕けては岸に打ち寄せていた。メディア業界におけるわたしの師が、長年付きあったボーイフレンドとその週末にプロヴィンスタウンの別荘で結婚するというので、わたしはもちろんそのついでにサーフィンをすることにした。子供のころにケープコッドのそちら側ではすごしたことがなく、手つかずの自然の美しさと、垂直な崖が海に向かって落ちこんでいる荒々しいカリフォルニア・スタイルのビーチに魅せられた。わたしは短い茶色の髪で痩せて背の高いインストラクターのガスという男性に、最初は一緒に波を見てくれないかと頼んだ。ピークを読んで入るポイントを見きわめるのと、右の波か左の波か見分けるのがもっとうまくなりたいと思っていたからだ。

でもその瞬間はレッスンそっちのけで、ほんの数メートル先の海面からひょこひょこ顔を出す大きな茶色の目と長いひげの生き物に気をとられていた。それはアザラシで、なかには子供もいた。

「この時期はたくさん見かけるよ」〈ファンシーカーズ〉というスクールのガスが教えてくれた。

「ある種類のアザラシはいまの時期に子供が生まれるから、そこらじゅうにいるんだ」

ロッカウェイではクジラがジャンプしていたし、砂浜で日向ぼっこをしているアザラシをときどき見ることはあるが、こんな光景ははじめてだった。「海のラブラドールだよ」シリコンバレーで育ったある友人は、サーフィン中に見かけるアザラシのことをそう思っていたと話した。

「波待ちをしてると寄ってくるんだ」

アザラシがいると癒やされると彼は言っていて、それはわかる気がした。子犬のようなくりくりした目と好奇心いっぱいの態度、気立てのよさそうな雰囲気に遊んでほしそうな様子は、かわいいしそばにいて安全だと感じる。もちろん、かならずしもそうとは言いきれない。アザラシがいるところには、それを狙って海域をうろうろしているサメもいる可能性があるからだ。数週間前にザ・ニューヨーカー誌で〝恐怖の岬〟と題したアレック・ウィルキンソンの記事を読んだばかりで、それはプロヴィンスタウンの隣のわたしがいまサーフィンをしているところからも遠くないトゥルーロの海岸でサメを追跡する取り組みについて書かれていた。研究者は二〇〇九年以降、約三十四のホホジロザメにタグを取りつけてその行動を追ってきたが、そのうちの一匹でジュリアと名づけられたメスのサメは、二〇一二年にトゥルーロの海岸で七百五十回以上信号をキャッチされていて、その三分の一は岸の近くだった。ジュリアは翌年の春も同じエリアに戻ってきて、七月以来定期的に探知されていた。サメは〝すべての獰猛な大型生物と同様、われわれの世界の謎めいた制御不能な部分の象徴である〟とウィルキンソンは書いていた。〝正体のわからない衝動や人影が心に忍び寄るように、ホホジロザメは海を忍び寄ってきて、突然、しばしば破壊的な形でその姿をあらわす。彼らの好きなときに、われわれではなく彼らの都合で〝ウィルキンソンはさらにこう付け加えていた。〝膝より深い海に入ったら、あなたも食物連鎖の一部になるのだ〟

わたしたちはその日、確実に膝より深い海に入っていたので、ジュリアでもそれ以外でも、この海域をうろついているサメがずっと沖にいて、もうおなかがいっぱいであるのを願わずにはいられなかった。最近カリフォルニアへ行ったあと、パシフィカで子供のホホジロザメがカヤックで釣りをしていた男性を襲い（男性にさいわい怪我はなかった）、八月にサメが目撃されたためスティンソン・ビーチが一時閉鎖されていた。恐怖を口にすることでますます想像がふくらまないようにガスには何も言わなかったが――あの三角の背びれが見えないかとちらちら沖に目をやるのをやめられなかった。『ジョーズ』を見た夏以来、あのひれの形が頭から消えず、水に入るだけでプールでも怖くてすぐにあがりたくなったものだった。

波を読めるようになりたいという目的のひとつは、どちらに行けばいいかをもっとよく見分けられるようになることだった。ロッカウェイでは基本的にほぼすべてが左の波だが、ときどき右に行ってうまく乗れている人を見ることがあり、わたしはいまだにピークの見分けかたがよくわからなかった。

「場所によっては、ビーチブレイクではとくにだけど、波にはっきりしたピークがないこともある」ガスが言った。「そういう波では左右どちらにも行ける。ただ、それでもたいていは左右どちらかのほうが逆よりいいライドができるけどね」

しばらく一緒に波を見ていると、だんだんわかってきた。波にピークができるときは左右両方がスロープになっているが、たいていはどちらかのほうがより長くしっかりして見える。そっちが行くべき方向ということだ。

「オーケー」わたしは言った。「自分で読んでみるわ。でもいい右の波が来たら教えて。右のターンも練習したいと思ってるから」

しばらく見ていたが右の波はいっこうに来ない。それで左の波に乗ろうとしたが、キャッチしようとしてみたら急すぎる感じがしてやめることが何度か続いた。

「いまの波は乗れたと思うよ」二回めにそういうことがあったあとでガスが言った。

「急すぎる感じがしたの。パーリングしそうで」

「そうか、なるほど。きみはボードのいい位置に乗れてるし、波のいいところに入ってる。ただボードを進む方向に向けて、立ちあがるときは下を見ないで顔をあげるようにしてごらん。それで急に感じなくなると思うよ」

次の何回かそうしてみたらうまくいった。下を見ていないと、波がとらえやすく、乗っていて楽しく、ロッカウェイでよりも長く立っていられた。わたしは気分がよくなって右を待つことにした。右の波に思えるものが来たので、ガスにも右だと確認してもらい、ボードを右に向けてパドリングを始めた。後ろを見てまだピークが立っているのをたしかめ、力をこめて掻き、そして波をとらえた。ボードがすべりだすのを感じて立ちあがると、さらに少しターンして、ラインに乗って進んでいった——左に。

ライドを終えないうちからおかしくて笑いだしてしまった。戻るとガスも笑って首を振っていた。「わかってる、わかってるわ。左に行っちゃった」

「きみはそっちに行くようにプログラムされてるみたいだね」

「そうね、左に行かないと身体がサーフィンしてると認識しないみたい。根気よく自分に教えこむしかないわね」

さらに何度か挑戦したすえに、とうとう右の波に乗って右に行くことに成功した。それはすばらしかった。ロッカウェイでグーフィーの人がみんな言っていたことがようやくわかった。左に行くのが気持ちよくないというわけではないが、右に行くのはとてもしっくりきた。フロントサイドで乗ると、より波との一体感が増す感じがした。

晩秋のある夜、わたしは二階の仕事部屋でコンピュータに向かい、好きなことやどんな関係を望むかの選択肢にチェックを入れ、アクティブで幸せそうな自分の写真——アートギャラリーのオープニングパーティでの一枚、ある夏の日にボブの家の庭でかわいいワンピースにサングラスをかけて笑っているところ、モントークで波に乗っているところ——を何枚かアップロードした。

たっぷりサーフィンを満喫して熱いシャワーを浴びたあとの、宇宙の流れのなかにいるような穏やかでくつろいだ気分だった。

わたしは友人のすすめにしたがって、出会い系サイトに登録してみることにした。「新しいアプローチをしてるの」彼女はもうひとりのシングルの友人とのディナーの席で言った。「ただ写真をアップするの。長々と質問の答えを書いたり、自己紹介を書いたりしないで。どうせ男は写真にしか目がいかないんだから。写真が気にいれば連絡が来るわ」

まわりが恋をしている人やそうなりそうな人だらけで、わたしは少し前のちょっとした付きあいでの誰かに関心を向けられることや一緒にいる感じやセックスが懐かしかった。ボブは頭がよくてきれいで愉快なジャーナリストの女性と真剣交際に入ろうとしていた。以前ボブの家に間借りしていて、わたしにラム・フローターのおいしさを教えてくれたジョンも愛を見つけたようだった。ブランドンとダヴィナもまだ付きあっていて、より愛が深まっているようだった。ケープコッドのサーフィン・インストラクターのガスさえ、レッスンのあとデートに出かけていった。真剣に相手を探そうとしているわけではなかった。ただ変化がほしかった。それでたいした期待もせずにプロフィールを登録してどうなるか待ってみた。

それほど長く待つことはなかった。たくさんの反応があり、いくつか有望そうなものもあったが結局は何もなかった。でもひとりだけ、ある歳の近い男性とは何度もやりとりした。相性がいいのかはわからなかったが、もう心をつかまれていた。〝あの写真！〟というのが彼からの最初のメッセージで、モントークでサーフィンをしている写真への反応だった。彼はトッドといい、バスケットボールが趣味のスポーツマンでクリエイティブなところもあり、時間があるときは写真を撮っているというので、おたがいに共通点がいくつかあった。彼はアイオワの農家育ちだが、カリフォルニアのベイエリアで暮らし、いまはブルックリンに住んでいた。そして人を助けることに興味があるというのも惹かれたところだった。

というわけで、一月の最終日、わたしはタイムズスクエアのA系統の駅の階段を駆けおりながら、つまずいてまっさかさまに転げ落ちないよう願っていた。誰だって最初のデートに傷だらけであらわれたくはない。その日は仕事が遅くなり、約束に遅刻しそうで、トッドに仕事人間の付きあっても楽しくない女だと思われるのではないかと不安だった。少なくとも地下鉄内にも携帯電話の電波はあったので、連絡はした。

レストランに着くと、ドアのすぐ内側で待っている彼の姿が外から見えた。写真どおり——うん、それよりキュートだわ、と思った。髪は短い茶色がかったブロンドで、身長はわたしと同じくらいだった。ジーンズにスニーカー、紫色のスウェットシャツにカラフルなポニービーズのネックレスをしていて、どういうスタイルなのかはよくわからなかったが、ともかく独自のスタイルがあるのはわかった。

ドアをあけ、彼に向かって言った。「どうも、遅れてごめんなさい」そして手を差しだした。

「ダイアンよ」

彼のあたたかな栗色の目がわたしを見て大きく見ひらかれた。「なんと、写真以上に美人だね」それから「でもだいじょうぶ。だんだん慣れるから」と付け加えた。

悪くない初対面だわ、全然悪くない。

テーブルが用意できるまで待たなければならず、彼はもうビールを手にしていたので、わたしも買ってくるわと言った。混みあうバーで待っているとき、彼が見ているのがわかって、早く順番が来ないかと願った。ようやくドリンクを買って戻ると、数分でテーブルに案内された。

メニューを開いた彼が、ほぼ瞬時に言った。「もう決まったよ」

「え？」

「フィッシュタコスにする。一年間オークランドに住んでたときに食べるようになったんだ。それから大好物になって、メニューにあるとほぼかならず頼むんだよ」

「へえ、偶然ね。わたしもそうなの。一年間パロアルトに住んでたときに食べるようになって。アパートメントのそばに〈ワフーズ〉があったから、それだけ食べてればいいっていうくらいだったのよ。じゃあわたしもそれにしようかな。いい？」

「いいよ、もちろん！」

「ロッカウェイにもフィッシュタコスがすごくおいしい店があるの。ぜひそのうち食べにきて」

デートはその後もうまくいったと思う。トッドは夏に継父の農作業を手伝い、十二畝用の中耕除草機の運転をおぼえたこと、ミシェル・フーコーやジャック・デリダやカール・マルクスが好きなこと、平和部隊で二十七カ月間ボランティアをしていて、派遣されたフィリピンの小さな町の方言をおぼえて通訳ができるくらいになったこと、一九九〇年代に左翼活動団体でロウアーイーストサイドの市民菜園を守る運動をしていたことなどを話してくれた。彼は面白くて頭がよく、やさしそうだった。さらに、知らずにどこかで会っていたかもしれないとわかった。トッドはニューヨーク市のバスケットボール・リーグでプレーしていて、そこには出版関係者もたくさんいたので、バスケットボールを通じてわたしの知りあいの多くを知っていた。

「彼らからたくさんの言葉の発音を教わったよ」トッドが言った。「文字で読むだけで、誰かが口に出すのを聞いたことがなかった言葉があってさ。小休止《レスピット》とか。ずっとレスパイトだと思ってたんだ」彼が笑って言った。「ほら、〝豚のえさやりを小休止したい〟なんてぼくの育った小さな町では誰も言わないから」

それから何度かデートをして、フォートグリーンのバーでいちゃついたりしたあと、ある夜、彼がロッカウェイへやってきた。「コンドームは持ってきたよ！」彼は会うなり陽気に言った。わたしたちはカウチに倒れこみ、キスをし、愛撫し、身体を押しつけあった。二階にあがって、彼の前で裸になっても緊張せず楽にしていられることと、彼のスポーツマンらしい筋肉の盛りあがりやへこみが身体にしっくりくることに驚いた。これなら慣れるかも、と眠りに落ちていきながら思った。翌朝目をさましたとき、トッドから聞いたマイク・タイソンの言葉が浮かんだ。〝みんなあれこれ考えてるものさ。パンチを食らうまでは〟そう、わたしはパンチを食らってしまった。

夏の終わりごろのある平日の朝、ダヴィナに起こされて海に行った。ふたりとも最近あまりサーフィンをしていないと話していて、習慣を取りもどそうと彼女は決意したのだ。わたしは新たに手に入れた中古のスチュワートのサーフボードにまたがっていた。スチュワートは一九七九年にビル・スチュワートがラグナ・ビーチで始めた会社で、ショートボードのパフォーマンス性能をロングボードのデザインに取りいれたことで知られている。西海岸への出張のついでに〈クレイグリスト〉を通じてある男性から買ったものだったが、それを持って帰るためのボードケースもバッグも持っていなかったので、〈ホーム・デポ〉でパイプ断熱材と梱包用テープとエアークッションを買ってきて梱包しようと思った。が、取材が長引いて、ロングビーチの空港への道で渋滞につかまってしまった。結局、レンタカーを返す前に給油に寄ったガソリンスタンドでボードを梱包するはめになった。日暮れ前で、わたしは地面に置いた九フィート四インチのボードに、風にはためいて回転草みたいに転がっていきそうなエアークッションを苦労しながらぐるぐるに巻きつけていた。その作業中、ふたりの怪しげな男性が、ガソリンスタンドを見おろす集合住宅からこちらに向かってくる坂道で言い争っているのに気づいた。そのひとりはハンドルを持って自転車を押していた。

「おまえのチェーンなんか切ってないって言ってんだろ！」ひとりが言った。

「だといいけどな。もしおまえがやったってわかったら、おまえを切ってやる！」

「おれのせいにするんじゃねえって！」ひとりがもうひとりに詰め寄った。

「チェーンを切ってないなら心配しなくていい。切ったんなら心配したほうがいいぜ」

ふたりは言い争い、胸を突きあわせて威嚇しあいながらだんだんこっちに近づいてきていて、もうすぐそこにいた。ひとりが相手を押し、もうひとりが押しかえした。

わたしはふたりを見あげた。「失礼、おふたりさん。どこかよそで喧嘩してくれないかしら。ここでボードを梱包しようとしてるところだから」

ふたりが口論をやめてわたしを見おろした。世界が静まりかえり、すべての動きが止まったようだった。ちょっと、わたしったらほんとに言っちゃったの？　わたしは息を止めた。

「ああ、悪い」自転車の男性が言った。「邪魔だよな、いまどくから」ふたりが離れていき、また怒鳴りあいを始めた。わたしは作業を再開し、また息ができるようになったが、アドレナリンと安堵で震えていた。目の前のことに集中するあまり、すでに頭に血がのぼっている、薬物でもやっていそうな男性ふたりを怒らせる危険をおかしたなんて自分が信じられなかった。ボードの梱包が終わったところで、男性のひとりが坂道をおりてきた。「それ、何か手伝おうか？」

「いいえだいじょうぶ、ありがとう」

わたしは海のなかで笑いながらその顛末をダヴィナに話した。「何を考えてたんだか。サーフィンって人をおかしくさせるのよね。勇敢とかじゃなくて、おかしくさせるの」

「ほんとね。だけどすごくいいボード。気持ちはわかるわ」

「買ってよかったと思ってる。それとわたしも無事に帰れてよかった！」

それぞれ一、二回波に乗ったあと、わたしはトッドとどうなっているかを話した。最初の一夜のあとすぐに、わたしたちは毎晩一緒にすごすようになった。彼はある日、仕事のあと小さなポータブルステレオを持って家にやってきた。テープに録音したハル・ジャクソンの〈サンデー・クラシックス〉というラジオ番組の懐かしのブラックミュージック特集を一緒に聴こうと言って。ステレオをセットしてテープを入れると、トッドはわたしを抱き寄せ、ジョニー・マティスが歌う〈ワンダフル・ワンダフル〉に合わせてキッチンで身体を揺らした。

「いまのぼくの気分にぴったりだ」彼がわたしの耳にささやきかけた。真剣な恋を求めていたつもりじゃなかったのに、恋のほうからやってきてしまった。先のことはどうなるかわからないけれど。

「わたしたちには共通点がたくさんある」わたしは海のなかでダヴィナに言った。「でも世界観が違うの。それに、自分が真剣に誰かと付きあう準備ができてるのかどうかよくわからなくて」

「でも、ものごとがうまくいくときもある。たとえ自分ではいいタイミングだと思っていなくてもね」ダヴィナが向きを変えてパドリングを始め、波をとらえて岸まで運ばれていった。わたしも次の波をキャッチして乗り、ボードから落ちてもとの場所へ戻った。ダヴィナが満面の笑みで声をかけてきた。「いい波だったわね」

「楽しかった。あなたもよさそうだったじゃない」

「よかったわ。ところでトッドのことだけど、あなたにぴったりの相手だと思う」

「かもね。すごく好きなのはたしか」

ビーチのほうに目をやると、カーリーヘアを風に揺らしてリヴァが海に入ろうとしているのが見えた。彼女は通りの先のバンガローに引っ越してきたので、これまで以上によく会うようになっていた。

「おはよう、おふたりさん」リヴァがパドリングで近づいてきて言った。「よさそうだけど、どんな感じ？」

「すごくいいわよ」わたしは答えた。「乗りやすいけど、ちょっとしたパンチがあって。ほら、波が来たわ」

「ああ、ありがとう」リヴァが波をとらえようと向きを変えた。

彼女はライドを終えるとダヴィナとわたしのところへ戻ってきた。「エッジメアで今度よさそうなファームディナーがあるの。ジャーク・チキンよ！」ボードウォークの売店を企画した人のひとりが、スーパーマーケットのあまりない四十番ストリートの空き区画で農園を始めた。地域の人たちがそこの区画を借り、できた作物を農園や地元のレストランに売って地産地消をめざそうというものだった。そこでは、毎回地元の違うシェフを呼び、ピクニックテーブルでディナーの会も開いていた。

「楽しそうだけど、ちょっと行けるかわからないわ」わたしは言った。「でもまた今度ぜひ」

「じゃあ予定表を送るから」リヴァが言った。「約束して今度行きましょ」

「行く行く」そこで波が来たので、わたしはとらえようと方向転換した。

戻ってくると、そろそろ行かなくちゃとふたりに告げた。「でも今週また一緒に海に入りたいわ。金曜日の朝なんてどう?」

ふたりとも来られるようにすると言った。リヴァが見つけてくれた最後の波に乗ろうとパドリングを始めたわたしに、ふたりがいい一日をと声をかけた。もうすでにいい一日だった。


およそ一年後、わたしはまたケープコッドに来ていた。マシュピーの亡くなった両親の牧場を、姉と相談して売ることにした。引き渡しまであと一週間ほどだったので、トッドとわたしはヴァンを借りて、地下室の荷物をあけに行った。そこにはエリックと住んでいたタウンハウスの家具や雑貨でロッカウェイのバンガローには入らなかったものが置いてあり、もうヴァンには結婚祝いでもらった屋外用ベンチ、モロッコのランタン、トレーニングベンチやその他使えそうなものを積み終わっていた。

荷物の大半を見たところで、昔乗っていた自転車が出てきた。十二歳のころに買ってもらった黄色の三段変速の自転車で、何時間もそれに乗ってひとりで走りまわった。そのあいだは家のプレッシャーから解放され、自由と独立を味わえた。地域のあちこちへ行き、裏路地や池のまわりを走り、森に入って未開発の一帯で野イチゴをつんだり、茂みでアツモリソウを探したりした。そういう秘密の場所はもうとっくに姿を消し、すべてブルドーザーでならされ、舗装され、整地され芝が敷かれて新しい郊外住宅地に変わっていた。その自転車を手放していいものかと迷った。嵐のときポーチにいたひげのマイクが車の修理をしているので、彼に頼めばトッドかわたしが乗れるように再整備してくれるかもしれない。でもヴァンはもういっぱいだったし、それにもう必要なかった。ようやく逃げださなくていい、そこにいたいと思える家を手に入れ、つい三年前には想像もできなかったような生活を始めているのだから。

それはロッカウェイから吸収したことのひとつだった。この町ではたくさんの人が暮らしを自分の幸せに合わせて組みたてている。わたしが仕事や用事の合い間にささやかな幸せを押しもうとするのではなくサーフィンに合わせて月の予定を組みたてているように。ものごとを自然な流れにまかせてみたかった。わたしは水平線のかなたを見るのをやめて、身のまわりに意識を向け、そこから得られるものを受けとり、その瞬間のエネルギーを取りこみ、そこにとどまってライドを楽しむことを学びつつあった。

エピローグ　〝わたし〟の居場所

海で見つけるのはいつだって自分自身

——E・E・カミングズ『マギーとミリーとモリーとメイ』

二〇一七年六月

春のある土曜日、わたしたちはナイスガイ・リッチのためにパドリングでロッカウェイの海に出た。ワイキキで生まれたとされる、サーファーが亡くなった仲間を讃えるためのその儀式に参加するのははじめてだった。でもリッチのことは多少は知っていたし、いつだってそのニックネームにふさわしい人だった。彼はフランクのサーフィン・スクールのインストラクターのひとりで、ブレイクでの作法——誰が波に優先権があるか理解すること、波待ちの際や岸からブレイクまで行くとき、ほかのサーファーから安全な距離をとる方法——を教えることにとても力を入れていた。彼は一時期わたしのご近所さんでもあり、サンディの夜、わたしがキヴァとティムとすごした通りの向かいの大きな赤い家に住んでいた。彼が病気だったこともわたしは知らなかったが、その死を聞かされたとき、わたしも参加したいと思った。彼と縁のあった人間がこんなにたくさんいたと彼の奥さんに見せられるよう、そのひとりになるためだけでも。

丸顔でいつもにこにこしていた彼は、フランクのスクールで定期的にレッスンを受けるようになった最初の夏に教わったインストラクターのひとりであり、この半島に引っ越してきてからは、犬を連れて自転車に乗っているところや、街へのバスに乗ろうとしているところをときどき見かけていた。ロッカウェイの人が冬に家に引きこもったり、南国に行ったりして姿が見えなくなるのはよくあることなので、しばらく彼を見かけていないこともたいして気にしていなかったが、ある日のサーフィン中に、アーヴァーンでレッスンを受けはじめた最初のころに親切にしてくれたミュージシャンでもあるインストラクターのサイモンと会って彼のことを聞いた。

ナイスガイ・リッチはフロリダ州のデイトナに引っ越したんだよ、と曇り空を映した銀色とブラウングレーの海にゆったりと揺られながらサイモンは話した。彼はそこに家を買い、毎日サーフィンをする夢の生活を送っているのだと。ただし、それには癌で闘病中の奥さんがよりいい環境ですごせるようにという目的もあった。それが突然、彼自身も癌だとわかり、急激に病状が悪化して、クリスマス・イヴの日に四十六歳でこの世を去った。リッチと仲がよく、フロリダに会いにも行っていたフランクのスクールのべつのインストラクターのヴィニーが、その土曜日の正午の会の主催者だった。

その日の朝、わたしはうちで一緒に住むようになったトッドが、二十年近くプレーしている定例のバスケットボールの試合のためにロウアーイーストサイドに出かけてから少ししてベッドを出た。朝食を準備して、携帯電話で天気予報と波のライブカメラをチェックしているあいだに空にかかっていた薄い雲が晴れた。小ぶりだがクリーンないい波が立っていて、太陽が出ているのでそれほど寒くなさそうだと判断し、わたしはキヴァのネオプレーンの保温インナーではなく水着をウェットスーツの下に着て、ボードにワックスを塗り、海へ向かった。

リヴァはその朝は来られず、ダヴィナもブランドンとのあいだに生まれた幼い息子ゼファーの世話があったので、わたしはひとりだった。ボードにまたがって、きらめく薄いアクアマリンの海面が腿の高さほどに盛りあがり、砂州にぶつかって立ちあがっては、カールしてくずれるのをながめた。ロッカウェイにはめずらしいほどのいいコンディションだった。いまだによく頭に浮かぶ疑問がまた浮かんできて、思わずくすっと笑った。わたしはどうやってこんなところへ？もちろん、自分がどうやってここへ来て、予想しても願ってもいなかった暮らしをするようになったのかはわかっている。どうしてなのかはいまもはっきりとはわからなかったが。それでも、自分がついに安全地帯から踏みだし、この奇妙で不思議な場所でそれなりの安らぎと喜びを見いだすようになったきっかけがサーフィンだったのは驚きだった。

ありがたいことにブレイクは混雑していなかったので、わたしは何度か波をとらえて乗った。そしてここにいられる幸せを、海のなかを移動し、潮の流れを感じ、あのどこまでも神秘的でパワフルな海の力に運ばれる幸せを感じた。家に帰って、ボードを家の横手に置き、塩を流し、ウエットスーツを上半身だけぬいだ。ホースを手に市民菜園へ行って自分の区画の水やりをしながら、あらためて気づいた。わたしも夢の生活をしている。何年も前にフランクのスクールのレッスンを終えてボブの家へ歩いているとき、このブロックに並ぶバンガローを見て、一瞬にして思い浮かべたような生活を。ナイスガイ・リッチもあの日のレッスンで教えていたかもしれない。そう思うと、何かひとつ違っていたらサーフィンも、ロッカウェイも、家も、菜園も、トッドも見つけられなかったかもしれないし、病気や怪我や運命や、悪天候ひとつでもそのどれか、あるいは全部が奪われていたかもしれないとあらためて気づかされてぞくっとした。

でも、少なくともいまのところはどれもあるのだから、と思い、悲しみと不安を振りはらって菜園の水やりを終え、水を飲み、ボードを持ってふたたびビーチへ行った。数十人の人たちが砂浜やテントの下に集まっていて、そこにはサーフィン・スクールで習ったインストラクターの多くが顔をそろえていた。いまではうちのブロックに住んでいるフランク、いつものインストラクターのなかでは唯一の女性のキャット、刑務官になってから会っていなかったケヴィン、そしてもちろんサイモンも。元気で楽しそうなリッチのポスター大の写真――スクーターに乗っているところ、犬と一緒にいるところ、ギターを弾いているところ――がビーチに並べられていた。ショッピングカートいっぱいの白いカーネーションを持った女性がやってきて、みんなで集まってリッチの思い出話をした。ヴィニーが彼と一度海で会っただけですぐに意気投合したと話し、彼を〝すばらしい海の男〟と呼んだ。それはここでは最高の褒め言葉だった。サイモンがギターでフラメンコを弾き、リッチはハードロックをやってたけど「こういうのを弾くといつも好きだと言ってた」と語った。最後に、リッチの奥さんが、彼がどんなにロッカウェイを愛していたか、もう長くないとわかってからどんなにサーフィンをしたいと言っていたかを話した。

そして海に入るときがやってきた。わたしは哀悼の念を捧げてカーネーションを一輪とり、ボードを持って歩きだした。その日は波が立っているところまで歩いていけそうなくらいだったが、それはちょっと違う気がした。タンゴダンサーのように花を口にくわえてボードに飛び乗り、パドリングして沖をめざした。そこでみんなの輪に入り、片方はサイモンと、もう片方は初対面の若者と手をつないで、気づいた。自分はまぎれもなくこのなかのひとりだと。みんなそれぞれ違っているが、その瞬間はみんな同じだった。逝ってしまったすばらしい海の男への愛と称賛で、と同時にいまいるこの海との関係への愛と称賛で、心をひとつにしていた。わたしはこの仲間の一員なんだ、サーフィンがなければ決して出会わなかった、けれどわたしの人生を変えてくれた人々に囲まれているんだと思うと、目に涙が浮かんできた。

ヴィニーが何か言葉を口にしたと思うと、輪の中心に向かって花を投げた。みんながそれに続いてカーネーションの雨を降らせ、それから何度も海水をすくって投げながら、繰りかえしリッチの名を叫んだ。それが終わると、みんなで静かにすわり、おたがいの顔を見て、水平線を見て、ありえないほど晴れわたった空を見あげた。

「さあ」誰かが声をあげた。「リッチのためにひとつキャッチしようじゃないか。トチるなよ」

みんな笑い、ひとりまたひとりと輪を離れ、波が砕けているところへ向かっていった。何人かが波をとらえ、また戻ってきた。わたしはいくつかの波を見送ったあと、沖で盛りあがりはじめた波を見つけた。向きを変えてゆっくり岸に向けて進みながら、振りかえって本当に波のピークが立っているかたしかめた。立ってはいたが、乗るにはかなり急ぐ必要がありそうだった。リッチのためにキャッチしなきゃ。そう思って、より深く、強く、速く掻いた。サイモンが叫ぶのが聞こえた。「行け、全力で掻け！」

ボードのテールが持ちあげられるのを感じた。立ちあがり、波のフェイスを横切るようにボードを動かし、腰と胴をひねり、腕で軽くバランスをとり、体重を移動させて勢いを保った。ライドを終えた。これで努めははたした。リッチのためにひとつキャッチした。でもまだみんなから離れがたくて、パドリングで戻った。

「いい波だったじゃないか」サイモンが言った。

「すごく気持ちよかった……」

それはその波についてだけではなかった。その日、心から仲間だと思える人たちとともに乗ったいくつかの波についてだけでもなかった。成功や幸せについての凝り固まった考えに駆りたてられてした多くの選択の結果として、結局は自分に合わず、達成感や満足感をもたらしてくれるかわりに不安や満たされなさだけが残る、そんな人生から逃れたことについてもだった。わたしはこのロッカウェイで、ようやくそのすべてから抜けだすことができた。もう二度と戻りたくはない。

参考資料についての注記

この回顧録を書くにあたり、構想と調査の段階では新旧の書籍、定期刊行物、広告、写真、地図、気象および海洋波浪予測、ドキュメンタリー、ソーシャルメディア、電子メール、ブログ等、幅広いメディアのさまざまな資料を参考にしました。そのなかでも、とくに執筆にあたって大きな影響を受けた資料を以下に挙げます。

ロッカウェイの歴史と先住民の定住および植民についてのわたしの理解は、おもに以下の書籍にもとづいています。Edwin G. Burrows and Mike Wallace's "Lenape Country and New Amsterdam to 1664," part one in *Gotham: A History of New York City to 1898* (New York: Oxford University Press, 1999)

ニューヨーク全体の文化的および社会経済的発展とロッカウェイとの関係を概観するにあたっては、とくに以下の書籍を参考にしました。Robert A. Caro's *The Power Broker: Robert Moses and the Fall of New York* (New York: Vintage, 1974), Lawrence Kaplan and Carol P. Kaplan's *Between Ocean and City: The Transformation of Rockaway, New York* (New York: Columbia University Press, 2003)

ロッカウェイ・ビーチのホランド地区の発展については、以下の三点の郷土史に依拠しました。

Alfred H. Bellot's History of the Rockaways from the Year 1685 to 1917 [. . .] (New York: Bellot's Histories, 1918); Emil R. Lucev Sr's The Rockaways, Postcard History Series (Charleston: Arcadia Publishing, 2007); Vivian Rattay Carter's Rockaway Beach, Images of America (Charleston: Arcadia Publishing, 2012)

参考にしたおもな昔の地図には以下のものがあります。New Map of Kings and Queens Counties, New York (J. B. Beers, 1886); Insurance Maps of the Borough of Queens, City of New York (New York: Sanborn Map Co., 1912-1922); Atlas of Far Rockaway and Rockaway Beach, 5th Ward, Borough of Queens, City of New York (New York: Hugo Ullitz, 1919)

ハワイでサーフィンを目撃した西洋人の当時の証言についてはおおむね原典から引用していますが、以下の書籍がなければ、それらを知ることも、その文脈を理解することもできなかったでしょう。Patrick Moser's Pacific Passages: An Anthology of Surf Writing (Honolulu: University of Hawaii Press, 2008)

ハワイからアメリカ合衆国本土、そしてロッカウェイ・ビーチへとサーフィンが伝わった道筋をたどるうえでは、以下の書籍が欠かせませんでした。Matt Warshaw's compilations, The Encyclopedia of Surfing (Boston: Houghton Mifflin Harcourt, 2003) and The History of Surfing (San Francisco: Chronicle Books, 2010)

気象やその他の物理的力や構造によってサーフィンのできる波が生まれるしくみについてのわたしの理解は、以下の書籍に大いに支えられています。*Tony Butt and Paula Russell, with Rick Grigg,* and their *Surf Science: An Introduction to Waves for Surfing* (*Honolulu: University of Hawaii Press, 2014*)

サンディの発生と発達に関する詳細な記述は、当局の公式記録および以下の書籍によっています。*Eric S. Blake et al., Tropical Cyclone Report: Hurricane Sandy* (*National Hurricane Center, February 12, 2013*), *and Kathryn Miles's Superstorm: Nine Days Inside Hurricane Sandy* (*New York: Dutton, 2014*)

サンディの発達と接近が当時どのように報道で伝えられていたかについては、AMラジオ局WINSの録音を一部参考にしました。

謝辞

この回顧録――と本書に記録された旅――のそもそもの始まりは、ある意味ではパトリック・ファレルからでした。先見の明に富むニューヨーク・タイムズの敏腕デスクの彼が、わたしのモントーク行きにゴーサインを出してくれたおかげで、わたしははじめて実際のサーフィンを目のあたりにし、そのときの記事が本書の一部の下敷きになりました。次は、ヴォーグの編集者のコーリー・セイモアがハリケーン・サンディのあとにくれたメールが、ロッカウェイにサーフィンのため移住したわたしが嵐に襲われたことをエッセイに書くというアイデアの始まりでした。さらに数年後、〈7デイズ〉とニューヨーク・タイムズの愛する同僚であり友人のペネロープ・グリーンが、サーフィンで人生が変わったことについてニューヨーク・タイムズのスタイル・セクションに書かないかと提案してくれ、ローラ・マーマーの繊細かつするどい編集の力でできあがった記事が、わたしの話を本にできるかもしれないという最初のヒントをくれました。

粘り強くクリエイティブで執念深いエージェントのトッド・シュスターと、エヴィタス・クリエイティブ・マネジメント社の熱心なチームのみなさん（エリカ・バウマン、ジャスティン・ブルカート、サラ・レヴィット、ジャネット・シルヴァー、ジェーン・フォン・メーヘン）が幾度もの改稿に力を貸してくれ、企画を微調整してくれたおかげで、プロジェクトがみごとに実を結びました。ホートン・ミフリン・ハーコート社のインスピレーション豊かな天才編集者のディアン・アーミーが、原稿に想像を超えた可能性を見いだし、つついて育てて磨きあげて実現させました。弁護士であり特別な友人のロズ・リヒターがこの慣れない道でわたしを守ってくれました。ニューヨーク公共図書館の地図部門の知識豊かで疲れを知らないスタッフのみなさんのおかげで、わたしは昔のロッカウェイの道を思い描き、そこをぶらつくことができました。するどい目を持つアンディ・ヤングが内容の多くの誤りを正し、編集上の貴重な激励と洞察を与えてくれました。リズ・デュヴァルは適切な質問をして、正確かつ美しく整合性や時系列や常識のミスを消してくれました。

優秀でするどく寛大な読者のシャリ・ゴールドハーゲン、ジェフ・グッデル、カミール・スウィーニーには、ストーリーや文章の洗練に欠かせないアドバイスをくれたことに永遠の謝意を表します。この本につながった重要な素材を生みだし磨きをかけるうえでは、ジョイス・ジョンソンとナインティ・セカンド・ストリートYのワークショップ〝ライティング・フロム・ライフ〟のメンバー、出版界の師（そして人生の師）であるパトリシア・タワーズ、ジョン・S・ナイト・フェロー時代のスタンフォード大学で受講したノンフィクション・ライティング・ワークショップの講師ジョシュア・タイリーとクラスメートら、多くのかたがたに感謝しています。

そしてロッカウェイのサーファーたち――サンディが襲った夜に家に避難させてくれたティム・ヒル、何度も早朝のボードウォークでコーヒーを飲みながらともにすごしたトミー・ヴォロヴァーら、いまは亡き人々も含めて――には、コミュニティに迎えいれてくれたことに御礼申しあげます。姉のナンシー・カードウェルには、どんなときも変わらぬ愛情とわたしのあらゆる冒険へのサポートに感謝しています。最後にトッド・ミュラーへ、毎日そのウィットと創造性と良識、正しさ、知恵、大いなる遊び心を分けてくれてありがとう。あなたがいてくれるおかげです。

海に呼ばれて　ロッカウェイで〝わたし〟を生きる

2023年10月20日　初版第1刷発行

著者　ダイアン・カードウェル

訳者　満園《みつぞの》真木《まき》

発行者　廣瀬和二

発行所　辰巳出版株式会社

〒113-0033
東京都文京区本郷1-33-13 春日町ビル5F
電話 03-5931-5920(代表)
FAX 03-6386-3087(販売部)

印刷・製本所　中央精版印刷株式会社

ISBN978-4-7778-3068-8 C0098 Printed in Japan